U0724505

猫国传奇之风起潮涌

李楚贤——著

中国大百科全书出版社　知识出版社

图书在版编目（CIP）数据

猫国传奇之风起潮涌 / 李楚贤著 . -- 北京 ：知识
出版社，2024.5
（致青春·中国青少年成长书系）
ISBN 978-7-5215-1196-3

I . ①猫… II . ①李… III . ①长篇小说－中国－当代
IV . ① I247.5

中国国家版本馆 CIP 数据核字（2024）第 111132 号

猫国传奇之风起潮涌　　李楚贤　著

出 版 人	姜钦云
出版统筹	张京涛
产品经理	朱金叶
责任编辑	易晓燕
责任校对	李　珊
责任印制	吴永星
美术编辑	侯童童
出版发行	知识出版社
地　　址	北京市西城区阜成门北大街 17 号
邮　　编	100037
网　　址	http://www.ecph.com.cn
电　　话	010-88390659
印　　刷	山西新华印业有限公司
开　　本	660 毫米 × 930 毫米　1/16
字　　数	193 千字
印　　张	16
版　　次	2024 年 5 月第 1 版
印　　次	2024 年 5 月第 1 次印刷
书　　号	ISBN 978-7-5215-1196-3
定　　价	40.00 元

版权所有　翻印必究

目录
Contents

第一篇

血雨腥风

『时代不一样了，群体固然可抵挡外敌，却也会为权力钩心斗角……』

楔子·血与火

森林的初冬寒气袭人，厚厚的乌云层将阳光尽数遮挡，纷飞的雪片模糊了大自然中各种各样的色彩，但树林里处处都闪耀着从冰柱上反射出来的刺目白光。巍峨的雪山银光闪耀，远方的山脉与云层相聚，犹如浅绿色的云团在天边飘荡。

橘黄色毛发的公猫骄傲地立在河谷顶端的岩石上，呼号的寒风卷起他的长毛。他发出清朗的喵声。河谷地面上，一只只猫儿穿梭着。

花斑毛色的年轻猫轻巧地钻进沙质洞穴，垂眸望见地上痛苦翻滚和尖叫的孕猫，便把带来的草药喂到她嘴里。

新生命降临了，胎膜被舔掉，两双圆溜溜的眼睛浮着一层浅浅的雾气，发出微弱的喵声。

母猫红色的瞳孔中掠过一丝恐惧，她回头望着两只地面上可爱的幼崽，一只是鲜亮的橙黄色，火的颜色；另一只毛色微微发红，那是血的颜色。

她惊恐的声音响彻河谷："血与火降临了，会给森林带来灾难！"

一、猫王

暮春的深夜，夜幕上缀有无数闪烁的星辰，一弯新月被它们簇拥着，洒下柔和的银光。

小血打了个哈欠，嘴里叼着的老鼠掉到了地上，他捡起来，甩甩头，抖掉猎物沾着的尘土。

树林被甩在身后，眼前豁然开朗。棕红皮毛的小公猫大步走进了河谷。

从河谷的宽度就能想象出这里曾经奔腾着汹涌的河水，然而如今只剩干涸的沙地，一道小溪蜿蜒着消失在岩石间，汇入地底的暗河。小血敏捷地一跃而过，把自己抓到的老鼠塞进冰凉的岩隙里，那儿已经有了鼓鼓的一小堆猎物。常年冲刷着石头的溪水使石缝能够在天气炎热时保持凉爽，成为保存食物的上佳之选。

边上有一片低矮的沙质河岸，其间的洞穴可供群猫居住。一只身材高大的公猫靠着河岸，器宇轩昂地蹲坐着，他拥有结实饱满的爪掌和肌肉发达的四肢，橙黄的毛色在夜里格外明显，似乎周身萦绕着火色的光晕。一对黄色的眸子好像两块圆圆的琥珀在闪光。

"我的眼睛和他的一模一样。"小血望着父亲，在心里有些自豪地想，"我的弟弟有和他一模一样的毛色，而我则继承了他的眼睛。"

这时，河谷猫群的猫王——雷焰，站起身看向小血："小血，你打猎回来了？"

"我抓到了一只老鼠。"小血回答道。

"干得不错。"雷焰夸奖道,"你回去睡觉吧,我相信你妈妈在温暖的窝里等着你呢。"说着,他走向两只成年的虎斑猫——森鹰和叶晴。他们是小血同父异母的哥哥姐姐,雷焰与已逝的第一位伴侣——巫师蛾梦的子女。强壮的森鹰正在溪边锻炼,雷焰走过去指点。森鹰的大块肌肉从深棕色皮毛下凸出来,让小血羡慕不已。另一只浅色的母猫是叶晴,小血知道她很聪明,还是这片森林里跑得最快的猫。

"父亲,森鹰,你们什么时候才能停止训练啊?"叶晴喊。

雷焰笑着回答:"我们只有坚持锻炼,才能在迎战敌猫的时候展现出最好的状态。"

小血眼巴巴地望着他们,他还没有接受过战斗训练呢,父亲会不会也想让他学两手呢?

但他只看到父亲和哥哥姐姐越走越远,停下来后开始做出一些打斗的招式,然而距离太远,他看不清他们究竟做的是什么动作。

他向母亲和弟弟的洞穴走去。由于心烦意乱,他的动作粗暴,抠下不少沙石,惹得森鹰和叶晴的同胞妹妹——年轻的白色母猫雪心从窝里探出头来,斥责他。

他跳起身,爪子插进洞口的泥土里,跃进洞。

银羽——他的母亲,正慵懒地躺在洞底。她长得很漂亮。腹部是纯白色的,脊背与腿上长着细密的银灰色斑纹,浅蓝色的眼瞳带着笑。

"小血,你回来啦!"小血的弟弟——小火本来正安静地趴在母亲身旁为她梳理毛发,看小血钻进洞口,便一下子扑了过来。

"小心!"随着银羽的尖叫,小血用力站稳脚跟,才没有被小火撞出洞外。

"对不起，我只是太激动了。"小火与小血碰了碰鼻子，"小血第一次自己出去打猎！"他特意强调了"自己"两个字，"怎么样？你抓到了什么？"

"一只肥老鼠。如果你想看，午饭的时候我可以指给你看。"

"好啊！"小火高兴地说。

小火是小血唯一的兄弟，他的毛色同父亲的简直一模一样，远远看去像一团燃烧的火，他的眼睛像夏日的天空一样蓝。小火不如小血强壮，但十分机智，和每只猫的关系都很好。

小火蜷成了一团，呼吸很快就变得绵长平稳起来，但小血还是睡不着，因为脑中萦绕着一个念头。他开口呼唤母亲。

"怎么了？"银羽问。

小血小声道："我回来的时候……看见父亲、森鹰和叶晴在训练，我也想和他们一起训练。"

"你和小火都是你父亲辅导的呀，"母亲回答，因为被小血吵醒了，显得有点不耐烦，"你们第一次捕猎不是他带着的吗？"

"可是，即使森鹰和叶晴都成年了，父亲也总是在训练他们。"小血对母亲吐露了自己内心深处埋藏着的嫉妒，"他从前经常带雪心一起玩儿。除了上课之外，我和小火根本得不到他的关注。"

银羽的声音变得低沉："小血，你先好好睡，这个问题我们明天再聊。"

"好！"听到母亲愿意解决自己的问题，小血十分欣喜，很快就陷入了梦乡。

睡醒后的小血爬出洞穴。午后的阳光金灿灿的，铺满了河谷，晒在身上更是暖融融的。

雷焰穿过河谷，向他大步走来。"小血，你终于起床了，太阳晒屁股了。"他打趣道，把嘴里叼着的肥松鼠放在小血面前，"你快吃吧，我今天要带你学几个基础的战斗动作。"

"真的吗？"小血惊喜道。他看到父亲眼中饱含着宠溺，立刻大口大口地吃起松鼠肉来。

"父亲，"这时，森鹰走到了雷焰身边，低声道，"叶晴发现了更好的助跑姿势和冲刺动作！希望您能去看看。"

小血立刻担忧起来。他没有抬头，却竖起了耳朵听着父亲的回答。

幸好，父亲的回答没有让他失望。"到时候再说吧。"父亲道，"我现在得给小血上一堂战斗入门课。"

"哦，好吧。"森鹰的声音难掩失望。小血表面上仍然表现得很淡定，心中却是欢欣雀跃，好像有一只小鸟被从笼子里放了出来，在天空中快乐地歌唱。

"小血！"小血突然听到小火的声音，好像从很远的地方传来，他回头寻找弟弟，猛地睁开了眼睛。

"下雨了，动作快点儿，不然就啥都抓不到了！"小火站在洞口喊。

小血从窝里坐起来，瞪大眼睛扫视阴暗的巢穴，难掩懊丧之情，适才的美好只存在于梦中。

小火说得没错，下雨了，天空呈现出迷蒙的淡灰色，细细的雨丝飘然而落。小血与小火一同穿过河谷，往森林的方向走去。

此时的天气对比梦里的天气，就像小血现在的心情和梦里的心情。

随即他用目光搜寻整个河谷，只看到另一位首领——风殇正趴在溪边，身边是他的妻子，雷焰的妹妹，小血与小火的小姑——

落蝶。

风殇也是小血崇拜的猫，这只拥有银灰色长毛的蓝眼睛猫，脸上布满为救雷焰落下的纵横伤疤，他和雷焰一起建起了河谷猫群，堪称一代传奇。

小血、小火与他们打了招呼，随后钻进茂密的林子中，在盘根错节的橡树中穿梭着。一只松鼠抱着一颗橡果从树干上溜下来。

小血压低身体，尽量使自己的毛发与落叶融为一体，连滑带跑地冲过去，后腿一蹬，直接落在那只松鼠身上，牙齿咬住了它的脖子，他的舌头感觉到了腥甜的血。

"干得漂亮！"小火快步跑过去。

小血扒开落叶，把猎物埋在下面，准备回来的时候来取。

"喏，那里有只老鼠。"小血指着一个正咯吱咯吱啃咬着桦树皮的褐色身影，对小火说。

小火感激地看了他一眼，俯下身潜行而去。虽然他尽量把脚掌的动作放轻了，但是尾巴掠过树丛发出的声响还是惊动了老鼠。

小火沮丧地垂下头，但小血看到弟弟的动作后，似乎早有预料。他已经从边上绕了个大圈子，藏在粗大的树根之间。当老鼠跑到他身旁时，他用强劲的后腿一蹬树根，落在老鼠身上，一口把它咬死了。

"哥哥，你太厉害了！"小火尖声叫道。

"没什么。"小血谦虚地回答，看见弟弟的双眼闪闪发亮。

兄弟俩配合着抓到了很多猎物。在暮色染红天空，群鸟用悲哀的叫声送别太阳时，两只小猫带着收获回到了河谷。

小血看到一个熟悉的身影，那股兴奋劲儿立刻减弱了许多。

年轻巫师樱花语正坐在溪边摆弄着火种和泥土。

她是另一位首领风殇和落蝶的独女，花斑毛发，暗红色的眼眸，和逝世的老巫师夜樱的右眼瞳色一模一样。

但小血对她充满了厌恶之情，她为他和弟弟命名为血与火，说他们会为猫群带来灾难什么的，等于说他们是"不祥的"。

——哼，你这双红色的眼睛才不祥呢。

"天哪！这么多猎物！"银羽说道，她正懒懒地靠在小溪边，优雅地舔着自己的毛发。让小血很高兴的是，雷焰和她在一起。一看到两个儿子进入河谷，他立马便迎了上来，想要帮他们拿。

银羽看见他们的收获后，双眼放光："你们太棒了！"

小血把猎物扔到存放猎物的石缝里，接着，他抢先把他们的配合告诉了父亲，父亲边听边赞叹。

"小寒？"雷焰的目光忽然朝小血和小火背后望去。

小血随着他的目光回头望去。一只纯白色小猫身后跟着一只白底黄斑的小猫，从岩壁上迂回的小路下到地面，向他们走来。小血的脸色立刻沉了下来。

他常听到群猫在背后嚼父母的舌根——父亲的初恋蛾梦在猫群建立之前已经逝世，临终前，她把妹妹银羽托付给了父亲，另一只名叫狐心的母猫也在那时热烈地追求他。这位首领未曾真正明确自己的心迹，贪心地和她们都组建了家庭，然而狐心和银羽之间的矛盾却从未消除过，小寒和小玫瑰是狐心的孩子，只比小血和小火小一个月，他们从幼时就开始了无休止的比试。

小寒的名字来源于他出生的那个冬日。"小寒"体现的是节气，寓意却不好，一度让小血很是幸灾乐祸。小玫瑰的名字则来源于那天河谷边上开出的野玫瑰——似乎连老天都成心想给她一个好听的名字，在寒冬腊月的时节，玫瑰丛中居然冒出了一个小小的花苞，圆圆的，鼓鼓的。

两只小猫嘴里各叼着一条银光闪闪的大鱼，看上去他们用尽了全力，才保持嘴里的鱼不掉下来。

小寒把鱼扔在地上："捕鱼真是世界上最轻松的事情，只要潜一次水就能抓到。"

小玫瑰垂下眼帘，有些羞怯："它们都是小寒抓到的。"

听着父亲对他们的一番夸奖，小血不耐烦地抓挠着脚底的沙土，心中升起一股愤懑。现在是雨季，陆地动物活动较少，却是鱼的天堂。如果小寒真的这么厉害，干吗不多抓几条呢？

他们的母亲狐心趾高气扬地走过来。小血很不爽，她总是缠着雷焰，这只可恶的母猫不就是看在银羽身娇体弱，不长于捕猎和战斗，而她能跟父亲一起捕猎作战吗？

"雷焰……"狐心的声音甜腻腻的，"看看小寒，多出色啊！不愧是你的儿子，风殇的徒弟。"

小寒一直跟随风殇学习捕鱼。

那又怎么样？小血更讨厌狐心了，他和弟弟的捕猎技巧是父亲亲自传授的！

银羽根本不搭理狐心，而是轻柔地说道："小血，小火，去把你们刚刚抓到的那几只猎物送给爷爷奶奶们。"

河谷猫群里的年轻猫们有照料老年猫的责任。小血立刻兴奋起来，他带上弟弟，迅速地把抓到的猎物一股脑地拿了过来，艰难地往洞穴走去。

"这些……全是他们抓到的？"小血听到狐心在问雷焰，他和小火交换了一个眼神，窃笑起来。

"是啊！"小血感觉到父亲的声音中包含着纯粹的自豪，"狐心，我的孩子们都很棒。"

"嘿，这么多猎物啊？"老年猫立秋的声音打断了小血的偷听。

他立即回过神来，骄傲地笑道："这全是我和小火抓到的。"

"现在的小猫咪啊，真是和我们年轻时不一样啦！"立秋接过两只老鼠，他的伴侣白露在一旁赞同地点头，"我们暂时吃不了那么多，把剩下的带回去吧！"

小血恭敬地向老年猫说了一句再见，他并不担心他们吃不饱，待会儿肯定还会有猫把猎物送过来。他带着松鼠往回走，看见小寒和小玫瑰叼着一条鱼从孕猫雨晴的巢穴出来，另一条鱼肯定快要进入猫妈妈的肚子了。

此时狐心的表情并不好看，银羽带笑的眼亮晶晶的。雷焰却丝毫没意识到两只母猫的明争暗斗。"你们都干得不错。"他夸赞，"去休息吧。"

小血与小火立刻躲到了岩石下遮雨的空间里，看见母亲在雨幕中向他们走过来。

"小血，"妈妈坐下来，拒绝了小血递给她的一片鼠肉，"你……想过你长大之后会变成什么样吗？"

小血愣了一下，试图想象自己长大之后的样子：像每只猫一样，一天到晚为生存捕猎，在遇见敌情的时候战斗……

"小血，"母亲朝他凑近，"你有想过……自己有可能继承你父亲的位置吗？"

这句话比上一句话更加震撼，小血愣住了。

父亲的位置——猫王！这意味着有猫为他抓猎物。他要率领猫群战斗。与敌猫对峙的时候，他会潇洒地站在最前面。他可以扩大猫群的规模和领地！如果父亲想把自己的位子传给他，说明父亲一定最喜欢和信任他！他感觉自己变得轻飘飘的，快要飞起来了，身体里有个声音也和鸟儿一同歌唱，每一根毛发都在跳舞。

"小血，小血？"银羽的声音把他拉出了美妙的幻想，"你在想什么呢？"

小血脑海中的幻境立刻破碎了，他略微不好意思地看向母亲。

母亲慢慢地说："我下午和你们的父亲聊了聊，他说……风殇和落蝶大概不会再次生育幼崽，所以他们很可能会让他的孩子之一成为下一任首领。小血——还有小火，我觉得你们很优秀，你们就是我心目中的小勇士和小机灵鬼。"

小血转头去看小火，两双不同颜色的眼眸中都带着笑意。

"但是，"银羽话锋一转，"你们的兄弟姐妹们，他们也各有所长，就说蛾梦的三个孩子，森鹰，你们必须要非常非常努力才能在战斗中超越他；叶晴，你们再怎么努力可能都超越不了她——在敏捷和速度方面；雪心，酷似生活在雪山上的你们的奶奶。"

小血有些不服气，银羽挥挥尾巴止住他的话："我是把你们兄弟俩当成年猫来看待的，所以才会跟你们说这些话。狐心的话没错，你们同父异母的兄弟姐妹们各有所长，瞧小寒——虽然他很安静，捕猎目前也不如你们，可是我看得出来，他的脑子机灵得很哩，瞧那双蓝眼睛骨碌碌转。"

"但是你还是想让我们成为首领的吧？"小火看上去有些不安了。

"是的，"银羽点点头，"我只是告诉你们，你们的父亲至今最爱的依然是——我相信——"

母亲的表情刹那间有些黯然神伤，小血几乎忍不住去安慰她，但他命令自己端正坐着好好听，只有努力当上首领，才能让她一直

猫国传奇之风起潮涌

开心。

"——是蛾梦，他最宠爱的孩子也是蛾梦的儿女，而从头脑、力量或速度方面来看，现在的你们都不是最出色的。所以，你们如果真的想变得非常卓越，让你们的父亲注意到你们——像今天一样，乃至宠爱你们，信任你们，直到把管理猫群的大权交给你们，你们要付出较寻常猫几倍的努力，你们有这个信心吗？"

"有！"小火喊道。

"有。"小血想到脑子里描绘的那幅美好图景，便瞬间坚定了信念。

"我知道努力是不会错的。"银羽看上去很满意，"所以，亲爱的儿子们，请记住你们今天的誓言，往后的训练中一定要更加努力。"

二、谜团

森鹰与雷焰面对面在沙地上绕着圈子，互相紧盯着对方，年轻公猫的目光凌厉逼人，年长公猫的眼里是一片看不出情绪的荒漠，根本看不出他们之间的关系。

"哇哦！"小火的语气很夸张，"这个气氛，好紧张，好激烈……"

小血正绷紧了身体，紧盯着父亲与兄长的一举一动，他回头瞟一眼弟弟："他们经验丰富，这种面对战斗时的状态说不定也是我们要学习的。"

小火眨了眨眼，乖乖地把目光放在雷焰和森鹰身上。

这时，森鹰终于首先沉不住气，强健有力的后腿猛地蹬地，凌空跃起。小血不知道他是怎么做到的。只见森鹰往雷焰身后的方向跳去，当快落地时猛地扭转腰身，整个身子瞬间改变了方向，不偏不倚地扑到了雷焰背上。

"这是一个基础的跳跃技巧，"被扑倒的雷焰轻松地站起来，面对小血、小火以及他们身后另外几只用惊叹的目光看着他们的小猫，宣告道，"适用于与敌猫对峙时先发制人……"

要到什么时候他才能和父亲一起作示范教导小猫呢？小血挪动着脚步，听不进去父亲的讲述。为什么母亲那么晚才生下他和小火呢？

雷焰看到小血停不下来的爪子，朝他笑了笑："现在开始分组练习吧。"

小血和燕子被分到一组，燕子只比小血早出生一点儿，经常和他一起去捕猎。她有一身深棕色的浓密的长毛，带着灰色的斑点儿，体型细长。

燕子的妹妹们——三只漂亮但远不如前者聪明的花斑母猫正争吵着要与小火组队，她们选择搭档的标准似乎是……谁身上的橙色斑点儿与小火那漂亮的橙红毛色最接近？

小血把目光从弟弟身上收回来，望着身前的燕子，她清澈的蓝眼睛让他心中莫名地觉得很放松："我们开始吧。"

"你先来吧。"燕子道。

小血没有推辞，用力蹬地跳起，跳过燕子时腰部用力扭回，扑到了燕子背上，把她压倒在地。

"不好意思。"小血连忙从她身上跳开，让她站起来抖落毛发上的沙尘。"干得真漂亮。"燕子倒是毫不在意地夸奖道，"一次就成功了。"

小血高兴地望着她，偶然看见最终与小火分到一组的那只母猫没能成功转身，重重地摔在了小火身后，小火连忙去安慰她。

"你试试，我觉得你比你妹妹要强。"他对燕子说，接着转过身。

他听到燕子跳跃带起的风声，不过很可惜，她转身稍慢，没有压到他的背上，而是趴在了他的后腰处。

"再试一次吧。"小血等着她，"或者你可以试着再跳高一点儿。"

燕子高高跳起，干净利落地转身，完美地扑中了他。

"太棒了。"这时说话的，是朝他们走过来的森鹰，他夸赞小血和燕子，"你们俩完成得都很好……"

"砰"的一声响打断了他的话。

小血转过头去看，另一只坚持要和小火一起练的母猫和小火在沙地上摔成了一团。他抽抽胡须，燕子也咕噜着笑起来。

这时，在沙地的另一端，小寒拖泥带水地落到了小玫瑰身上，但雷焰刚好看向那边，于是他得到了雷焰的夸奖。小血心里升起一股妒意。

"这个年纪就能完成它，已经很了不起了。"雷焰用鼻子碰了碰小寒的额头，又回过头来看向小血，"你们四个可以练习下一个动作了，我先辅导你们的同伴。"他招呼溪对面正趴在樱花语身旁的叶晴，"你过来一下，帮森鹰教他们一个动作。"

叶晴在樱花语额间轻舔，然后轻盈地跃过小溪，奔到森鹰面前，与她的兄长嘀咕了几句。

"现在，我和森鹰给大家示范你们刚才学的那个动作的另外一个版本。"叶晴跃上沙地边缘的一座小沙丘，森鹰站在原地不动，只是转过身背对着她。

"大家注意观察，森鹰比我高，也更健壮，直接去扑他有一定的危险性，说不定会被他甩下来。我如果想在一对一的战斗中打败他，那便应该借助地形而非蛮力。"叶晴话音刚落，随即从沙丘上飞速冲下，化成了一道掠过的白影，借着一股冲力，在空中划出一道优美的弧线。森鹰往旁边一跃，试图躲避，叶晴却早已预料到了他的动作，扭转腰身，在空中轻盈地一个旋转，完美地落在了森鹰身上。

"看到了吗？"叶晴跳起来，让森鹰自行去清理毛发上的沙土。

小血在脑子里演练了一遍，他感觉信心满满，四肢充盈着力量。

"像叶晴刚才说的一样，这个动作借着助跑的冲劲完成，适用于对付比你强大的敌猫。"森鹰接上妹妹的话，"我相信你们可以做得很好。"他顿了一下，把两只公猫和两只母猫各自分成一组。

小血用他最凌厉的眼神看向白毛公猫小寒，后者毫不示弱地与他对视："来呀！"

小血正等着他这句话，他毫不犹豫地跳到沙丘顶端。小寒响亮地哼了一声，转过身去背对着他。

小血从沙丘上冲下去，借着这股让他刹不住脚的冲力跳起。小寒的表情十分古怪，但他还是装着愣了一下，跳开去。

小血绷紧身体在空中旋转，落在了小寒身上。

"干得漂亮！"森鹰快步跑过来，对小血喊道。

小寒拼命挣扎扭动："放我起来！"

小血跳开来。小寒抖抖毛发，又恢复成平常的模样："现在到你了。"

小血不情愿地转过身，他听到后面的风声在略偏右侧响起，判断出小寒的方向有点儿偏，如果他朝右躲的话，那就刚刚好。

小血偏不想让他如愿，往左一闪，小寒果然于偏右处落了下来，他试图伸出脚掌抓住地面，然而因冲力过大，在沙地上打了个趔趄，摔倒了。

"练得怎么样啊？"这时，一直在巡查的雷焰迈步向这边走来，刚好看到小寒骂骂咧咧地站起来，"你还要多加油。"他没再搭理小寒，看了小血一眼，把询问的目光投向森鹰。

"小血的表现很不错。"森鹰向他汇报，"他表现出的力量远远超过他的年龄。"

"你会成为很棒的战士，等你长大，就没有猫会担心河谷的安全啦。"雷焰看上去十分开心，他把小血耳朵上支棱着的毛发舔平，夸赞他，"和森鹰像你这么大的时候一样厉害，他和你是我见过的为数不多的对基础动作无师自通的猫。"

"还有父亲您呢。"森鹰出声道。

"不不不，我不算。"雷焰笑着摇头，"我小时候没接受过系统的战斗训练，只学习过如何对付狐狸或野狗。那个时候，多数猫遇到它们会选择逃跑，直到没有办法的时候才战斗。我还记得我第一次对付狐狸，那个时候你母亲还在……我和她将狐狸引到了当时麟角的住所，我们和他们一起把狐狸给碎尸万段，从那以后我还没吃过狐狸肉呢。"雷焰的目光变得黯淡，表情有些缥缈，似乎回到了记忆中，"你母亲跑得真的很快，叶晴应该继承了这点……"

小血抿了抿嘴，那位他未曾谋面，只是在故事中听说过的蛾梦可能是很棒的母猫，可是她已经死了，即便是巫师也不能复生……父亲应该对他现在的伴侣和子女表现得更加专一才是。

雷焰似乎倏然被拉回了现实，目光重新聚焦于眼前的儿女："她走了，也没有办法了。现在，呃……我们还有什么计划来着？"

叶晴轻咳一声："据我所知，您已经带着他们训练了一个下午的战斗技巧了。"她翘起尾巴指了指漫天的绚烂晚霞，天空的一角已经揭开蓝黑的夜幕，隐约能看到星光点点，"现在我建议您让小猫们去吃点老鼠，小睡一会儿，晚上的时候，他们可以出猎。"

这时，小火和其他几只还在练基础动作的小猫也已经聚拢过来，眼巴巴地望着雷焰，等着听他的安排。

"现在，如果父亲您不介意的话，我得走了，我已经陪他们练了好长时间了。"叶晴朝雷焰点头致意，接着转过身向溪边那处灌木丛——现在的巫师居所——奔去。

小血并不喜欢叶晴，他不知道她凭什么在父亲面前这么放肆，但也钦佩她不卑不亢的样子。他的哥哥姐姐们从来不像他一样对雷焰的爱与注意充满了急切的渴望，或许是因为他们在童年时期得到了全部的父爱。他充满嫉妒地想。

雷焰似乎为自己刚才的失态感到十分懊悔，他又变得威严起来："叶晴说得没错——你们需要休息了，那你们先去吃东西吧。小血，你留下。"

小血又惊又喜，赶忙蹿到父亲身旁。小母猫们三三两两地散开了，小火和小寒都看了他一眼，两双蓝眼睛中分别带着羡慕与嫉妒。森鹰也向雷焰略一点头，离开了，只剩下小血和雷焰站在沙地上。

"小血，你确实表现得很好。"雷焰的夸奖使小血感觉飘飘欲

猫国传奇之风起潮涌

仙，梦境里的父亲如今真实地站在他眼前，"目前你还赶不上哥哥姐姐。你知道我为什么把你单独留下来吗？"

小血盯着父亲，却只从他的眼神里看出笑意，于是迷惑地摇摇头。

雷焰对他说："叶晴（小血心说："怎么又是她？"）在一片被我们划为领地的森林里发现了野猫的踪迹，独自生活的猫一般都对那儿敬而远之，而且根据她的推理，那些猫不是独自生活的……明白吗？"

"他们是……一个对我们有敌意的猫群？"

"没错。我们最近增加战斗训练，就是为了防备他们。"雷焰说，"小血，在你出生前，我们与狗群打过一仗。此后，猫群一直平安无恙。目前知道这件事的猫寥寥无几，你不要告诉你的小伙伴……"他犹豫着道，"也包括你的母亲和弟弟，我怕引起其他猫的恐慌。"

看到父亲信任的眼神，小血重重地点了点头。

"喂！小血……"午夜时分，小火的声音唤醒了小血，"走，出去打猎了。"

"嗯……你先走吧……"小血假装困倦，"我待会儿再去……"

小火并未勉强他一起出发，小血听到他远去的脚步声，心中有些歉疚。

"不过没办法啊，小火，我们的长处不一样，在战斗方面，父亲选了我而不是你。"小血暗想道。

小血瞄了一眼熟睡的银羽，钻出洞穴。

夜晚的河谷却比白昼更热闹些，有猫儿的身影在黑暗中穿梭，黑幽幽的溪水中映出的一团乳白光晕是天上圆月的倒影。夜里的森林看上去倒多了几分静谧幽深。

小血在密林中一路小跑，忽然一个滑步顿住脚，才发现隐蔽在黑暗中的黑色公猫。

"黑子，你吓死我了。"他脱口而出。

黑色公猫冰蓝色的眼睛毫无感情地瞥了他一眼，然后转过身轻巧地向河谷的方向奔去。

小血继续往森林深处跑去，心中却开心了些。

黑子很年轻，据说年纪比森鹰他们大不了多少，脾气也不怎么样，毒舌的时候对任何猫都不留情面，曾经还是猫群建立的头号反对者，却意外地得到了雷焰和风殇的信任与赏识，当上了猫群的二把手，足见其能力之强大。

如果是一般的小猫的话，黑子肯定会讥嘲一番，然而今天他却什么都没说……

很快，小血就找到了一片柔软的空地用于练习。他回忆着白天的课程，开始尝试重复。

"呃……你……你好像需要一只猫和你一起练习。"一个有些羞怯的声音传来。

"有猫在偷窥我！"

小血从地上弹起来，扭头的同时下意识地绷紧肌肉，空地边缘站着一只大概比他大几个月的黑白花斑公猫，身体瘦弱，被他审视的目光盯着，对方看上去有些不安。

"对不起……打扰了……"他开始后退，这时小血却突然点点头。他兴奋地甩动尾巴，"真的吗？太好了，谢谢你！"

"你叫什么？"他问道，"我叫瓜子。"

"我叫小血，在河谷猫群生活。"小血自我介绍道，随即把森鹰和叶晴关于这个动作的教学内容重复了一遍。

"我可以试试吗？"瓜子很认真地听完后，拘谨地望向他。

"可以。"小血说，在猫群外有更多朋友对他成为首领一定没有坏处。

瓜子笨拙地跳跃转身，果然没扑中他。小血抽抽耳朵："没事，你知道了这个动作要领，回去还可以继续练。"

瓜子说："真羡慕你，有那么多成年猫可以教你怎么在森林里生存。我从出生起就没见过我的亲生父母。"

小血被惊了一下："那你怎么长大的？"

"我在猫群里，一个很小的猫群。"

小血想起下午父亲所言，这难道就是叶晴所说的那群猫？说不定他还能探听一点儿情报呢："我还没见过很小的猫群呢。"

"其实也不算很小，只是我不知道你心中的猫群有多大，河谷好像有一大群猫。"瓜子说，"一只很好的猫养育着我和我的兄弟姐妹们——不是同胞兄弟姐妹，"他赶紧补充道，"我们一共有十来只小猫，都没有亲生父母。"

小血这时想的已经不只是情报了，单纯的好奇心占据了上风："方便给我讲讲吗？"

瓜子点点头，看到有猫对他的猫群这么感兴趣，一下子滔滔不绝起来："养育我们的猫叫坚果，他在小时候失去了父亲，因此童年过得很苦，却也锻炼出了高超的捕猎技巧。他独自生活后，碰见了我的大姐桃子，她也在意外中失去了父母，几个弟弟妹妹都被饿死了。于是坚果找来蜂蜜给她吃，有时候请哺乳期的母猫给她喂奶，后来又收养了我和其他弟妹。他很严厉，但我相信……他是善良的。"

小血听完这个故事后已经很钦佩这只叫"坚果"的公猫了，他觉得他们肯定不是闯入河谷猫群领地的那些野猫。

"我告诉你一个秘密，你可千万不能告诉河谷猫群的其他猫。"瓜子神秘兮兮地凑过来。

小血答应道："嗯，你说。"

"坚果，他……不喜欢你们猫群。"

小血差点儿忍不住笑，他可真奇怪，为了学习一个战斗动作，就把自己家长的想法告诉了偶然遇到的，甚至不知底细的猫。

"我不会告诉别的猫。"小血假意保证道，"坚果为什么不喜欢我们？"

瓜子说出的原因使小血心里一惊："因为坚果……是你们的首领风殇同父异母的弟弟。"

"什么？！"震惊的情绪像一个响雷，在小血心中炸开。

"怎么可能？"他难以置信地道。

瓜子看到他这副样子，显露出小小的得意："猜不到吧！坚果告诉我们，风殇为了获取雷焰的友谊、落蝶的爱情以及你们的信任，隐瞒了许多真相！"

"具体说呢？"小血迫不及待地想要探听更多的东西。

瓜子耸了耸肩："我不清楚，你好奇的话就自己去查找吧。反正坚果恨风殇，而这一定是有原因的。"

"好吧。"小血也不勉强他。这样一个惊天大秘密已经满足了他的好奇心。

"对不起……"瓜子的话声响起，他有些歉疚地看向小血，"我得走了，如果再晚回去，坚果不会放过我的。不过……如果你不介意的话，以后的晚上我们还可以在这里见面吗？"

"好。"小血点头应允。

满天繁星下，小血嘴上应付着瓜子，心里把他听过的故事重新梳理了一遍。

远在他出生之前，雷焰和蛾梦去雪山寻找雷焰的亲生父母，又因风殇带来的预言翻越雪山回到森林，最终组织起猫群打败了狗群。

风殇的确从未提起过他的亲生父母，除了"母亲去世，他和雷焰的养母柠檬趁他父亲出去打猎时偷走了他"之外，他从来没有告诉过大家他的亲生父母到底是谁，他的亲生父亲又是怎么样的猫。

小血回到河谷，直奔雷焰和风殇的巢穴。

风殇和落蝶住在最高的洞穴，由于还没有继承者，雷焰就睡在其下本该属于继承者的一个小洞里。

小血压低声音唤父亲，雷焰还没有入眠。

小血在回来的路上已经想好了，只向父亲汇报有关猫群的部分。如果他询问父亲有关风殇的身世，其一是雷焰甚至不一定了解真相，其二是父亲定然不会告诉他。

"我遇到了……一只野猫！"他气喘吁吁地对父亲说，"他们确实是一个小团体，也确实对我们有敌意。"

"那我们一定要做好准备。"雷焰面露忧色。

"明天你可以参加我们的会议，在此之前，你也可以想想有什么法子保护我们的猫群不受伤害。"

——噢，这真是太好了！

小血向父亲告别，回到母亲的巢穴，心里喜滋滋的。

三、森林在流血

"起来了，瞌睡虫！"一条毛茸茸的尾巴在小血的鼻子前晃悠，他打了个大喷嚏，迷迷糊糊地睁开了眼睛。金灿灿的阳光洒在岩石地面上，令他马上意识到自己在这温暖中一直睡到了正午。

蓝莓霜正站在洞口，乌黑的毛被镀上一层光边。"虽然这个季节猎物充足，但也不能光吃不做啊。"他责备道，"我真是想不到世界上居然有比当年的枫尘还能睡的猫。"

小血有些不好意思地低下头。他昨晚溜出河谷，同时和瓜子及他妹妹对打，到现在依旧感到肌肉酸痛，因而睡到这个点。只是他不敢告诉别的猫自己在森林里一直练到黎明，在他们眼中，他想必十分懒惰了。

"你父亲在和风殇他们商讨一些事情。"黑毛公猫谈起小血的父亲，眼神里透着敬畏，"他安排我和红莓果带你们出猎。"

这回他们没有叫上自己。小血失望地想。在上次会议里，大家似乎总是在争执，小血不知道该说什么好，父亲大概也觉得他没什么用处吧。

他心不在焉地答应着，跟着蓝莓霜下到河谷的地面上，他的妹妹红莓果已带着年轻猫儿们聚集在此。小火大口地咬着老鼠肉，小玫瑰和燕子姐妹们正一边伸展肌肉，一边说说笑笑着，小寒沉默地站在她们身边。

大家都在等自己，小血羞愧得毛尖泛起阵阵刺痛。小寒抬头瞥了他一眼，蓝眼睛里明明白白写着嘲笑，又使他怒火中烧。

"哟，宠物猫终于肯起床了？"

"不服的话，打猎之后我们比试一下？"小血回嘴，"连宠物猫都打不过，怎么在森林里生存呢？"

"比就比！"小寒瞪着他。但小血知道他是在虚张声势，刚才的怒气倏地消散，只余得意。

自从这两个月开始在夜晚秘密训练后，他变得越来越强壮，很多动作练得和成年猫一样娴熟，俨然已经成为同龄猫中最出色的一个，自然也成功吸引了雷焰的注意。而与此同时，或许受到了狐心的斥责吧，每每在训练中被他击败的小寒却越发刻薄，小血感到很奇怪，也暗暗地有点幸灾乐祸。

"别吵啦！"燕子大声说，"你俩各有各的优点，为什么每次在一块儿都要针尖对麦芒呢？"

小血挪开目光，他和小寒几乎从开始记事起就在和对方比拼，这是小母猫永远也不会理解的。

"赶紧出发吧。"蓝莓霜不耐烦地大步离开，小寒和燕子几乎是并肩地跟上他，小火的胡须拂过小血的耳朵，小血边走边思考着怎么才能在追逐老鼠时像往常一样敏捷。

脚掌踏在森林柔软的土地上，清风拂起毛发，小血心中的烦闷顿时也被一扫而空。他们沿着小径穿过一蓬蓬灌木，最终在一处岔路口停下来。

"这么多猫聚在一起只会把猎物吓跑。"蓝莓霜扫视着捕猎队的成员们，做出决定。"小血、小寒和燕子，"他向他们投来警告的眼神，"跟红莓果去河边捕猎。而你们几个，"他扫视着崇拜地盯着自己的小母猫们，"跟我去森林里。"

小血不明白他为什么故意把自己和小寒安排在一起，或许是为了激发他们的斗志？

他和小火踏上两条岔路。植被越来越稀疏，最后小路在眼前变得豁然开朗，扑在脸上的风携了些水汽，河水在他面前哗哗地奔涌。

"你们都不是第一次打猎了。"红莓果轻快地说，"怎么能抓到鱼和老鼠一定不用我说。所以你们先做给我看，我会从你们的动作中挑出可以改进的地方。"

很多日子里雷焰都会被各种各样的事缠得脱不开身，小血已习惯于独自打猎，而蓝莓霜和红莓果都是优秀的年轻猎手，能得到他们指导的机会很难得。

他全身心地去感知猎物的声音和气息，仔细辨别耳中听到的是风拂过树叶的沙沙声还是老鼠的脚步声……是后者，一丝细微的气味飘入他的鼻子，他立马俯下身。

目标猎物正溜过岩石，他飞奔而去，老鼠被吓得吱吱叫起来，迅速钻入了一条岩缝。

小血愣住了，往后退了一步。红莓果和小寒、燕子往前走来。"你明白蓝莓霜为什么要安排你到河边来了吗？"成年母猫靠近他，眼里带着笑意，"——即使知道你和小寒有矛盾。"

"在森林里，你已经熟悉了灌木丛中的小路和松树的枝条，但一名真正优秀的猎手不应该只局限于一个地方，年轻时的雷焰和风殇分别擅长抓老鼠和捕鱼，但现在他们都能捕捉任何猎物。你现在应该去熟悉河边的石头，应该思考在没有帮助的情况下，怎么以最快的速度去追逐老鼠。"

小血沉默地思索着。不得不说，红莓果一针见血地点出了他的薄弱之处。

小寒向河边走去，尾巴得意地高高翘起。小血在心底"哼"了一声。

年轻公猫在水边坐下，观察着水面上投下的影子。小血没捉住老鼠，不得不等着他，他百无聊赖地用爪子抠着沙土地面，忽视了观察周围的动静。

"啊！"燕子突然发出一声尖叫，她惊恐地跳开来，指了指河岸上的身影，"这是河谷的领地！"

两只夫妻模样的成年猫，皮毛分别呈灰色和三花状，带着两只与小血一般大的小猫，正昂首挺胸地沿着河岸前进，口中还叼着猎物，好像根本未曾想过要掩饰自己的行为。

"入侵者！"红莓果叫道。

"入侵？这可不是光凭嘴上说说就能决定的。"三花猫轻巧地跳下河岸，眼神凶狠，她的丈夫和儿子紧跟在她身后，"谁才是这片领地的主宰者，打完才有定论。"

小血难以忍耐地拱起脊背，说出这样的话，想必是在刻意挑起战事了吧！

"准备迎战！"红莓果一身长毛高高竖立起来，身躯瞬间膨胀。她低声吩咐燕子："用最快的速度去找蓝莓霜。"

"可……"燕子睁圆了眼睛。小血知道她在想什么，如果他们现在打起来，河谷一方都不敢保证能占上风，更别提在她离开求救的情况下。

"快！"红莓果低吼道，挥打着尾巴。燕子的眼神有几分担忧，但依旧服从了她的命令，背影顷刻间消失在了树林里。

小血努力镇定心情，却难以抑制激动和紧张。森林里的野猫们一般不太敢招惹河谷猫群，他训练了这么久的战斗技巧，却还是第一次真正打仗。

三花猫毫无惧色地慢慢逼近。

"我会将胆大包天的入侵者赶出河谷猫群的领地！"小血纵身跃去，首先投入战斗。他直立起身子，向三花猫连续击出两掌，但对手显然非常辣手，她几乎同时也向他挥爪，爪爪都直击要害。

小血知道这套战术行不通，他跳跃着闪避对方的攻击，移动之中不忘回头观察目前的局势。红莓果在与灰色公猫的对战中略处于劣势，小寒同时和两只小猫滚成一团。小血有种被塞了一团棉花在嗓子眼里的感觉，这时他的对手三花猫趁机挥出一掌，在他的肩上留下一道爪印。他痛得倒吸一口凉气，怒气冲冲地扑过去，把爪子深深地插进她的脊背，同时紧咬住她的肩膀，让她疼得叫出了声。那只公猫听到她的叫声便向小血飞扑过来，爪子眼看着就要插进小血的肩膀。

"小血——"小寒绝望地叫出了声。

小血心中一惊，以迅雷不及掩耳之势跳开去。

平时与小寒的矛盾是河谷里的家务事，小血在战场上还是很拎得清的。他看见年轻白毛公猫正被逼得步步后退，于是凶狠地撕扯一个对手的肩膀，借着挥爪的力道前腿撑地翘起后腿，用尽全力踹了出去，正中另一个对手的胸口。

但与此同时，战场另一端的红莓果已经显得左支右绌，三花猫将爪子划过她的口鼻。小血没闪过成年公猫的攻击，烧灼般的刺痛蔓延到全身。

灰猫灵活地后退一步，又挥出一爪子，逼得小寒狼狈地打了个滚。红莓果被三花猫压在身下，后颈部已经被锋利的牙齿叼住——

"别动我妹妹！"一声怒吼响起，蓝莓霜冲入了战场，小火和燕子紧随其后。黑猫把三花母猫重重地掀到一旁，用肩膀顶着红莓果将她扶起。

"你又把我当幼崽！"红莓果嘴上嫌弃，身体也不闲着，和她哥哥并肩挥舞着爪子，立刻便击退了灰毛公猫。小血全身心地再次投入战斗，一口咬住一团在他面前晃动的虎斑毛发，牙齿间感受到的血腥味让他兴奋起来。

小火开始用爪子撕扯被小血咬住的虎斑猫，被燕子和小寒对付的另一只小猫也在踉踉跄跄地后退。"我们撤！"灰色公猫眼见不敌对手，长啸一声，然而他的妻子却硬撑着挥爪攻击蓝莓霜和红莓果。

小血想抓紧最后的时间给入侵者惩处，疯狂地用爪子挠着对手的身体。在对手的怒吼声中捕捉到一句："桃子！想想你儿子！"

——这个名字听起来好耳熟。

名叫桃子的母猫终于无奈地跳开，小血也抽身退出战局，回头望去，被小火放开的那只小猫摇摇晃晃地站起来，身上无数伤痕十分显眼。

蓝莓霜也停止攻击灰猫，小血随着他的视线环视战场。红莓果和小寒看起来尤其狼狈，他自己身上也有不少爪印，但对手很明显都伤得更重。

"放他们走。"蓝莓霜决定道，示意其他猫给他们让出路来，"我想这个教训已经足够让他们记住了。"

三花猫瞪着他们，咬紧牙齿："总有一天，我会收拾你们的！"

"到了我们河谷，下手就不是这么轻了。"小血一个跳跃逼近他，吓得公猫忙把自己的妻儿护在身后。小血带着轻蔑的笑意放慢速度，高高竖起尾巴，大声说："从此以后，离我们的领地和我们的猎物远点儿！"

三花猫的眼里闪着恨意，但灰猫把尾巴警示性地搭在她肩上，使她最终仍是没有出声，只是和家人们一起离去，在小血的视野中渐行渐远。

"我们胜利啦！"小血高兴地喊道。战斗的滋味原来如此美妙！

红莓果靠在她哥哥的身上，看上去颇为疲惫，眼里却带着笑意。

"你们最好赶快回去让巫师检查一下。"蓝莓霜打量着他们的伤势，建议说，"我得去找雷焰谈谈，河谷之外的猫什么时候已经相信自己能够正大光明地侵犯我们的领地了。"

河边的沙地上留下了厮打后的痕迹，血腥味充盈着他们的嗅觉。小血这时才发现自己身上几乎没剩下一块完整的皮毛。

小火走到空地边缘，突然停住脚步，指着被扔在地上的一只死田鼠，问道："这是你们的猎物吗？"

红莓果瞥了它一眼："那个桃子一家被我们抓住偷猎，那是他们抓到的。"

桃子？小血这才想起打仗时听到的那个名字，以及当时她给他的那种熟悉感。和瓜子在夜里初次相遇的情形浮现在脑海中，黑白花斑公猫的声音再次响起："……意外碰见了我的大姐桃子。"

那是当年坚果收养的小猫！他恍然大悟，她已经离开了他们，组建了自己的家庭而独立生活了。

但是她为什么想和他们打一架呢？他又想起了："坚果不喜欢你们猫群的风殇。"

那天早上雷焰带着他开会，成年猫们最终做出的决定是："静观其变，人不犯我，我不犯人。"他们太轻敌了！

回去一定要告诉父亲，这不仅是一家子不知好歹的流浪猫。坚果收养了那么多的小猫，在河谷领地的边缘，可能到处都散布着想要来侵犯他们的猫！小血感到热血上涌，怒火充斥着脑海。他机械地向前迈着步伐，只顾沉浸在自己对外敌的担忧和可能被父亲重用的臆想中，差点儿一头撞上树干。

"嘿，你在干什么呢？"小火扑哧一笑。

"虽然你证明了自己是伟大的战士，走路也得看路啊。"燕子调侃道。

"别闹了！"蓝莓霜想阻止他们，自己却也忍不住笑了起来。

树木越来越稀少，最终只剩下开阔的谷地在眼前延伸。小血吸了口气，做好被群猫围在中间嘘寒问暖的准备。

"小寒，你怎么伤成了这样？"最先冲过来的是狐心。红毛母猫转向蓝莓霜和红莓果，好像没看到他们的伤势，便大声质问道，"让你们俩带小猫们出去，都不保护他们的吗？"

"母亲！"小寒有些尴尬地低下头，"我们遭遇了入侵者，大家都拼尽了全力作战。"

狐心仿佛这才注意到每只猫都受了伤，目光依次巡过小血和小火等猫，嘀咕道："为什么就你伤得最重？"

"狐心，你在这里挡着他们进去的路不会对你儿子有任何好处！"森鹰向他们走来，呼唤道，"樱花语，这里有伤员！"

年轻巫师匆匆地将他们带到溪边她的巢穴旁，查看大家的伤势。此事立刻引来了众猫的关注，一片蕴含各种情绪的喵声在河谷里响起。

樱花语叼来大团种子被除掉的柳絮，递给小血和小寒——正如小血不喜欢她一样，她对他们也并不友好，让他们自己止血。然后，她从河边石块的缝隙里抽出几束草药，咀嚼一番后靠近红莓果，将药膏敷在她的伤口上。一群七嘴八舌的猫儿们围过来，关于入侵者和战斗的问题问个不停，使他们不胜其烦。

银羽也过来了，母亲舔舔小血的耳朵，又帮他把草药贴在伤口上。小血感到有一种清凉的刺痛。

正当樱花语意图驱赶众猫时，雷焰和黑子从河谷的入口处走了过来。

"这是怎么回事？"黑子问。

雷焰飞快地走近，猫群自动为他让开一条路。首领忧心忡忡地问："发生了什么？"

红莓果把事情经过飞快地陈述了一遍，中间夹杂着樱花语为她处理伤口时倒抽的冷气。等她讲完后，大家都沉默了。

"是我们太纵容这些流浪猫了。"黑子却首先语气冷酷地下了结论。风殇不知什么时候也来到了这里，两位领导者不知思考着什么。

"我不明白他们为什么对我们有这么重的敌意。"风殇的蓝眼睛疑惑地大睁着，"森林这么大，明明可以和我们井水不犯河水啊。"

"坚果是你们的首领风殇同父异母的弟弟。"

这句话不断地在小血的脑海中回荡着，他现在对从前崇拜的姑父难以保持信任。他是真的不明白缘由吗？

猫群大部分都各自散开，小血叫住雷焰。

"父亲，我有些话想告诉你……"

"小血，我明白了，谢谢你的情报。"

小血从雷焰的巢穴里出来，身上的伤口还在隐隐作痛，但他的目光却忍不住被别的事物所吸引。年轻公猫枫尘和桦云，正和森鹰、叶晴一同带领一群比小血小些、刚开始训练的幼崽来到了一棵枝繁叶茂的大树旁。

叶晴敏捷地向树上爬去，不一会儿，她那身白斑皮毛就隐没在枝叶中了。

"现在，看好了。"她的声音从树上传出，"假设枫尘是一只正在追野鸡的狐狸，而森鹰就是那只野鸡。"

"嘿！"她的哥哥不满地扬起头，高声抗议。小猫们忍不住笑了出来。

"由不得你。"叶晴回答。森鹰向她的方向挥了一爪以表明自己的抗议，随即跟着枫尘表演性地互相追逐。

小血挑了一处距离他们不远却又不至于引起注意的阴影趴下，一边咀嚼着肥美的猎物，一边观察着他们的练习。

就在他们快要到树下时，叶晴往下跃去，不偏不倚地落在了森鹰身上。

"这不需要技巧，但需要思考。"叶晴道，"我们要根据森鹰的速度和我们之间的距离，分析出下跳的时间。"

"现在，你们中的一部分去森林中打猎。"桦云对大家说，"而另一些在树上追踪他们，趁其不备，给你们的伙伴一个惊喜。"

"是惊吓才对吧。"一只小猫小声咕哝。

小血不愿意承认，叶晴的聪明令他惊叹。她是从哪里知道这么多奇特的技巧的？都是她自己想出来的吗？他永远也不想和她为敌！

但是如果她想要继承雷焰成为首领呢？他垂下头，口中的鼠肉突然不复香甜。

森鹰和叶晴是亲兄妹，在兄姐的耀眼光环之下，小血还有什么优势，可以让猫群高看他一眼，而愿意尊他为王呢？

但猫王之梦实在太诱人，那幅曾被小血在心中细细描绘过许多次的美好图景一旦闪现，便让他的信念越发坚定。

小血如今已经得到了父亲的注意，只要遵循母亲的教导，用尽全力，他一定有机会的。

年轻的公猫再度高扬下巴。

樱花语篇·选择

"樱花语！"面对眼前猫群首领怒气冲冲的眼神，年轻的巫师端坐在矮矮的树丛旁，一双微眯的红眸光彩熠熠。

"嗯，怎么了？"樱花语心不在焉地应了一声，甩动着一根长长的、有着赤褐色环形斑纹的尾巴。

"樱花语，你还没帮几位小勇士上药呢。"雷焰平缓了点儿口气，催促道。

"好的，做完这些药我就去。"樱花语乖巧地答应道。

小溪流进河谷，汇进地下暗河，却有一条只有半尾长的分流，汇聚成一个小池塘。分流的三角处有一处植被——樱花语的居处，池塘边的石头上分门别类整齐地摆放着不同的草药。

樱花语环视着河谷，没看到参战的几只小猫，却看到叶晴带着她最喜爱的那名小徒弟爬上崖壁，心头涌出点儿莫名其妙的酸涩。巫师的命运，注定了她的日常不会是和好友并肩捕猎。

她强迫自己的注意力回到分拣草药上，心里却直犯嘀咕。

小血与他的同伴们回到河谷后，被赞为"小勇士"，然而她觉得红莓果太鲁莽了，如果支援来得晚些会怎么样呢？他们这样奋不顾身的蛮劲儿并不值得提倡。

不过她不想在雷焰面前直言自己的想法。她的舅舅从前待她挺好，不过自从她为小血与小火取名之后，雷焰的态度就变了。

虽然，那天她看到血色的雪地，火一般的阳光，清清楚楚地昭示着血与火的降临。

猫群都说樱花语的眼睛昭示着她是转世再生的老巫师夜樱，所以她的命运自小就与巫师紧密关联，然而独自探索的道路亦十分艰难，那是她作出的第一个预言，没有别的猫能明白这对她的重要性。但她也知道，雷焰绝不会相信，他的亲生骨肉就是夜樱曾经预言的血与火。

按照老传统，猫的名字往往来自出生时的景物，虽说现在并非每只猫都会遵守这项规矩，但血和火确实符合彼时的景象，何况幼崽的父母向来不会拒绝巫师的赐名。但雷焰可是新猫群的首领啊……这位巫师年少而稚嫩，换作大多数猫，恐怕也会怀疑预言的真实性，而不会相信两只可爱的小猫真的就是血与火啊。

樱花语真觉得自己当初没被暴怒的舅舅大卸八块是个奇迹……多亏她是风殇和落蝶的女儿。

母亲曾告诉她的老预言再次在脑中闪现：飞蛾扑火之子，蝶舞成殇之女，会拯救被血与火洗礼的猫国。

年轻的巫师开始在石头上用薄而锋锐的石片研磨药膏，这时，小寒走了过来，默默地坐在她身边看着。

樱花语不喜欢小寒——准确地说，除了一同长大的森鹰兄弟之外，那位首领的其他孩子她都不喜欢，她认为舅舅不该以首领的身份随意发情。

她知道这只小公猫心思不少，不过又与她何干呢？他们除了一点儿相同的血脉之外，几乎完全没有交集，他能够表现得乖巧已然足够。

"嘿，樱花语。"小寒忽然开了口，用尾巴指向樱花语摆在水池边的水晶碎片——那神奇的宝物在阳光下折射出七彩光晕，"那，那是什么？"

"水晶。"

小寒俯身去看，樱花语知道他在光天化日之下干不了什么，所以并未阻止，继续制作自己的药。

小寒突然道："我看到了好多东西。"

樱花语不可置信地回头盯着他，后者正很认真地凝视着水晶。

"森林，大片的森林。"小寒的声音非常缥缈，像是从远处传来，"晴朗的天空中，鹰和燕子并肩飞翔，云中有绚烂的七色彩虹，就像水晶折射的光。"

樱花语心中一下子腾起各种各样的思绪，刹那间她心中已然百转千回，然而最后脱口而出的却是一句："正常，每只猫在水晶里都会看到不一样的事物。"

樱花语说不清楚那是种什么样的感觉，发自内心的抗拒？反正，当她得知小寒有预言的天分时，直觉般地选择了拒绝与隐瞒。

"哦，这样啊。"小寒的声音里带着一丝难掩的失望，这使樱花语心里一惊，他不会知道了什么吧？

毕竟，他是可以在水晶里看到未来的预言家传世者啊。

蛾梦在世时看樱花语感兴趣，曾给年纪尚幼的她讲过这些故

猫国传奇之风起潮涌

事：巫师这种职业产生于许久以前，那时这片森林还很年轻，土地肥沃，各种植物野蛮生长，理所当然地吸引了各种族的动物，其中不乏一些大型食肉动物。渺小而脆弱的猫族生存艰难，一度将近灭绝。

有些小猫从小就表现出了不平凡的能力。他们各有专长，有的会根据自然界的征兆预言，有的会使用草药，有的甚至学会了使用火。

他们利用自己的技能帮猫儿们抵抗强大的动物，或是帮受伤的猫儿治疗。作为回报，普通猫为他们捕猎，也保护他们的巢穴。其他猫儿认为这样的能力是巫术，于是把他们统称为巫师。

后来，巫师们培育他们的后代接替了自己的职位，于是巫师的技能就这样一代一代地传承了下去，他们始终坚持不懈、勤勤恳恳地为森林猫儿们服务。

时光飞逝，在漫长岁月里的进化与淘汰中，森林成为猫族的天下，战乱和恐怖的寒暑也越来越少，巫师的数量也随之减少。樱花语的天分与蛾梦一样，体现在制作草药上。治疗是森林猫儿们最需要的，但也导致其他许多传承在逐渐流失，譬如预言。

预言家能在水晶和各种天象中看到征兆，作出预言。而能在水晶中看到景象的，就是预言家的传世者了。

小寒的母亲狐心大概有预言家的血脉。樱花语想，她在心中默默地向蛾梦、夜樱以及巫师祖先们祈祷着。

"对不起，我因为自己的自私，亲手放走了一位预言家。如果我做得不对，那便请惩罚我，只要给我送来一位善良、聪慧、单纯的徒弟，让巫师这种神圣的天分在最好的猫儿身上传承下去，我就知足了。"

櫻花语配好需要的药时，小猫们已经全部围在她身边，纷纷表示对治疗的恐惧。

这时，小血的弟弟小火缓步走了过来。他将樱花语当成空气，抖抖耳朵，俯身在小母猫们耳边低语着安抚她们，很快让她们都平静下来。

小火那张抹了蜜的嘴有时候还是有点儿用处的。樱花语想。她把药挨个抹在小猫们的伤口上，动作细致又快速。

"樱花语，干得不错啊。"

樱花语回头望去，是母亲落蝶。她朝着母亲笑了，毛色鲜艳的母猫走到她身边，用尾巴轻轻爱抚着女儿的脊背："你想去……采草药吗？我们好久没一起出去了。"

"当然。"樱花语结束工作，走了两步靠近溪边，蹲下身将爪子浸在清凉的水中清洗。

小猫们纷纷散开，樱花语甩了甩毛发上的水珠，落蝶笑着躲闪开。

她们并肩穿过河谷进入森林，往偏僻处那些猎物不多、但植被茂密的地方走去。

"女儿，你是非常优秀的巫师。"落蝶没头没脑地来了这么一句，"爸爸妈妈永远相信你。"

樱花语呼吸一顿。

小血和小火越发优秀，不再有任何猫相信她年少时的预言，心头那些连她自己几乎都没有察觉的疑虑和迷茫，竟被她向来大大咧咧的母亲细腻地捕捉到了。

"谢谢妈妈。"她真心实意地说，思虑一下，又补上一句，

"不过，你也相信小血和小火真的如夜樱所说，会给我们带来灾难吗？"

"目前还看不出来。"落蝶坦率地说，"但我不会忘记你们说过的话。"

"就算你还年轻，难道我不相信夜樱吗？"她亲密地用鼻子蹭蹭女儿，"你是她预言里'蝶舞成殇'结合诞下的后代，就算有一天森林真陷入了危难之中，你也会拯救我们的。"

"飞蛾扑火，蝶舞成殇"真的指代雷焰与蛾梦的子女、风殇与落蝶的后代吗？樱花语心知森鹰与叶晴的强大，预言的前半部分是很有说服力的。然而她不过是一位巫师，失去同伴后甚至喂不饱自己，又如何拯救森林？但她不愿意直视母亲乐观的眼眸，于是边走边低头用牙齿从路边撕下叶子，一股陌生而奇怪的气味突然钻进她的鼻孔。

她耸动鼻子嗅了嗅，发现那是陌生猫的气味，她可以断定，这股气味不属于河谷猫群的任何一只猫。

她想把这件事告诉母亲，却发现母亲僵在原地，眼睛直直地盯着一个方向。

"出来。"她全身毛发直立起来，低吼道。

"眼力不错。"

一只身材细长的灰褐色虎斑公猫从一片灌木后走出。同时，两只成年公猫分别出现在落蝶和樱花语的左后方和右后方，在她们周围形成一个包围之势的三角形。

樱花语一看便知来者不善，自己完全没有战斗能力，如果这些陌生猫想攻击她们，她们是毫无抵抗能力的。她心中不禁打起了鼓。

"落蝶……"虎斑猫眼睛闪亮地望着她们，低语道，"我哥哥风殇的妻子和女儿……逮到一个你们落单的机会可真是不容易呢。"

"你是谁？"落蝶后退一步，樱花语能感受到母亲紧贴着自己的身体在颤抖。

这些不知道从哪儿来的猫为什么会知道他们一家？又为什么会针对她们？而且她的父亲与雷焰被养母抚养长大，根本没有弟弟啊！

"你想干什么？"落蝶很显然充满了与她相同的疑惑，但她丝毫没有表露出来。母亲明亮的绿眼睛凶狠地盯着对手，浑身毛发直立起来，显得她比平时一下子大了两倍。

虎斑公猫摇着头，说着樱花语听不懂的话："终究，又一次重蹈覆辙。"

"不如这样，"他赶在落蝶伸出爪子之前收起了那副装疯卖傻的腔调，"你们两位先听我讲个故事如何？反正……"那双蓝眼睛扫视一圈，"你们也无法离开这里。"

"凭什么？"落蝶瞪大眼睛，"我们明明井水不犯河水——"

樱花语用胡须触碰她的脸颊，提醒母亲虽然事情发生得莫名其妙，但毕竟她们此刻已身陷险境。灰褐色公猫露出嘲讽的眼神，但他并没出言不逊，而是缓缓地开了口：

"很多年前，那只外表美丽却蛇蝎心肠的母猫，使那只负心的银色公猫抛弃了他怀孕的妻子。"陷入回忆的虎斑公猫眼神逐渐迷蒙起来，"大家都知道他们是郎才女貌，被抛弃的可怜母猫却彻底被遗忘，但她很坚强，还是生下了他们的孩子并独自抚养。直到……残忍暴虐的狼群在森林里大开杀戒，那只母猫遭到了上天的报应。"

公猫的眼神透出快意："公猫这才回到妻子身边，但他们的孩子已经多半离开了这个世界……而当公猫发现他和美丽母猫的小儿子被其他母猫救起，并隐瞒着身世被养大之时，立马便离开了。"

他幽幽长叹一口气："从始至终他的妻儿不过是替补，他们再一次被抛弃。幸运的是，那时候他的另一个儿子，那个根本不像他亲生骨肉的儿子，已经拥有了养活自己的能力。而也是从那时候起，那个儿子发誓不会重蹈覆辙。他尽自己之力，不再让森林里的小猫落到被双亲抛弃、孤苦伶仃的境地……"

落蝶竟听得入迷了，情不自禁地喊道："那只公猫太卑鄙了！"

樱花语看到她开口，便连忙想要去阻止她，可是已经晚了，灰褐色公猫笑得狰狞，大步逼近她们。

"你也觉得那只公猫很卑鄙……对不对？"他放慢语气，拖得长长的音调显得有些阴森，"可他就是你丈夫所敬爱的父亲。而那另一个儿子，名叫坚果，也就是我。"

落蝶退后一步，瞪圆了碧绿色的眼睛，嘶声叫道："那不可能！如果有这样的事，风殇……怎么可能不告诉我……"她音调渐低，已经有些底气不足。

樱花语在心里苦笑，银色的猫儿并不常见，加之坚果寻仇的态度，故事听到一半，她似乎已经了解了事情的来龙去脉。

不过这对她来说没有那么意外，每只猫都有自己的秘密。而猫的本性是趋利避害的，如果她拥有这样自私冷酷的父母……她可能也会选择掩盖。

但对她善良而疾恶如仇的母亲来说，便完全不一样了。

"风殇曾经拼命地掩盖那些故事，后来又怎么会告诉你们呢？"坚果语气轻蔑，"他是嫌自己的脸还不够丑，非要剥开自己的心让大家见识一下有多黑吗？"

听到他这样侮辱父亲，樱花语的爪子深深地插进了泥地里。这个故事里没有良心的明明是爷爷，怎么能把责任全部推给父亲呢？

"风殇建立你们这个猫群时，说什么'幼有所养，老有所终'，居然和我的目标一样。"坚果摇了摇头，状似遗憾，"但我们家两代的恩怨，必须有一个了结。"

"我必须让风殇尝一尝失去至爱的滋味。"坚果冷酷地说，"这样，他和他父亲欠我和我母亲的债才能还清。"

樱花语拼命转动着脑子，思索她和母亲该如何逃生。脑子里一团糨糊的同时，体侧却猝不及防地失去了母亲毛发的触感，落蝶毫不犹豫地冲着坚果向前跳去，绿眼睛里充满了怒火。

樱花语的拦阻迟了，这世上从没猫可以成功阻止落蝶做她想做的事。

"樱花语！快离开这里！"落蝶旋风般地蹿到坚果身前，挥舞着爪子撕扯他的皮毛，公猫痛苦的嚎叫声传进樱花语的耳朵里，她呆若木鸡地站在原地，眼前的世界模糊起来。

"跑啊！"落蝶喊。

坚果立即反击，另外两只公猫都转身冲过去帮助首领。落蝶以一敌三，却丝毫没有表现出畏惧。樱花语趁此机会，从他们中间冲出，拼尽全力朝另外一个方向奔去。

那是她听到的母亲最后一句话。

一声嘶吼划破碧蓝的长空。

小血正趴在一堆被午后的阳光晒得暖融融的落叶上晒太阳，一瞬间吓得从地上弹了起来。

小火紧跟着站起身，担心地四处张望："发生了什么？"

小血的目光扫过同样神情疑惑的群猫，定格在河谷崖壁边。他看到风殇昂首望着天空，浑身的毛发都蓬松开来，像一匹银狼。他的脸上带着无尽的悲哀，那种神色深深扎进了小血的心口，他不知道发生了什么，但已经感到内心刺痛。

"苍天，这是发生了什么……"身后的小火低声喃喃。

小血说："走，我们快去看看情况。"

他们靠近后，小血看到那里聚集了许多猫。风殇的女儿樱花语蜷缩在父亲身旁，无助地流着泪，叶晴紧紧靠着她，低声在她耳边说着安慰的话语。父亲的毛发根根竖立，神情复杂，难以捉摸。

"父亲，到底发生了什么？"小血一个滑步停在雷焰的面前，急迫地问道。

雷焰的神态里透着疲惫和难过，他望着小血和小火低叹一声："你们的姑姑——落蝶——被杀害了。"

小血一下子愣在了原地，瞪大眼睛，心中波涛汹涌。

四、猫心难测

秋风乍起，落叶漫天，溪水东流，孤夜月明。

河谷里的沙地上还残余着阳光的温暖，小血悠闲地趴在上面，他见到身边撕咬着猎物的弟弟眼神一变，立马也回头往背后看去。

刚刚他们看到小寒和小玫瑰就坐在不远处一起吃一条鱼，才到这儿来的，现在两只小猫却趁着夜色的掩护，悄悄往远处溜去。小血和小火放轻脚步，悄悄跟在他们后面。

兄妹俩停下脚步，开始窃窃私语。小血示意小火在一丛灌木的阴影里趴下，他故作轻松，心脏却怦怦跳着。如果小寒和小玫瑰稍微扭头往这边望来，就会注意到他们俩鲜艳的毛色。

要是黑猫该多好啊。

在小血的提心吊胆中，小寒开口说话了，此时的他再也不是平常安静内敛的模样，而是一只浑身长满了刺的臭脾气小猫。

"小玫瑰！"他吼道，"你毕竟是只母猫，斗不过那兄弟俩的，你要帮我！"

兄弟俩？小血一愣，指的是自己和弟弟吗？

"怎么帮？"小玫瑰小心翼翼地问道。

小寒凑近小玫瑰，小血可以想象出他那双蓝色眸子在他可怜的妹妹眼前无限放大的样子："你，必须成为一名巫师！"

小血瑟缩了一下，转头刚好撞上小火的目光。从弟弟的眼神中，他知道小火的想法与他相同。

小寒也一直计划着成为首领？他们同父异母的弟弟竟然隐匿着远超出他们想象的野心！

"你难道看不出来巫师掌控着话语权吗？"小寒还在继续，"在流感高发的季节里，整个猫群的性命都掌控在巫师手中。妈妈说，有一个巫师妹妹能对我成为首领起到非常大的帮助！"

狐心居然怂恿自己的孩子用如此幼稚的手段争抢首领之位……小血感到不可置信。

小玫瑰被训斥了一顿，眼泪汪汪地同意了哥哥的提议。她垂着头跟在小寒身后，往河谷中间群猫聚集的地方走去。

等他们走出了一段距离后，小血才假装随意地跟上去。

小寒用尾巴把小玫瑰圈在身旁，不知情者可能还会赞美他对妹妹的爱护。但小血知道，他只是在防止小玫瑰逃走。

小寒与小玫瑰走向雷焰和风殇的巢穴，小火低骂一声："不要脸！"

"走，跟过去听听。"小血露出一个顽皮的眼神，沿着石头小径往上走去。

"喂！动作轻一点儿好不好？"小火抱怨道。

小血太急切了，以至于在攀爬的过程中踢下了不少碎石："抱歉。"

他们靠在洞边，倾听着洞内的声音。

"父亲，小玫瑰有事要跟您说。"当小寒来到雷焰面前时，他又变得礼貌起来。

"什么事呀？"父亲的声音里带着笑意。

小玫瑰的声音颤抖着，只不过她向来内向，雷焰居然没听出来："我……我想当一名巫师。"

"真的吗？太好了！"小血听到雷焰欢天喜地的声音，气愤得想撕开小寒白色的皮毛。

小血做了个深呼吸，与小火一起走进巢穴："祝贺妹妹呀！"

小寒的眼神中带着几分惊疑，小血却无辜地与他对视，小寒瞪了他一眼，把目光挪开。

"小玫瑰，你将成为樱花语的徒弟。"雷焰细心地将花斑小猫耳朵上翘起的一撮毛舔平，"樱花语对你怎么样，一定要告诉我，好吗？"

自从落蝶去世后，雷焰似乎越来越不喜欢樱花语。小血对此倒是乐见。

"好……"小玫瑰细声答应道。

"行，去吧。"雷焰摸摸小猫们的脑袋，接着说，"我要去看看风殇，顺便通知一下樱花语。"他走出洞穴，小血和小火跟在他身后走下石头小径，看着巫师居住的那块三角绿带。

自落蝶逝世之后，风殇便一病不起。樱花语说这次袭击缘于世仇。小血打听了很久，可是消息被雷焰瞒得严严实实。

樱花语每天用药材给风殇调理身体，索性在自己的住处给父亲建了个窝，此时风殇便趴在窝里。

随着天气转凉，猎物纷纷躲藏，猫儿们确实都不如春夏季节肥胖，风殇则瘦得能看见凸出的肋骨，没了平日里那份威严的精气神，脸上纵横的伤疤显得格外可怖，处处都透出憔悴和病态。此时看到好友走来，迷茫的蓝眼睛里才重新放出了光。

"雷焰！"他高兴地呼唤他。

雷焰低下头，亲昵地用鼻子碰碰好友："落蝶为保护女儿而死，肯定也不希望你这么难过。"

小血的心情有些矛盾。"首领们正在策划如何报仇，自己却还在暗地里和瓜子联系，这算是一种背叛吗？"

"樱花语，"雷焰招呼道，"有个事情……"

小血没兴致再听下去，一想到小寒的所作所为，他的心情便会重新笼上一层阴霾。他焦躁地穿过猫群，回到巢穴，躺在冰凉坚硬的石头上浅浅入眠，不久后就被冻醒了。

小血从窝里爬起来，轻巧地朝洞穴外跳去，却听见银羽在背后低声唤自己的名字。

小血一下子便僵住了，猛地扭回头。

"母亲，我……"他的脑子急速飞转，却硬是编不出理由，整个猫群都在呼呼大睡的时候，他出去又能干什么呢？

银羽轻笑了一声："小血，别演了。你那点小九九，我全知道。"

小血无奈地站住，听着母亲接下来的话。

"我并不反对你独自出去练习，我也不反对你不带小火——虽然这并不是一个母亲应该有的偏心。"她赶紧补了一句，"毕竟我们都知道，你的目标是河谷猫群的下一任首领。"

这句话从银羽的口中吐出来，多么悦耳动听啊。猫王之位永远是小血的梦想，能唤起他全部的斗志。

银羽接着道："但谁和你一起练习，是个很严肃的问题。"

小血一下子紧张起来，他很怕母亲批评他。他知道自己和弟弟身上寄托着母亲殷殷的期盼，从小到大，他最恐惧的事情就是让母亲失望。

银羽深深地看了他一眼："我不想去追究，你身上陌生的气味我也认不出来。但你毕竟还年轻，不明白忠诚的重要性。猫群外的猫都是我们的敌猫，而我们要对敌猫做的事，就是消灭他们。

"哪怕，不择手段。"

深夜的森林空气冰冷清新，厚厚的云层遮蔽了整片天空。小血机械地奔跑着，母亲的声音回荡在脑海里。

"少一张吃饭的嘴，森林里就会多几百只老鼠。少一只敌猫，我们河谷猫群就会多一分和平安宁……"

他的爪子绷得隐隐发痛，暗暗狠下心肠，母亲说得对，是他太软弱了！小寒为了扶持妹妹当上巫师都可以撒那么一个弥天大谎，而这尚且只是在猫群的内部。

谁知道坚果想要什么，未来还会对他们做什么呢？对付敌猫就是应该不择手段，更别提机会已经握在手中。

眼前约定的地方，果然站着熟悉的身影。

"小血。"瓜子一见到小血，便立马迎来，"落蝶的事……我很抱歉。坚果先前没告诉我，我没能劝劝他。"

瓜子语气中的歉意不似作假，倒让已经定好了周详计划的小血心里陡然升起一股愧疚之情，但他连忙在心里默读母亲的话反省，他们可是凶手！

"不过，他们成年猫之间的恩怨无关我们的友谊。"瓜子转换话题，"我们今天练习哪个动作？"

小血看着面前眼神单纯的公猫，深吸一口气，说出了自己准备好的谎言："我的父亲，雷焰，想和你们进行一次公开的谈判。"

瓜子瞪大了眼："谈判？我还以为……河谷猫群早就对我们恨之入骨了呢。"

他以为的是对的。小血小心翼翼地为自己圆谎："风殇现在已经一病不起，我父亲很生气，他想要你们付出一些代价，但他也觉得森林里不能再流血了，不然，冤冤相报何时了？所以他希望你们补偿我们。"

瓜子犹豫了一会儿，最终在小血期盼的眼神下，还是点了点头："我会去通知坚果来谈判，并尽量劝他答应你们的要求。"

答应了就好办了。小血也松了口气。

"那我们今天不能再练习战斗了。"他说，"因为我父亲在河谷等着我回去报告情况呢。我们决定一个时间和地点吧。"

瓜子思索了一下："就在这个地方可以吗？"

"可以。"小血肯定地承诺道，"那就明天晚上，同样的时间。"

与瓜子道别后，小血飞奔回河谷，直接冲进了雷焰的巢穴。

雷焰独自趴在洞底，听到声音，耳朵迅速竖了起来。

"谁？"他低吼道，声音里还带着睡意。

"我，小血。"小血说，"父亲，我有情报要给您！"

雷焰琥珀色的眼睛一下子完全睁开了，变得清醒起来。他站起身，甩甩头，似乎要把睡意全部赶走。

"我刚才去捕猎。"小血把自己精心编织的故事说出来，"我在森林里遇见了坚果手下的猫，他们没看见我，我就藏起来，想听听他们在讲什么。有一只小猫告诉其他的同伴，坚果要来报仇，而且是光明正大地报仇。"

看见父亲听得聚精会神，小血轻声说："坚果让他们明晚在我遇见他们的那个地方集合，进攻河谷。"

父亲的表情因震惊而扭曲，小血知道自己已经成功了，父亲完完全全地相信了他的话，现在一切都在按照他的计划进行。如果这次河谷猫群的威胁被彻底清除，父亲一定会进一步注意自己。

"如果没有你听到的这些话，明晚我们肯定会遭遇伏击。"雷焰沙哑着嗓子说，"我们反打他们个措手不及，也是为落蝶复仇了。"

"是，父亲。"小血回答。怕被看出破绽，他再不耽搁，转身欲出洞，却被雷焰沉声叫住。

"父亲，怎么了？"小血心中暗暗思索着，到底什么地方露馅了。

雷焰用尾巴拍拍自己身边铺着羽毛的窝："你回去会把银羽和小火吵醒了，你就睡在这儿吧。"

据小血所知，连森鹰都没有睡过这个属于首领的洞穴呢！他高兴得快要飞起来了，他在父亲身边躺下时，甚至还打了个滚。

"做个好梦，小血。"父亲说。小血刚躺下一会儿就进入了梦乡。

天空刚露出一抹浅浅的鱼肚白时，小血便醒来了。他迫不及待地钻出了巢穴。森林也还未醒，连秋风都屏住了呼吸。云朵灰蒙蒙的，清新的空气中有一股淡淡的寒意，草叶上凝结着晶莹剔透的露珠，犹如它的泪水。

"小血。"雷焰的声音从小血身后传来。

小血回头望向父亲："您现在可以告诉我计划是什么了吗？"

"别急。"雷焰看着他激动的模样，眼中流露出笑意，"我们有充裕的时间，等其他猫醒来之后，我再宣布怎么去战斗。"

小血下意识耍起了赖："您先告诉我嘛。"本来他一出口就后悔了，因为往常和雷焰耍赖可是雪心的特权，父亲却说："好。"

刹那间，天边已经显出了很淡的粉红色，温柔的灰色云朵也被染成了粉色，好像夏日的玫瑰花在天空中盛放。

"我打算分派两支战斗队从两个不同的地方围过去，在坚果猫群不知不觉的时候，对他们形成包围之势。"雷焰细细讲道，"风殇会率领另外一些猫守护河谷——营地是我们的根基，哪怕只有一点点可能被攻击，也一定要保护好它。"

"一支战斗队由我率领，队员有你和小寒。另一支战斗队——唉，真遗憾我们几乎失去了一位首领。"雷焰叹气道，"我想现在风殇连自己都保护不好，另一支战斗队应当由你哥哥姐姐领导。"

尽管小血还是很嫉妒森鹰和叶晴，可是昨晚和今早发生的那么多事，已经足够让他感到自己在雷焰心里占据了重要的地位。况且，他也要参加战斗，而他做得一定会比他们好。

天边的粉红色越来越鲜艳，就像熊熊燃烧的火焰，云彩绽放出金黄的光芒。终于，在远处的山脉后，太阳蹦了出来，它发出阵阵炙热的火光，照耀在森林上方。

雷焰指了指天空："看，太阳出来了，你先去吃点儿东西吧，大家很快就会醒来。"

小血应了一声，一路小跑到溪边的"天然冰箱"旁，从里面拉出一只肥美的老鼠，狠狠地咬了一口。

很快，一大片灰黑色、橙白色和虎斑的皮毛从洞穴中涌出，聚集在沙地上。

众猫每天早上起来的第一件事都是听雷焰布置任务。端坐在高处的首领把小血的故事简略地说了一遍，然后喊道："黑子——"

"在，首领。"体格瘦小的黑猫从崖壁下的阴影中走出来，恭敬地站立着。

雷焰点了一串名字，其中就包括小血的大部分兄弟姐妹："黑子，请你分配这些猫去捕猎，晚上他们与你一起守护河谷。"

一片失望的叹息声从小猫们聚集的地方传来。

"父亲带你也就算了。凭什么带小寒，甚至连燕子都带上了，却不带我？"小火愤怒地对小血说。

小血没有回答。燕子是他见过的同龄母猫里——也许除了叶晴——最机灵聪慧的。

"很好，接下来，小血、小寒……"雷焰又点了一连串猫名，"你们跟着我，从东边攻击。森鹰和叶晴带领……从西北边绕过去。"

小血敏锐地注意到，雷焰把多数经验丰富的猫安排在了森鹰那队。如何调兵布阵是首领的必修课，更是他将来征战四方的前提，父亲的决策一定都含着从前血的经验，小血希望自己能学到这其中的精髓。

"好了，晚上要参加战斗的猫现在可以去吃点儿东西，积蓄力量，准备晚上的战斗。"雷焰摆摆尾巴，示意解散，"守护河谷的猫，现在出猎。"

"小血，我走了。一定要在战场上保护好自己。"小火招呼另一只小猫一同离开了。

小血有些惆怅，因为他和弟弟几乎从未在这样的大事上彼此分离。但一想到这是一个自己争取来的好机会，他的心房就只能容得下紧张和兴奋，一定要好好表现！

他三口两口吃完自己那只老鼠，开始在沙地上活动身体，等待夜晚的来临。

夜已深，秋风携了些冷意在森林中穿梭，卷得枝叶乱舞。

"现在，出击！"雷焰站在高处喊，然后一纵，从岩石上跳下，轻巧地落在地上，小血和战斗队其他的成员一同跟在他身后，向战场进发。森鹰和叶晴带着他们的队员跳上河岸，朝森林外侧进发。

小血紧随在父亲身后，风呼呼地从他耳畔刮过，他的心中充盈着激动之情。

"大家保持镇定，跟紧我。"小血听到父亲的声音。他做了几个深呼吸，让自己跳得很快的心平复下来。

随着战斗队深入森林，河谷领地猫群的气息渐渐微弱，取而代之的是浓郁的松脂味儿和杂乱的猎物气味，小血和瓜子约定的那处地方，似乎已近在咫尺。

看到了！

熟悉的林中空地映入眼帘，被十来只猫团团围着的那只褐色虎斑公猫，应当就是传说中的坚果了。他很瘦，身体细长，而不是像小血想象中那样，身材壮硕，威风凛凛。

"进攻！"雷焰大吼一声，率先扑向猫群。

对方没想到河谷猫群直接发动了进攻，瞬间乱了阵脚。小血隐约听到了坚果的声音："我们被骗了！"不过让他庆幸的是，空地上充满了河谷猫群喊打喊杀的声音，将其完全掩盖。

小血看到了瓜子的黑白皮毛，因此特意选择了另一个方向进攻。他怒吼着向一只和他差不多大的年轻猫挥出一只爪子，对方侧身避过，一个滑步溜过来想咬他后腿。

原来这些猫也不全是像瓜子一样，完全没经受过战斗训练嘛。

战斗使小血兴奋起来，他用前腿撑地立起来，避开小猫的牙齿，以前腿为轴心，下半身一个旋转，像流星锤一样把对方撞倒在地，顺势伸出后爪蹬过去，在对方肩膀上留下一道血痕。

"小血！来帮忙！"小血听到竹笙的声音，一个转身，看见灰白色公猫正在同时对付两只看上去像是姐妹的虎斑母猫，显得有些寡不敌众。

小血立刻弓起身子一跃，迅速地来到竹笙身边，伸出一爪帮竹笙挡开那只母猫的爪子，不给对方留任何反应的时间，随即另一只前爪也抓了上去。

他很快找到了节奏感，两只前爪飞快地轮流出击，不留任何空隙，步步紧逼，对方一边往后退去，一边勉强应战，却难免顾此失彼，能被小血抓得到的部位很快就多了许多爪印。

竹笙毕竟也是河谷猫群名列前茅的战士，在单打独斗的情况下，年富力强的他立即展现出优势，竹笙三两下就把那只母猫打得逃进森林，转眼间就不见了踪影。

这时，叶晴和森鹰的战斗队赶到了！

若说刚刚坚果那方还能仗着猫多势众，略占上风，可现在已经没了胜势，何况对手都是河谷猫群里面优秀的斗士。

小血继续与竹笙并肩作战，他们彼此心照不宣。小血比起年长的竹笙，出招时多了些尖锐，伸出的爪子能逼得敌猫露出破绽，这个时候，经验丰富老辣的竹笙便伺机而动。

竹笙的利爪像一条吐着芯子的毒蛇，快得像一道闪电，一击刺中对手的喉咙，在猫最脆弱的喉管部位留下一道长长的血痕。

"小心点儿，不要杀他。"小血叮嘱道。杀死对手可毫无好处，只会给河谷猫群留下"心狠手辣"的名声。

"知道。"竹笙低声应道，一边脚下不停，配合小血的走位，把两只敌猫分隔开来，背靠背地分别迎战他们，不让他们彼此给对方补上破绽，瞬间就简单得多了。

此时的战局对坚果一方来说非常惨烈，已经有七八只年轻猫被河谷猫群逼走，小血的对手们战斗力减损了将近一半，剩下老辣的对手们仍在浴血奋战。看似毫不出众的坚果，却是超乎小血想象的强大，独自对战河谷的两只成年公猫也不落下风。

这时小血听到一声独属于他父亲的怒吼，他风一般穿过战场，直扑坚果而去。敌方的首领背对着他，雷焰的利齿闪着寒光，小血张大了嘴巴。

这时，一个黑色的身影鬼魅般从猫群中闪出，干净利落地一爪击向雷焰侧腹，将尚未站稳的橙色公猫打了一个趔趄。坚果得以避开他的攻势，两只公猫各自抽身离开，消失在猫群中。

小血愣在原地，那只黑猫的模样，他再熟悉不过了。

黑子！他为什么会在本该守护河谷时出现在战场上？又为什么会从雷焰爪下救下了敌方的首领？

他扫视着战场，好像每只猫都投入在自己的战斗中，并没有谁注意到黑子刚才的动作。而此时河谷猫群已经占据了大大的优势。坚果正回头环顾战场，好像已发现己方的劣势。"我们撤！"他长啸一声，"不恋战，安全第一！"随即一旋身，很快消失在了森林深处。

坚果与他的同伴们撤退得极快，雷焰命令河谷猫群停止追击："大家干得不错！"小血听出了他语气里的欣慰，心中也漾起快乐。同时暗暗庆幸坚果没有一直指控他的欺骗，同伴们完全没有瞧出端倪。

不过他确实帮猫群成功地复了仇。他安慰自己，坚果猫群未来
必是劲敌。他虽然撒了谎，但都是为河谷好，先下手为强总是没有
错的。

只是那只黑猫突然蹿出来的身影依然在他脑海里挥之不去……
小血纠结地想，他应该向父亲指控黑子吗？可是他没有证据，雷焰
也无法惩罚黑子，会不会反而打草惊蛇了呢？

不如先默默观察，保持警惕。小血思量着，最终决定：如果黑
子真有背叛之心，迟早会被他抓到小辫子的。

"小血，走了！"河谷猫群的战斗猫们纷纷离开战场，唯余小
血沉浸在自己的思绪中，听到燕子在前面呼喊，他立刻迈步跟上。

河谷猫群的猫都多多少少受了点伤，甚至父亲——他在战斗中
好像与坚果对打了一段时间——也显得颇为狼狈。樱花语似乎早有
准备，溪边的石头上整整齐齐地码放着各种草药，一见战斗队走进
河谷，暗红眼眸的年轻巫师立即迎了上来。

她挨个简单地检查了大家的伤势，将口中一些气味刺鼻的叶片
分给伤得不重的猫儿们，然后便直奔叶晴而去，细细打量着她的各
个部位。

小血接过草药时，读出了巫师那对色彩奇异的眼瞳中写满的怀
疑，这使他不禁有些害怕，却还是毫不示弱地瞪回去。

与此同时小火也向他奔来："怎么样？"弟弟刹住脚步，嗅着
小血身上的血迹，连珠炮似的抛来问题，"我们赢了吗？给了凶手
们一个难忘的教训吗？你打得如何？"

"很顺利，"小血坐下来，将尾巴盘到脚边，按着巫师的指示把
那些草药嚼烂，然后把药糊舔进肩膀上一道他够得到的伤口里，"我
真希望你在，你一定也会喜欢纵横战场的感觉的！"

"我们给了他们一记重创，我相信这会是一个难忘的教训。"燕子插嘴说，坐在旁边各自抹药的猫儿们听到这些话，都笑了起来。

草药涂在受伤的地方感觉火辣辣的，但同时也带来一阵清凉。

这时，雷焰的声音从高处传来，小血下意识地仰头望去。

"今天我们胜利了！大家在战斗中都表现得勇敢无畏，成功为落蝶复了仇！"

一阵欢呼声在猫群里像水波一样荡漾开来，小血跟着叫了几声，就见雷焰摆摆尾巴，示意大家安静。

"在这里，我还要特别表扬一只年轻猫。"他说。

猫群已然安静下来，每只猫都期待地抬头紧盯着雷焰，小血微微低下头，努力回忆着今天的战斗中，表现得更好的是森鹰还是叶晴。

"——这只猫就是小血！"雷焰宣布。小血惊异地抬起头，不敢相信地盯着他的父亲。

"当小血发现敌猫时，他没有鲁莽地直接出击，而是在得到了军情后，回来找我报告，让我们做出缜密的计划，攻击敌猫。"雷焰清了清嗓子，补充道，"并且，他在今天的战斗中也打跑了很多敌猫，我们以他的勇敢和聪明为荣！"

猫群再次欢呼起来，猫们都围在小血身边赞扬他。小火和燕子挤到他旁边恭喜他，年长的猫夸奖他，森鹰也佩服地看着他，小寒用嫉妒的目光瞪着他。这种感觉飘飘欲仙，如此之美妙。

雷焰又说了些别的，小血努力保持镇定，可是心里的那只小猫，简直想蹦起来大叫。

夜空浩瀚无垠，璀璨星河看起来比溪水更温柔。

五、成年

"猫族的子民们！"雷焰雄浑有力的吼叫声响起，猫儿们纷纷钻出自己的巢穴，聚集在河谷狭长的空地间。

小血被吵醒后，困倦地站起身，一边用尾巴拍打身旁同样睁不开眼的小火，一边从洞口探出头去张望。

阳光明媚的傍晚时光，最适合趴在阴凉的洞穴里小睡一会儿，父亲这是在做什么呢？

小血的目光瞟向雷焰所立的崖顶，身子忽地一颤，看到雷焰身边竟然坐着一只与他一模一样的年轻猫！

小血的相貌与父亲有三分像，一望便知是父子。小火的毛色与父亲相同，所以就像一个模子里刻出来的。但面前的这只小猫，除了毛色不同，几乎完全就是一个稍小了一圈的雷焰啊！

"喀喀——"雷焰清了清嗓子，风殇才从洞穴中出现，那被伤痕环绕的蓝眼睛因睡意而显得有些迷蒙。

自从落蝶逝世后，风殇一直沉浸在悲痛中，病愈后也依旧虚弱。他的肌肉已经松懈了许多，追不追得上一只动作敏捷的老鼠甚至都很难说，长长的银灰色毛发明显疏于打理，有几缕甚至都纠结在了一起。小血对姑父感到失望，银羽告诉他这是弱者的表现。

雷焰转过身去，与风殇窃窃私语，不知道内容为何，风殇满脸沮丧的神情，但在雷焰的劝说下，终于点了点头。小血与其他猫在一起观望着他们。

终于，两只大公猫，一橙毛，一灰毛，威风凛凛，并肩而立。

看得小血一阵恍惚，仿佛又回到了很小的时候，那时他觉得父亲与姑父就像神一样厉害。

可惜，今日已不复往昔。

雷焰用尾巴指了指身旁的年轻猫："大家好奇他的身份吗？"

小血的心一下子提了起来，他看见大多数猫都是满脸茫然，小火、小寒与小玫瑰更是惊恐不安，而叶晴与森鹰敏捷地交换了一个眼神，也显得不安。

万一……那只小猫就是父亲的另一个孩子呢？

雷焰微笑着告诉大家："他是我的弟弟，闪电。"

哦……小血长长地舒了一口气。河谷猫群的所有猫都知道雷焰传奇的冒险经历——自然也知道他和落蝶的父母生活在远方的雪山上。听说后来在找到长子，解开心结后，尚年富力强的爷爷奶奶又生下了一个孩子。

"闪电带来了我家人的思念之情，"雷焰轻轻地叹了口气，"我将回到雪山拜望他们，与父母一同缅怀落蝶。"

叹息声犹如一阵潮水荡漾开来。雷焰继续道："明日，我将带着我的孩子，森鹰、叶晴和雪心前往雪山，而风殇会驻守河谷。"小血这才明白，原来刚才父亲与风殇谈论的是这个问题，"而由于风殇尚未病愈，还需要多加休息，我将任命我的另外三个亲生骨肉与黑子一起管理河谷猫群。"

小血兴奋地跳了起来。父亲说："他们已经达到了成熟的年龄，战斗与捕猎技巧也十分娴熟，现在，我将赐予他们成年名号。"

可不是！小血眼睛一眨不眨地紧紧盯着雷焰，明明自己的体型已经不比任何一只成年猫小了，还要用乳名，真是一件十分丢人的事呢！

"小血、小火、小寒，请上前来。"雷焰沉声说，"你们已经达到享受成年猫的荣誉、担负成年猫的责任的年纪了。从此往后，你们就是成年猫了。"

金灿灿的太阳敛去刺眼的光芒，慢慢地往山脉后沉去，云霞映着落日，天边酡然如醉。晚风带着秋日的凉意，吹得落叶飘舞，夕阳给大地铺上了一层血色，几乎将小血融为一体。

"小血，你以后就叫血虹。"雷焰竖起尾巴，高高地指向天空，"即使生就血色的毛发，但并不代表就能活出血一般红彤彤的命运。残阳如血，云朵如虹，你是天空中最出色的！"

"血虹！血虹！"在小火和燕子的带头下，整个猫群都大声欢呼起来。

小血——哦不，现在该叫他血虹了——高高地昂起头，接受大家的祝贺与称赞。

"小火"，雷焰紧接着为弟弟命名，血虹竖起耳朵，激动地倾听，"你以后，就叫火羽，这个名字描述了你火一般的毛发，同时也纪念你的母亲，她为我哺育了两个这么优秀的孩子。"

火羽亲密地磨蹭着温柔地笑着的银羽，血虹也站在他们身旁，母子仨共同注视着雷焰。

眨眼间，大火球沉到了山脉后，夜幕由九分静谧的深蓝和一分美妙的淡紫霞光调和而成，孤独的月亮发出淡淡的冷光，旁边寥落点缀着几粒星星。"小寒，你以后，就叫寒翼，你拥有超乎寻常的天赋，你将成为翱翔苍穹的羽翼。"

群猫再次发出欢呼。血虹试图让满心的自豪不要外溢得太明显，也敏感地注意到了雷焰在给自己的那段贺词中包含与命运抗争的意蕴。他在猫群中捕捉到了樱花语的身影，这位年轻巫师自然也并未跟随群猫欢呼，仍旧是一副漠然模样。叶晴陪在她身边，尾巴搭在她肩上。

"我的父亲才是这个猫群的领导者，他可是完全不相信你那些愚蠢的预言呢。我就是最强大的，总有一天，我会成为比父亲更加卓越的首领。"

想到这里，血虹的爪子便暗暗地动起来，舌间仿佛也已经尝到了血的味道。

次日清晨。

血虹与黑子一起站在雷焰平常站的地方，目送着雷焰、闪电和森鹰三兄妹的身影消失在林中，这才开始今天的工作。

黑子熟练地分配了任务：体型轻盈、动作敏捷、适合捕猎的猫在血虹和寒翼的带领下出猎，另一些身材强壮或是感官灵敏的猫则在黑子和火羽的领导下去巡查领地。

这怎么可能会是背叛者呢？他那么像是一位沉着、睿智的领导者！若不是亲眼所见，血虹仍难以置信。自那场战斗往后，血虹一直留心观察黑子的行踪，却始终没发现任何他和坚果有联系的证据，他简直都要怀疑自己的记忆了。

他们把猎猫分成了两部分：水性好、喜欢跳跃的猫跟随寒翼沿着河岸打猎，而喜欢追踪和爬树的猫则跟着血虹去森林里。

血虹的队员聚集过来，其中有另外几只比他年纪小一点儿的猫，他们都表现得相当崇拜血虹，这让他更加得意。

暮秋的森林已经弥漫着冷意，由于连日的秋雨，柔软的土地多了些湿润，爪子踏在其上十分舒服。血虹深深吸了口带着雨意的清新空气，仔细倾听着周围的动静，辨别着气味，在一片浓密的灌木丛中搜寻着猎物的身影。

窸窸窣窣的动静被他捕捉到，紧接着，一个小小的灰色身影蹿进他的视野。

他示意他的同伴们安静，接着蹲下身，压平脊背，尽可能地放轻脚步，在植被的掩护下潜行了一段，蓄力扑出。

和把敌猫扑倒比起来，扑倒这只松鼠轻而易举。他把它牢牢地压在脚掌下，一口结果了它。

"好厉害啊，血虹。"一只橘黄皮毛的猫由衷地赞叹道。

"我也要成为像你这样的猎猫！"另一只灰褐色的虎斑猫喊道。

血虹愉快地说："那你们要努力呀，不如现在就去寻找猎物，给我看看你们的本事。"

很快，橘色小猫就在一棵粗大橡树的树根间发现了一个老鼠洞。她正谨慎地伸出胡须去测量洞口的大小，虎斑猫却抢先冲了上去。

"别！"血虹掩埋好他抓到的松鼠，抬头正好看到这一幕，快步抢上前试图去阻止这个行为。

可是晚了。

虎斑猫把橘黄猫撞到一边，兴奋地笑着把爪子伸进了洞里，可是那条前腿却在洞口卡住了，进不去出不来的，难受极了，地下老鼠逃窜的声音隐隐约约地传进了他们的耳朵。

"怎么这么鲁莽！"血虹严厉地叱责道，"你又不是第一次出猎，难道你的老师没有告诉过你，胡须比爪子更适合测量老鼠洞的大小吗？"

虎斑猫羞愧地低下头，试图拔出自己的爪子。

"以后可千万不能这样了。"一旁的红莓果语气平和又不失严肃地责备道，叼起一根木棍开始帮他把老鼠洞周围的泥土扒开。

血虹走到红莓果身边，用爪子帮忙把老鼠洞的洞口扩大，让年轻公猫把他的爪子退出来。

"呼——"虎斑猫的前爪终于抽了回来，他如释重负地松了口气，"谢谢你们，我以后不这么鲁莽了。"

"知错能改，善莫大焉。"一只小灰猫煞有介事地说，橘黄母猫咕噜着笑了起来，虎斑猫则开玩笑地在他脑袋上拍了一下，气氛重归于轻松欢快。

三只少年猫渐渐进入状态，在血虹的指点及红莓果的鼓励下，他们都抓到了猎物。

他们班师回朝后，血虹主动把大家的猎物送到"天然冰箱"那儿，他为自己拿了一只老鼠，尽管一早开始打猎，他却并无胃口。

血虹囫囵吞枣地咽下鼠肉，仰头眺望远方的雪山。

父亲为何总是惦记着蛾梦的儿女们呢？这个问题是血虹从小到大一直挥之不去的心病。现在，他成功取得了雷焰的信任，在雷焰离家时帮忙管理猫群。

可是其实他真正想要的，也是他童年时最羡慕的，是可以肆无忌惮撒娇的资格啊……这是他为了维护自己在父亲眼中沉稳聪明的形象，从不能做的事。不怕失去父亲的信任的，一直就只有森鹰、叶晴和雪心。

血虹可以凭借自己的努力成为管理者，却不能陪伴着父亲回到雪山见一眼素未谋面的爷爷奶奶。

只由于他的母亲从不是父亲的最爱，他从出生起就输了。

血虹站起身来，疲倦地叹了口气。

起初，他的眼神复杂，混杂着失落、无奈和迷茫，像一团涣散的水波纹，最终却聚集在一个灼热明亮的星点上，变得坚毅起来。他的梦想可是成为这片森林中猫群的王。

既然他永远不是那个被宠爱的孩子，永远不可能恃宠而骄，那就通过自己真正的实力，骄傲地扬起头颅吧！

"樱花语，小玫瑰拥有受神灵眷顾的天分吗？她有资格成为一名年轻巫师吗？"风殇询问自己的女儿。他站在那个雷焰常站的位置，看上去仍然很虚弱，但银色的毛在阳光的照耀下依旧明亮。恍惚间，血虹竟又回到了过去，在年幼的自己心目中，雷焰和风殇仿佛天空中的日月。

"是的。"樱花语站在猫群的前方，毛发干净整洁，却不见当年的明媚。红眸低垂，丝毫没有徒弟要出师的欣喜之态。

"那么，小玫瑰，"风殇低下头，神色平和，"你愿意成为一名巫师，尽自己的全力，用一生去服务猫群吗？"

"我愿意。"小玫瑰轻声道。

这时，血虹感到有猫撞了撞他，他回头看见火羽。兄弟俩目光对上，知道彼此都想起了从前偷听到的对话，很有默契地同时"哼"了一声。

"从今天开始，你将成为巫师。"风殇道，"以后，你就叫玫瑰斑。"

风殇轻盈地从高处一跃而下，落在地上，用鼻尖轻触母猫的额头："这个名字的来源是你身上那些像玫瑰一样美丽的斑纹，同时也希望你未来可以像玫瑰一样盛开。"

玫瑰斑碧绿色的眼眸此刻闪烁着信念的光芒，她向大家颔首致意。

"玫瑰斑！玫瑰斑！"猫群兴奋地呼喊起她的正式名号。狐心蛮横地一路挤过猫群，冲到女儿身边，绿眼睛里充满了骄傲。

巫师晋升仪式就此结束了，风殇命猫群去休整。血虹已经有些困乏，他正准备返回自己的洞穴，早上捕猎队里的小虎斑猫在崖壁下拦住了他的去路，血虹回忆起他的乳名：石头。

石头煞有介事地道："血虹，我有一个很重要的情报要告诉你。"

听到这句话，血虹眼中多了几分警觉的情绪："说吧。"

石头压低声音，神神秘秘地道："我妹妹沙子有一天想去找玫瑰斑玩，当时玫瑰斑正和樱花语在一起。沙子本来以为她们在商量玫瑰斑成为巫师的事情，结果——"

他说出来的话使血虹一惊："她听见玫瑰斑对樱花语说，'我觉得血虹和火羽野心很大''只有森鹰他们才是真正的王族血脉''不过你们可以信任我哥哥寒翼'诸如此类的话。"

石头把玫瑰斑和樱花语的声音模仿得惟妙惟肖，让血虹听了顿时浑身发冷。

石头继续说着："樱花语说，'我父亲说舅舅准备暂时离开一段时间，他会带走较大的孩子们……雷焰一定会把猫群托付给血虹，我尽量说服父亲，让其他猫分去血虹管理猫群的权力。'"

原来他的理想曾经只离他咫尺之遥……只是有猫在背后嚼舌根。怒火在血虹的身体里熊熊燃烧，淹没了他的理智。

"我到底惹着你什么了，樱花语？给我起这样的名字还不够吗！"

沉浸在愤怒和怨恨中的红毛公猫并没有注意到虎斑猫悄悄离开的方向。

六、错误

一个阴冷的冬夜，厚厚的云层笼罩在森林的上空，凛冽的北风呼啸着吹过光秃秃的树梢。万物都毫无生机，似乎都感知到了这个夜晚的悲怆。

风殇躺在河谷中间一块平坦的石头上，猫群很有默契地在他身子周边留出了一块空地。樱花语把她的父亲照顾得很好，他耀目的银灰色毛发整洁光滑，伤疤盘绕的面庞平和安详，这会儿睡着了。

樱花语挨着叶晴趴伏在地上，暗红的眸子空洞无神。寒翼紧靠在曾经的老师身旁，轻轻呜咽着。

"我还记得第一次见他。"血虹隐约听到身后年长的猫在回忆着，"他那时还小，可调皮了，刚被我们从雪堆里挖出来，不注意就又掉进了水里。"

"我记得。"有猫回应道，"我们当时怎么会想到，他未来成了一位伟大的首领呢。"

"第一次见到姑父的时候，我还很小。"叶晴叹息着，"当时我们一家住在雪山那头的湖边，他和落蝶仿佛从天而降，来寻找我的父母。"

雪心接上姐姐的话头："谁能想到仅仅经过几个季节，母亲不在了，落蝶也不在了……"她说不下去了，这些猫纷纷发出呜咽声。

"他不仅是我的亲人，更是我的老师。"寒翼哽咽着说，"他教会我如何捕鱼，如何战斗，以及倾听自己内心的声音，他告诉我善良和勇敢是这个世界上最伟大的品质……"

如果放在往常，血虹一定会不屑地嘲笑一声"虚伪"，可是现在他呆滞地凝望着风殇的遗体，心中也充满了悲痛。他的姑父——这个从小就非常勇敢的战士，这位睿智又洒脱的猫群首领，怎么会……就这样病死了，像一只再平凡不过的猫一样，毫无生气地躺在地上。

有一条尾巴搭在了他的肩膀上。果然是火羽，弟弟的绿眼睛覆盖着一层哀伤的雾气，在黑暗里失去了往常鬼火般的明亮。

"他很勇敢，他的一生不算长，但是光彩耀眼，他会永远为河谷猫群所铭记。"立秋哑声道，摆动尾巴拂过樱花语的脊背，"不要太难过了，巫师。生老病死，是命运与自然神灵的安排。"

樱花语叹息着站起身，她的腿甚至还在打战。她安排大家为风殇下葬，群猫都乖乖地听她调配。

看见此情此景，一股危机感在血虹心中浮现。

风殇的离去意味着孤军奋战的雷焰要更早开始把选择首领的继任者一事提上日程了。

如果血虹想要实现自己的目标，有些拦路虎不得不下手除去……血虹望着立秋与白露把风殇的遗体抬离河谷，送到河边他的旧居去安葬。那位年轻巫师的身影在他眼前浮现。他在脑海里认真地重新将计划的每一步过了一遍。

凌晨，星月的影子逐渐淡去，晨曦开始撕开黑暗。

血虹步伐轻快地跳出自己的洞穴，望着沉睡着的猫群，内心深处泛起微微的愧疚。

可这是最好的解决办法，他不能再让樱花语留在猫群里了。

血虹走进一个小小的沙洞，一只黑色皮毛的小猫正躺在洞底熟睡。这只小猫名叫小暗，她的所有亲戚都在她出生前后去世了。她吃过无数只母猫的奶，从小就一直独居，尤其又有着暗淡无光的纯黑色皮毛和一对色调深暗、近于墨绿的盲眼——她被视为不祥之兆。

不同于血虹——他毕竟是雷焰的亲生骨肉，樱花语的那句预言更多地被视作年轻巫师不经意间的一个说法。何况血虹成长得非常好，大家都喜欢他，而小暗是被很多猫厌恶的。

血虹衔住小暗颈背上的皮毛，把她从地上叼起来，迅速攀上悬崖，钻入清晨带着浓重露水湿气的森林，找了个幽深的树洞放下她。小暗已经醒了，一双圆溜溜的绿眼睛望着血虹的方向，虽然血虹知道她什么也看不到，但还是忍不住瑟缩了一下。

"很抱歉，"他低声道，"重新投胎时，不要再选这个样子。"他把小猫放在地上，锋锐的爪子撕开了她并不厚实的皮毛，尖利的牙齿刺进了她柔软娇嫩的皮肉。然后他满意地抽身离去，不用杀死她，饥饿、伤痛和寒冷会取走她的生命。

至此，天已大白。血虹寻来很多气味浓烈的植物，咬碎叶子和根茎，让味道覆盖住他的气味。他向与来时方向相反的密林里奔跑而去，他要抓一些猎物，绕一圈回到营地。

他带着一只麻雀走进河谷时，见到猫儿们都聚集在河谷中央，有些猫的表情很淡然，但更多的猫神色中都充满了担忧。

黑子也出去打猎了。相比起来，寒翼还算镇定，火羽却是一副失了主心骨的样子。看到血虹进入河谷，弟弟焦急地朝他飞奔过来，语速飞快地报告了小猫失踪的事。

血虹于是装作一无所知，大声命令道："快点组织猫出去找！"

猫国传奇之风起潮涌

以粗重的呼吸和抖动的爪子表演着自己的惊慌。

幼崽半夜不见了，多半是被猎隼叼走了，或是被狐狸吃了，或是被悄然穿梭在岩石中的眼镜蛇吞掉了。

"血虹，你没事儿吧？"这一句温暖的关怀，来自已经成为雨燕的燕子。很明显，她能看出血虹想在表情和动作中表达给大家看的那些情绪。

"没事儿。"血虹强装镇定在做决策。他快速点出一串猫的名字，"大家都出去搜索小暗的踪迹好吗？"他又点了自己熟悉的几只猫的名字，其中包括石头，"你们跟我来！沿河边搜索！寒翼，你来安排今天的出猎，火羽也带一支搜索队去森林里找！"

率领搜索队伍离开河谷时，血虹果然看到那个花斑毛色的身影独自往森林里跑去，不禁心中偷笑——没有猫在注意她的行踪。

这明明是个破绽很多的圈套，只能怪樱花语……愚蠢且善良。

明知注定是徒劳无功，血虹仍然很认真地带领同伴们在沙地和岩石中搜寻着小猫的踪迹，突然，西边的森林中传来一声长啸："在这儿……"

血虹连忙带领队伍穿过森林赶去，当周围的橡树越来越少，而是被松树取代时，血虹选择的树洞映入他们眼中。只见，火羽的队伍也喘着气，像刚刚赶到，樱花语站在树洞边。

作为巫师，她一定比他们更加擅长由植物的气味中寻觅猫的痕迹。血虹几乎冒险地相信她的动作会比他们更快，而事实竟不出他所料。队伍里的蓝莓霜疑惑地转头望着大家，紧接着爬进树洞，随即满脸惊恐地退了出来。

血虹深吸了一口气，把上半身探进树洞，叼着小暗出来，脸上做出一副悲痛状，其他猫不约而同地盯着她身上的伤痕。

"这是什么动物咬的呀？"红莓果担忧地说。

"我怎么觉得……好像是一只猫造成的呢？！"蓝莓霜的蓝眼睛里闪过一丝可怕的光。"我们来到的时候，樱花语已经在这里了。"火羽状似无意地说。

"她的身体还是温热的。"石头过来摸了摸幼崽的尸体，把怀疑的目光转向了樱花语，"不会是……"

血虹心里暗暗庆幸计划顺利，命令大家："所有猫都回河谷去！"

在返回河谷的路上，群猫达成了一种血虹希望看到的共识："肯定是樱花语！"一回到河谷，石头就大声嚷嚷起来。

"怎么能怀疑我！"樱花语显然大受震惊，她竖立起脊背上的毛，像只刺猬一样反击道，"巫师的职责是治疗，我没有任何理由去杀害她！"

火羽拨开猫群上前，他们兄弟是樱花语口中的"血与火"，血虹了解弟弟与自己一样厌恶她，"蓝莓霜，现场有其他野兽的气味吗？"火羽问。

蓝莓霜低下头："只有我们这几只猫的气味。"

"红莓果，小猫的身子是冷的吗？"

火羽怕大家不明白是什么意思，随即解释道："如果那些野兽是趁着夜里我们睡着时，过来偷小猫的，小暗的尸体肯定早就冷了。而如果——如果真是樱花语做的，想必是在我们到来之前，否则我们也不会在那里发现她。"

"好像，好像还是温热的。"母猫的眼神中写满了惊恐。

血虹此时才慢悠悠地补上一句："况且，偷走小猫的其他动物为什么不吃掉她，而是要抛弃她呢？"

有猫恐惧地尖叫，也有猫抗议道："樱花语为什么要杀死她呢？"

红莓果大声说："她可能觉得小暗是什么'不祥之兆'，要处决她！"

"你们忘了她给血虹取的名字吗？"桦云附和着。

血虹望着一片哗然的猫群，心中微微有些得意。他成功地骗过了每只猫。

"樱花语，很抱歉。"血虹幸灾乐祸地看着她，"我们不知道事情的真相，但目前的所有证据都指向你，我不能违抗众猫的意愿。"

樱花语甩了甩尾巴，暗红色的眼眸不屑地眯起，目光亮得像燃烧的火，居然冷笑了一下。

"我父母都不在了，你们就觉得可以随便污蔑我了吗？"

智慧的前任首领和他英勇的妻子浮现在众猫的脑海中，猫群的声浪不如方才那么剧烈了。血虹想起风殇和落蝶，不禁也愣了愣，不自觉地涌出些心虚和胆怯。

"但我没有回头路可走了。"

他提高声音："王子犯法，与庶民同罪。你以为你的父母在天上看到这一幕，不会为你感到羞愧吗？我的姑姑落蝶以自己的生命换取你的存活，你对得起她吗？"

"把这只邪恶的母猫赶出去！"石头又叫了起来，小猫和年轻猫都跟着他谴责起樱花语来。

这时，玫瑰斑假模假式地开始为樱花语辩护。血虹心中暗暗嘲笑，这不可能是她的真实意愿。倘若樱花语不在了，她不就可以随便编造任何征兆或预言，甚至告诉雷焰寒翼才是命里注定的首领吗？

不过，这样的情节可以让戏演得更像："我们不能容许这样的猫留在河谷。"他放慢了声调，看似向同父异母的妹妹，其实是对整个猫群解释，"虽然我们不能以彼之道还治彼之身，但也要让她受到惩罚。每只猫都必须知道，正义容不得半点儿挑衅！"

樱花语面对着猫群的各种指责，所做的反应竟是翘了翘尾巴，镇定自若地环顾猫群，将目光锁定在小母猫兰兰身上，示意她过来。

"樱花语，请你马上离开这里。"血虹提高声调，命令道。

樱花语的声音虽低，但很清楚地传遍了一时间安静下来的河谷："请你把这些话转告给叶晴。"她附在兰兰耳边低声说了一番话。接着利落地转过身，眼神依然炽热，不带分毫留恋地离开了。

血虹松了口气，看着那道花斑毛发的身影消失在森林深处，心底微微浮起一丝好奇：她要去哪里呢？

但更多的是复仇的快感。

接下来的日子里，即使天气一天比一天寒冷，血虹的生活依然轻松而愉快。

听不到老猫们啧啧称赞森鹰的功夫有多么厉害，看不到小猫们带着崇拜的眼神围绕在叶晴身边，整个猫群好似都掌握在血虹的掌中，背后也再没有那双阴森森的深红色眼睛。

这是个冷飕飕的清晨，雪山被灰茫茫的天空衬得雪白发亮，远山则笼罩在灰白色的云雾里——那是童话里的沉暮部落所居之处。血虹为猫儿们安排好了任务，余光瞥见一抹亮色的身影。

火羽走到血虹身边，与他摩擦毛发表达问候，开口说："我觉得这些天里寒翼不一样了。"

血虹惊讶地看向弟弟："我还没发现呢！"他回想起近日寒翼的表现，发现他确实不像以前那样事事与自己争抢了，于是兴奋地摆动尾巴，"好像是这样！"

两只年轻公猫沿着结了冰的河面，并肩走向密林深处。他们并未忙着捕猎，血虹甚至对着一只看似是初出茅庐的小松鼠收回了爪子，而是看着它一蹦一跳地跑远了。

面对寒冬，很明显，猫群在这个冬天过得还算舒适。血虹已经抓到了很多猎物，因此受到了许多褒奖——甚至让他感觉自己飘飘然了，因此他想要和火羽交流未来的打算。

哪知道，弟弟第二次开口却和他心中想的完全不同："哥哥，你有心仪的母猫吗？"

血虹正思索着待雷焰归来之后，如何在父亲面前展现自己管理猫群的能力，却被他说的这话惊到了，禁不住捧腹大笑。同时也不禁感到惆怅，儿时他们都希望能够成为王者，自己在这条路上走得越发坚定，弟弟却向着完全不同的方向发展了。

"笑什么笑！"火羽佯装生气，像他们小时候玩闹一般，缩着爪子以软乎乎的肉垫拍打他，"知道你考虑的是大事儿，但是猫这个种族能繁衍到今天，甚至聚成群落让你有大事考虑，靠的都是我们这样平凡的猫！"

血虹笑得更开心了，火羽趁热打铁："那么你有心仪的母猫吗？雨燕？"

"别逗了。"血虹想起那只自小就在自己身边翩翩飞舞的小燕子，"我承认她的捕猎和战斗技巧对于母猫来讲都很出色，但我们只是很好的搭档，她对我更不可能有别的想法。"

火羽眯起眼睛"啧"了一声："开个玩笑而已，你需要费这么多口水来解释吗？"

火羽极会玩这种言语之间的小把戏，仿佛他的机灵劲儿都用在这之上了。只是血虹在武力方面有绝对优势，他一声长鸣，把弟弟扑倒在地，兄弟两个在蓬松柔软的雪地里翻滚着打闹起来。待他们终于重新一同起身，已经沾了一身的雪，鲜亮的毛色却还是十分惹眼。

火羽抖去毛发上的雪花："实话说，我倒觉得你们俩般配得很呢，只是你不解风情——且到明年开春了再看。"

血虹问："你聊起这个话题，难道不是想向我介绍一下某一只小母猫吗？"

火羽翻了个大大的白眼，但抖动不止的尾巴却足以看出他的兴奋："我真的很喜欢兰兰。"他放柔了语气咕哝着。

"当心叶晴回来撕了你。"

竹笙与妻子雨晴的四个女儿以梅兰竹菊命名，偏偏兰兰是叶晴一直照料，甚至以师徒身份传授了很多技巧给小猫，她的离开才使火羽有隙可乘："雨燕的几个姐妹不是都很迷恋你嘛，为啥偏喜欢她？"

"叶晴不会的。"火羽说。血虹意识到这次弟弟可能是当真的。

虽然火羽从小到大一直很受母猫欢迎，但血虹从来没见过他那双蓝眼睛里如此充满柔情，让他这个当哥哥的心里都忍不住泛起酸意。

"樱花语都走了，叶晴哪还有心思顾得上她的徒弟？"火羽的蓝眸里有几分惆怅，"不过樱花语这事儿确实干得奇怪，她迷信'不祥之兆'到那种程度了吗？那可是活生生的一只小猫啊。"

血虹不禁感到一阵心虚，他思索着该如何引开话题，还不等他再度张嘴时，一声呼唤从他们背后传来："火羽？"

两只公猫同时回过头去，看到白毛母猫雨晴带着梅梅和兰兰从树林里出来，褐色的毛发很好地隐蔽在了灌木里，白毛更几乎与雪地融为一体，要不是那两双绿眼睛，血虹差点没注意到两只小母猫。

火羽的眼睛顷刻亮了起来。雨晴带着笑意说："你的新徒儿找了你一早上，差点就以为你出来散散心吧。"这句话是她对着身边的小猫说的，兰兰羞涩地垂下眼去。

火羽大步跳到兰兰身边，与她低声交谈了几句，随即他们一同消失在了树林里。

"你有时间吗？血虹。"血虹凝视着弟弟的背影，直到母猫叫出他的名字后，才意识到她在对他说话，忙收敛心神。"梅梅想知道你能不能教导她。"雨晴用尾巴指指另一只小猫。

血虹抽抽耳朵，总觉得母猫雨晴来意不纯。她不会看到火羽很喜欢兰兰，就想撮合他们俩吧？他疑神疑鬼地想。

但是选择伴侣一定是自己说了算的。血虹心想，雨晴和雷焰一起长大，父亲在挑选继承者时或许会征求她的意见。且教导一只小猫也是他从未尝试过的挑战。因此血虹笑着答应了雨晴，挥挥尾巴示意小母猫跟上他："你想打猎，还是学习一些战斗技巧？"

"我想为猫群提供食物。"梅梅的声音有些沮丧，"可是……"

"我抓到的猎物好少啊。"

血虹径直朝林中走去，听见她后面这句时回过头来："你有想过为什么吗？"

血虹把她带到被灌木环绕着的一小片空地上。正午的天空依旧是阴的，空气冰冷而清爽。

这是血虹从未面对过的问题。可能他确实拥有与生俱来的天赋吧，他从小到大唯一得不到的似乎就是父亲的关注。

梅梅迟疑着说："好像比起从前来，冬天的猎物更少，也更警觉，更容易看见我了……也许是因为现在整个世界都是白色的，兰兰就能很好地隐蔽。"

血虹忍不住暗暗发笑，刚刚见到她的时候，他还在感叹她的毛色很容易隐藏呢！但他还是温和地问她："你觉得我的毛色显眼吗？"

"比我更显眼。"她低下头。

"那我抓到的猎物少吗？"他循循善诱。

"不少！"她瞪大眼睛，"你可以喂饱整个河谷。"

"好。"他直起身，抓了一小段枯枝，扔在灌木后的雪地上，"假如那是一只老鼠，你会怎么去抓它？"

梅梅迟疑了一下，跳到灌木旁，伸爪抓住那截树枝，接着回过头来满怀希望地看着血虹。

血虹苦笑了一下。她虽然还没有成年，却也不是初出茅庐的小猫了，捕猎技巧却远不如当年同样年纪的自己。

他思索了一下："你动作不够利落，显得拖泥带水，要收紧腰腹部，不能等落地才出爪。"

"是……"梅梅重新扑了出去，这回血虹能明显地注意到她绷紧了肌肉，当她再次回头看来时，他点点头表示赞许。

"现在我会告诉你怎么隐蔽自己。"他说，"虽然只要速度够快，就用不着考虑这个问题，但毕竟悄悄潜行接近猎物是更有把握的做法。"

"当然，我的毛色在森林里太突出了，所以一般只能足够安静地接近背对着我的猎物。但是你可以利用树根和灌木丛来掩护自己。"

考虑到这片树林应该有很多河谷的猫捕猎，于是他领着新徒弟往森林边缘的方向走去，一边走一边为她讲解：怎么藏身在树根之间，怎么利用灌木掩护行迹，甚至连折断枝叶声东击西这种独门绝技都告诉她了。

终于，在血虹将一只落在树根上觅食的瘦弱鸽子指给她看时，梅梅灵巧地潜行到它身边，接着一扑抓住了鸽子。

"漂亮！"一声大喊传来。

血虹不敢置信地回过头去，在离他们有些距离的地方，一只毛色与火羽几乎相同，体型却更加高大些的猫，琥珀色眼睛带着骄傲注视着他。雷焰！

"父亲，您回来了！"血虹控制住自己兴奋得发抖的脚掌，快速走过去向他问好。

雷焰用湿润的鼻尖触碰他的额头，他们竟已一般高了："我们刚刚下山就遇到你们，旁观了全程。"他挥挥尾巴，示意他身后的森鹰和叶晴、雪心与一只他并不认识的浅色虎斑母猫，"你教得很不错，真的。"

血虹此刻心花怒放，却不单单是因为雷焰的夸赞。

森鹰的眼中带着赞许，叶晴依旧沉静，还没有教导过小猫的雪心看上去有些羡慕。但血虹已经无心去观察他们的神色了，他的注意力不自主地落到那只虎斑母猫身上。

她微微歪着头，一对眼眸明媚如一对绿宝石，眼尾上扬，笑意盈盈地看着他。血虹心里顿时波涛汹涌，却尽力表现得波澜不惊。

"血虹，这是清歌。"雷焰没看出血虹心底的亢奋，"我们在雪山脚下的森林里遇见，她愿意加入河谷猫群。”他又转身向清歌介绍他，“我另一个儿子，血虹。这是我们猫群的小猫梅梅。”

“你们好。”清歌的声音并不像她看上去那么温柔甜美，而是如溪水般清脆，“很高兴来到河谷。”

“你好。”血虹笑着对她点头。

血虹带路，猫儿们一同穿过寂静的密林，柔软的爪掌踏过积雪，留下几行足迹，白雾在血虹的胡须上凝结成霜。他们来到河边开阔的地带，终于有一束阳光穿透了乌云，将冰面照得闪闪发光。

“父亲……”踏入河谷，他斟酌着向雷焰开口。他不知道该如何告诉雷焰，风殇的病逝，以及……樱花语被驱逐了。

火羽几乎是第一个发现了归来的他们，他穿过河谷飞奔过来，眼里泛出笑意。

让黑子去跟雷焰讲吧。血虹暗暗决定，他现在只想告诉弟弟，他们刚提的那个话题，居然这么快就成真了。

他转过头，望着清歌。冬天的风仍然凛冽，他却感觉自己身处温暖的草地，闻到了雨后天晴的味道。

七、岔路

河面上晕染着明亮的绯红，林中的青鸟感受着春光的温暖而婉转歌唱。渐升渐高的阳光投在河谷里，驱散着清晨尚未散去的寒意。河谷猫群正聚集在暖融融的沙地里进食。

猫国传奇之风起潮涌

血虹懒洋洋地嚼着鼠肉，感觉浑身都提不起劲儿。这些日子过得太安宁，似乎显得过于平淡了。

抬眼间，血虹看见森鹰和雨燕亲昵地站在一起交谈，桦云和红莓果在一棵长出新叶的树下玩耍，几只年轻母猫聚集在蓝莓霜身旁，听他讲他和森林里最大的一只松鼠斗智斗勇的故事。

血虹心里突然没来由地生出一股孤独感，他放眼扫视整个河谷，发现寒翼正独自趴在离他不远的一处阴影里。两只公猫注视着对方，却并未像往常一般针锋相对，竟有种同是天涯沦落猫的感觉。

但是显然寒翼并不打算和他这么亲近，银灰色皮毛的公猫鼻子里"哼"了一声，把口鼻埋在前掌里继续休息。

血虹叹了口气，努力抹去自己心中的妒意，只能起身往巢穴里走去。在路过火羽身边的时候顿了一下，考虑要不要叫上弟弟。

火羽和兰心正依偎在一起晒着太阳，靠在彼此耳边说着悄悄话，一红一白两条尾巴纠缠着。血虹果断地放弃了，他钻入自己的窝里，感到一阵浓浓的孤独。

他断断续续地睡了一晚上。在清晨快到来时，外面下起了瓢泼大雨，血虹听着洞外的雨声，仍然疲倦却睡不着，内心仿佛笼罩着一团黑云。

他回想起前几天对母亲剖白对清歌的好感时，银羽冰冷的那一句"真正伟大的统治者，绝不会将宝贵的时间浪费在谈情说爱上"。他想起火羽，却发现好像自己这样的独行侠才是不太正常的表现，追求幸福是弟弟的权利。

内心这些想法让血虹心烦意乱，雷焰和风殇都有伴侣，难道统治者就不是一只正常的公猫了吗？他更加睡不着了，不顾外面的雨水，跳出了洞穴。

河谷显得十分黯淡。血虹惊讶地发现雷焰居然还没休息，溪边属于巫师的那些植物后透出了雷焰鲜明的毛色，玫瑰斑正趴在他耳旁，急切地低声说着些什么。

血虹做出准备去捕猎的样子，路过他们身边时却刻意伸长了耳朵。

"巫师的直觉告诉我，最近这一场倒春寒，可能是一个有关寒翼的征兆……"

血虹一下子怔住了，曾经小寒逼着小玫瑰去当巫师的画面跃入脑海。与此同时，看见寒翼飞似的穿过河谷，奔过他身边时带起一阵风，一矮身也钻进了玫瑰斑的居处。

她在造假！他气得爪子狠狠插进了溪边柔软的泥土里，竭力控制着浑身的毛发不竖立起来，大雨带来的泥浆飞溅在他身上。

"你怎么了？血虹。"一个关切的声音从他身后传来，竟然是枫尘，"雷焰让我去打猎，你愿意陪我的宝宝玩一会吗？"

血虹点点头算是应了，只不过很惊讶他会来找自己。他们有些生疏，记得是自己刚开始学习捕猎的时候，还被那时候也很年轻的枫尘指导过。

"好啊。"他答应道，走向那些跑来跑去的小猫，他想到他们的母亲已经在冬天病逝，心中不禁充满了同情。

小虎斑猫大声请求血虹把他们驮到水边去，于是他蹲下来，让三只小猫爬上他的脊背，用稚嫩的爪子抓住他的毛发，背着他们向溪边走去。

三只猫崽的重量不轻，何况他们还不老实地动来动去，然而血虹的心中却有一种别样的满足。

这是枫尘的孩子，什么时候，我才能当父亲呢？

他让猫崽们在水边最浅的地方无拘无束地踩水，回头便看到清歌步伐轻盈地向他走过来，淡黄色的虎斑皮毛反射着冉冉升起的阳光，仿佛被镀上了一层金。

"早上好，血虹。"她眼里带笑地跟他打招呼，很明显因为看到他正带着幼崽玩耍，心中多了几分赞许，"你会成为一个好爸爸。"

血虹也笑起来，只要看到她，他就会觉得很开心："谢谢，很高的评价。"

"看！"小黑猫突然大声叫道，"猎物！"

狐心、红莓果、桦云和兰心的妹妹丹菊正将新捕获的几只老鼠和松鼠放在溪边的石头缝儿里，小黑猫首先跳起来往那儿狂奔，剩下的小猫毫不示弱地紧随其后。红莓果答应照看他们，血虹解放了。

"猫群里的小猫崽真多啊。"清歌靠近血虹与他闲谈，感叹着甩动尾巴，指了指正在河谷的一片阴影里徘徊着的兰心。玫瑰斑预测她的预产期大约就在这两天，而且警示说因为兰心年纪较小，生产可能会比较困难。因此火羽极为自责，一直寸步不离地守着她。血虹从出生以来头一次产生了想对弟弟避而远之的念头——火羽身上那股浓浓的焦虑实在太容易传染了。

"嘿，火羽！"血虹朝他喊道，"——还有清歌，你们想和我一起打猎吗？"

清歌在血虹期待的目光之下，只犹豫了一下，便开口说："好。"火羽则向他们走来，不安地问："你觉得我可以抛下兰心吗？"

"你去森林里透透气吧！"兰心喊道，"我都快被你烦死了，玫瑰斑会照顾我的。"

"行吧……"火羽迟疑了一下，迈步走出河谷，血虹和清歌跟在他身后。

万物复苏的季节，森林焕发出春意盎然的生机，树木的枝头吐出嫩芽。火羽大口呼吸着清新的空气，看上去欢快了不少，又恢复了本性。

"清歌，"火羽一掌抓住一只小田鼠，干净利落地咯吱一声咬断它的脊椎，笑嘻嘻地对漂亮母猫说，"血虹说他对你一见钟情。"

"胡说！"血虹大声反驳，却被火羽的尾巴卷过来堵住了嘴，清歌有些害羞地眨眨眼。

"你喜欢她就要表达出来。"火羽一本正经地说，"这是我的成功经验。"

血虹干脆眼不见心不烦地转过头，留给弟弟一个后脑勺，一丛高大的白色花朵遮挡了视线，他于是耸动鼻翼寻找猎物的气味。

隐约有吱吱的叫声传进耳中，血虹的动作比脑子反应更迅速，他锁定了一棵橡树，抓着树皮飞速地攀缘而上。

虽然猫在树上的行动一般不如松鼠敏捷，但这棵老橡树和周围的树木都有些距离。血虹将那只松鼠逼到了一根树枝的末端，一掌挥去将它杀死，轻巧地跃下树来。

"干得漂亮。"火羽称赞道。

"血虹！"血虹疑惑地回头，这才发现雪心趴在另一根低矮的枝丫上。她行动笨拙地回到地面，对血虹怒目而视，"你抢了我的猎物！"

血虹本想回嘴"即使我不抢，你也抓不到它"，却被一双琥珀色的冷厉目光盯住，胡须尖似乎都传来刺痛感。

叶晴从雪山回来后，听到了樱花语的传话。血虹本以为她一定会提出抗议，已经设计好了帮自己撇清关系的说法，哪想她什么都没说，只是越发地沉默而冷淡，只有和亲兄妹在一起时才会开朗些。

在血虹听过的故事中，当年的雷焰即便算不上一呼百应，却也是交游很广。而当年的野猫成了团结的猫群，他的儿女们却个个只有与兄弟姐妹做朋友，倒也是挺讽刺的。他与火羽交换一个眼神，达成了"惹不起躲得起"的共识，对雪心低声说了句"抱歉"便快步朝森林深处走去。

高大的松树遮天蔽日，能给予血虹以安全感。

——何况这些树上还跳跃着数不完的松鼠。他循着气味，很快发现一只肥松鼠正抱着几根细细的树枝往一个树洞爬去，它在专心致志地建窝，且并未发现他们。

血虹附在清歌耳边悄声说："我们从两头包抄，绝对不能让它进洞。"她心领神会地绕到后面去。只有松柏和冷杉这种冬天不会落叶的树才能在雪山上存活，他们在这些树林里捕猎，比在河边的开阔地带得心应手得多。

血虹摆出标准的打猎姿势，几乎是悄无声息地滑行过一段后，前面没有任何掩体，那只松鼠刚好又回到了地面上——

他猛扑过去，猎物尖叫一声，想要逃离，清歌从树背后蹿出来，一掌将它击中，松鼠奄奄一息地落在地上，血虹连忙赶过去给它最后一击——

"血虹！"

清歌那对明亮的绿眼睛突然因恐惧而失色，她张嘴尖叫起来，与此同时，一道红影从血虹身旁以使他眼花缭乱的速度掠过。

血虹被一股强大力量击飞到空中，落在一段凸出地面的树根上，又被弹开到一旁，脊背上剧烈疼痛。

粗大斑驳的蟒蛇挥动着它那皮糙肉厚却无比灵巧的尾巴，一圈一圈缠住了火羽的身体，年轻公猫拼命挣扎，用爪子徒劳地抓着它的皮肤，却只像是在给它挠痒痒。

"血虹！"他大喊，"快跑——"

蛇弓起脖子，表情狰狞，长长的毒牙向被自己困住的公猫刺去。血虹惊恐地盯着它，清歌已经跃至身旁，拼命推着他，两只猫转过身，没命地并肩飞奔。

他的心中惊惧交加，皮毛全部竖立起来，直到回到河谷，气喘吁吁地在干燥粗糙的石头地面上停下脚步，才勉强找回了一点点理智。

"火羽呢？"寒翼正焦躁地徘徊着，一见血虹和清歌就迎上来问。他表情严肃，却并未展现出从前的敌意，"兰心可能……不行了，让他赶快来见她最后一面。"

血虹惊愕地愣在了原地，头脑却是完全清醒了："火羽发生了事故。"他匆匆对寒翼说，不理会对方惊诧的眼神，余光瞥到那边白色的身影，三步并作两步跑了过去。

年轻母猫缩成一团，浑身剧烈地抽搐着，口中发出细弱的呻吟。有许多猫聚集在她身边：叶晴焦躁地来回踱着步，她的妹妹丹菊舔舐着她的身体，血虹曾指导过的梅影照料着她刚生下的幼崽，却忍不住不停地抬头看她。竹笙露出了血虹见过的最痛苦的神色，雨晴则反复念叨着："求求了……我已经失去了我的竹竹，不要把兰心从我身边带走……"

玫瑰斑焦急地一会儿翻弄一番草药，一会儿又回到兰心身边检

猫国传奇之风起潮涌

查一下她的状况，眼睛里却清清楚楚写着无能为力。

兰心看见血虹的那一刻，也许是把他误认为了火羽，眼睛突然亮了起来，紧接着再度黯淡了下去，却仍然拼着最后的力气，摇尾巴示意他过来。

"火羽呢？"血虹不得不把耳朵凑近到她嘴唇边才听得清她的声音，感受到母猫微弱的呼吸。

他犹豫了一下，隐瞒了事实："火羽还在打猎，你再撑一下，他马上就回来了。"

"撑不到了……"兰心吃力地低声说，"你帮忙……转告他，我给宝宝取了个名字，叫小川……要好好照看宝宝和自己……"

"兰心！"血虹焦急地呼唤，"你坚持住啊，要亲自把宝宝带大。"

"我不行了……"兰心轻声道，"告诉火羽，我爱他。"

话音未落，她就闭上了眼睛，看上去仿佛是因劳累过度而睡着了。而几乎同时，又有一小团湿漉漉的毛发从她的肚子里滑了出来。

"兰心！"丹菊疯狂地摇晃着她的身躯，梅影带着哭腔试图安慰雨晴。

玫瑰斑轻声说："她的逝去带来了新的生命。"尽管接生的失败率并不低，巫师常需要面对类似的场景，但玫瑰斑的眼中依旧充满了自责，她呆滞地望着眼前一团乱象。

清歌附在血虹耳边喃喃说："火羽和他的挚爱在天上相会了。"

寒翼将尾巴放在他妹妹的肩上以示安慰，俯身去检查了一下两个宝宝的情况："幼崽应该能活下去。"他低声说，"有哺乳期的母猫愿意收养他们吗？"

"我可以。"说话的是沙翅——她和她的哥哥石牙都和血虹很亲近。他们认为血虹会成为最好的首领，因此经常将他们打听到的情报告诉他。她也刚生产不久，此刻几只尚不明白发生了什么的幼崽正在她脚边欢腾地跳跃着。

围观的猫群自动给沙翅让出一条路，让她将两个孩子搂进怀里。

兰心死了。终于，这四个字在血虹脑海中浮现出来。他默念了一遍，确认了这个事实，天哪！这都是怎么回事啊！

他眼中的世界逐渐黯淡下去，随之被火羽从他身旁冲过的那一幕所取代，耳中兰心的那一句"告诉火羽，我爱他"反复回放。悲痛与不可置信的思绪像潮水一样冲击着他，血虹脑子里一片空白。

"都怪我……"血虹哽咽着说，"如果我不叫他出去打猎，如果我不把他们带到那片森林，如果他不是为了救我……"

兰心的生产有了火羽的陪伴，说不定就是顺利的，两个孩子能在父母的照料下健健康康地长大，火羽和兰心会一直彼此陪伴着变老，一起毫无痛苦地死去……血虹心想，都是自己的错。

他感受到对此事一无所知的群猫惊讶的眼神，好像利刃扎在他身上，他们大概都以为他疯了。可是没错，他就是疯了，究竟是多疯狂的猫，才会在母猫生产前将她的丈夫带走呢？

"这是怎么回事？"诧异的声音传来，是雷焰，看见大步走来的父亲，他跌跌撞撞地走过去。

血虹睁开眼睛，映入眼中的是石头的灰色，而非沙土质顶部，他马上意识到，这并非自己的巢穴。

他坐起身，发现雷焰正坐在离他不远处的洞口，那块他从小就梦寐以求的大石头上，与寒翼和玫瑰斑低声说着些什么，听到血虹起身发出的响动，父亲转过头来看着他。

"血虹，你醒了。"雷焰声音温和，"玫瑰斑说你因为太难过而神志不太清醒，给你服了一些药，让你睡了一觉。现在可以告诉我发生了什么吗——清歌坚持要让你亲口告诉我。"

如果是几天前的血虹，意识到自己睡在雷焰的巢穴里，一定会欣喜若狂。可是火羽的离世这个事实好像在一定程度上夺走了他的快乐，让他变得麻木起来。

雷焰将银羽叫了过来，血虹在他们的注视下，断断续续地讲完了火羽从蛇口中救下了自己的整个过程。

银羽怔住了，寒翼和玫瑰斑都沉默着，用怜悯的眼光看着他——虽然血虹不稀罕他们的同情。雷焰叹息一声："我们很遗憾，但这不是你的错。"

"可……"雷焰伸出尾巴堵住血虹的嘴，温和但不容置疑地说，"血虹，我也曾在深夜辗转反侧时忍不住想，如果我当年不让蛾梦出去采药，如果我当时想到派别的猫而不是落蝶保护樱花语，如果我没有在风殇病重时选择去雪山探亲……那一切是不是都会不一样，我的挚爱、妹妹和没有血缘关系的兄长是不是还都会陪伴在我身边。"父亲那平静而悲伤的眼神，使血虹猛然意识到这位猫王是如此镇定。

"但不幸已经发生了，这个结局是我们当初做出选择的时候预料不到的。火羽和兰心都变成了天上的星星，血虹，我们应和他们的孩子一起，好好活下去。"

说完这番话，雷焰便转身往前走了两步，长啸一声呼唤猫群聚集过来。

"刚才我从血虹口中听到了事情的全貌。"他对猫群说，"火羽从蛇的口下救出了他的哥哥，自己却很不幸葬身蛇腹。他是个重情重义的好孩子，我亲自教导他，看着他一点一点地长成现在的模样。他会在明天早晨和兰心一起被安葬，我们将永远怀念他。"

火羽和大家都相处得非常好，猫群中响起一片难过的叹息。

"现在很少见到像他这么体贴的小猫了。"白露对立秋这样感叹。

"他对兰心非常好。"丹菊大声说。

而雨燕的姐妹们更是难过极了，几只多愁善感的花斑母猫当即便呜呜哭了起来，哭声就像猫爪一样，揪着血虹的心。

"那火羽和兰心的孩子们呢？"有猫问道。

"孩子们活下来了，有些虚弱，但是没有问题。"雷焰朗声答道，"沙翅已经答应了收养他们，她会给予他们怀抱和奶水，待他们年纪大一些，血虹会负责教导他们。他们会健健康康地长大。"

血虹完全没想到雷焰会做出这个决定，对他来说，那两个孩子就是他的心痛，会时刻提醒他火羽离去的事实："我没有答应啊。"他提醒雷焰。

"你是唯一可以替代他们父亲的人选。"雷焰道，"血虹，你得接受生老病死，他们可以帮助你面对这个已经发生的事实。"

银羽舔了舔血虹的脖颈："火羽一定希望照顾他的孩子们的猫是你。"她柔声说，血虹与她的蓝眼睛对视，他们都明白，她说得对。

"你何不去看看那两个孩子呢？"玫瑰斑开口建议道，"我想他们也该醒了。"

"走，我们一起去。"清歌不知何时来到了这里，一直默默听着他们谈话。她将尾巴搭在血虹肩上——那是火羽生前爱做的动作，引着他往沙翅的洞穴走去，玫瑰斑迈步跟上。

黄毛母猫年纪稍长的幼崽正在他们的母亲身边转悠，饶有兴致地观望着自己的母亲给新增的弟弟妹妹们喂奶。

"他们真小。"

"看上去像老鼠一样。"

"他们的眼睛为什么睁不开啊。"

"这些都是正常的。"清歌温柔地说，"你们可以让开一点吗？我们想看看他们。"

小猫们听话地向洞底退去，血虹和清歌迈步上前，沙翅将拢在猫崽身上的尾巴移开，爱怜地示意他们看。

"是姐弟组合哦。"清歌仔细打量着两只小猫，高兴地对血虹说，"我小时候就一直很盼望有个弟弟。"

我曾经有个弟弟……悲痛浸透了血虹的心，他摩擦着她的侧腹以示回应，同时弯曲前腿以便更好地观察火羽亲生骨肉的模样，看清后，他仿佛被击中了。

那只小母猫几乎便是小火羽的复刻版，血虹似乎能够看到……她一身接近火色的橙色毛发越发蓬松，小耳朵已经竖立起来，紧闭的眼皮睁开，露出一对与银羽一脉相承的蓝眼睛，无限接近血虹记忆中最初和他一同在窝里玩耍的小火的模样。

"她一定得继承火羽的名字！"血虹激动地叫道，"她一定寄托着火羽的灵魂。"说到这里，他不禁有些哽咽，"她大概就是失去火羽之后，命运给我们的补偿吧。"

"她当然是。"清歌用湿润的鼻尖触碰他的脸颊，呼吸吹拂着他的胡须，"你现在感觉好过一些了吗？火羽和兰心在天上相聚了，但他们的血脉会留在我们身边，世代绵延，生生不息。"

沙翅点点头："不要一味沉浸在悲伤中，血虹，火羽留下了两个健康可爱的孩子给我们。"

"谢谢你们。"血虹伸出爪子抚摸另一只幼崽，他的白毛上有一些灰色斑纹，令他想到银羽和竹笙，"兰心的遗言说，她希望给一个宝宝取名叫小川。"

"山川河流，这也是个很不错的名字。"沙翅慈爱地低头望着他们，"弟弟长得很像竹笙和……以前的竹竹。"

"小火，小川，欢迎你们。"清歌紧挨着血虹，喃喃念道。血虹突然觉得心里略微好过些了。父亲失去了蛾梦，却拥有了银羽。他失去了弟弟，却遇见了她……

"火羽，我不会辜负你的救命之恩的。"血虹说。

血虹与清歌并肩离开洞穴，他仰望着夜空中璀璨的星群，暗自对弟弟发誓，"我会抚养你的孩子成为最优秀的战士和猎手，我也会实现我们在童年里共同的愿望，领导河谷猫群统一森林。"

"血虹，你想去休息吗？"清歌柔声问他。

血虹犹豫了一下。雷焰居然又和寒翼一起待在玫瑰斑的巢穴了，他想过去一探究竟。但在她面前，他好像又很难说出拒绝的话。

"血虹！"幸好他不必做出选择，父亲已经站了起来，高高翘起尾巴召唤他，"真是太惊人了，你来见证这一幕！"

"好！"血虹应道，"清歌，我们明天一起打猎好吗？"他用胡须碰了碰她的脸颊，随即飞快地朝雷焰的方向跑过去。

玫瑰斑大睁着眼，显得很兴奋；寒翼则低垂着眼皮，白毛公猫身上竟隐隐有一种令血虹惊讶的沉着，他的母亲狐心则神情复杂。叶晴和森鹰坐在一边，静静地听他们的父亲热切地说着："看看我都有一群怎么样的孩子呀！狐心的孩子居然是两位巫师！"他骄傲地看着寒翼和玫瑰斑，又甩动尾巴点点叶晴和森鹰，"而蛾梦的孩子是这片森林里最强大和最聪明的猫。"

"他们会继承您的位置，带领河谷猫群走向新的辉煌。"寒翼抖了抖皮毛，出声说，血虹听到这句话，不禁心里一紧。寒翼的蓝眼睛里并没有露出他惯有的那种挑衅神色，而仿佛是十分真诚的希冀。

"是啊，当然了。"雷焰似乎并没有把幼子的话放在心上，随口应道，又洋溢着笑意向血虹看来，"银羽的儿子也是出色的战士。"

但不会是领袖吗？血虹苦涩地暗想，寒翼给他留下的印象几乎都来源于少年时代的明争暗斗，他怎么就甘愿退出竞争而成为巫师了，还愿意支持森鹰和叶晴？他望着父亲，说出了自己的疑问。

"……父亲是否已对生死离别习以为常了？"他在心里补充道，雷焰怎能如此快地忘却那个离世的孩子？

"玫瑰斑刚刚告诉我的。"雷焰兴高采烈地说，"她说寒翼对水晶有着独属于预言者的敏锐！而樱花语隐瞒了这个事实……多亏了寒翼是玫瑰斑的哥哥，要不然我们就要错过一位优秀的巫师了。"他转向血虹，"虽然樱花语是风殇与落蝶的女儿，唉……但不得不说，你们当时的决定是有道理的。"

"希望我能填补这个空缺。"寒翼接着道，"我学会了捕猎和战斗的技术，却反而更加认识到探索自然法则的乐趣，很高兴用这种方式为猫群做出贡献……"

他还在说，血虹却听不进去了，他的头脑里只剩下一件事：雷焰认可了森鹰和叶晴会是未来的统治者……他的努力好像全都化为乌有。

他懊丧地抓挠着岩石。绝不能允许这种情况继续下去了……一定要采取一个办法。

八、结盟

黑子篇·盟友

血虹潜行在草丛中，一只画眉鸟站在前方的树根上，啄食着树皮上的虫子。跳出去时他没有选择像普通猎手一样用脚掌拍击猎物，而是精准地一口咬住了那只鸟的脖子。他感到腹部的毛发擦过粗糙的树皮，合拢牙齿，温热的血液溅上舌尖。

下午的阳光褪去了些热度，长风挟着热浪刮向遥远的雪山，仿佛也带走了黑子陪伴的耐心。公猫把口中衔着的老鼠尾巴吐出来，态度恶劣地问血虹："你究竟要拖到什么时候？"

血虹转头凝视着他，道出了自己的真实来意："您可愿助我称王？"

黑子只是等着他继续说下去，血虹读出了他眼里所写的感情：意料之中。

"你只不过是雷焰一个并不算最突出的儿子，而我却是他最得力和信任的左膀右臂，你得开出足够有说服力的价码，来让我动心。"

"我相信您也觉得，猫群的领地有点狭窄了吧。"血虹淡淡道，

"要不然你为什么要和坚果联手？"

他怎么知道？黑子的眼中划过一丝诧异。

血虹的话音被他刻意压低，其中所蕴含的激情却并未减弱分毫："您助我继承河谷猫群领导权，一到两年后，猫群便会成为森林猫群——我们的领地会扩大到整个森林。在我有生之年，雪山、湖泊、草原甚至遥远的落日山脉——都会遍布着猫的足迹。

"我们的老年猫会有足够的资源安享晚年，小猫会有足够宽敞的地方玩耍。我是英武的王者，您是睿智的首领，我们的故事会在猫群里一代一代地流传下去。我会证明给您看，给我一个机会。"

黑子专注地凝视着血虹，他沉暗的蓝色双眸慢慢失去了温度，仿佛寒冬里一泓深不见底的湖水，波光粼粼之下，阴鸷和凌厉的念头一闪而过。

血虹恳切地说着，带着渴望和自信，他明亮的琥珀色眼睛像极了多年前站在悬崖上喊出"我们要建立猫群"的那只年轻猫，耀眼的毛色更是使他仿佛会发光一样，似乎有着一种让人服从追随的魅力。

黑子依旧面无表情，但从他插进泥土的爪尖可以看出，这只经验丰富又充满野心的公猫，已经被他发誓效忠的首领之子说动了。

"谢谢你，血虹，我得承认你的想法很有吸引力，我会好好想一想——"黑子的嘴唇翕动着，"现在我得回河谷看一下有没有什么事需要我处理。"

"好的，我希望能与您联手。"血虹满意地看了他一眼，动作敏捷地消失在森林深处。

然而黑子并没有往河谷的方向走，他站在河边，久久地望着远方的天空。山脉在暮色中化成一笔浓郁的黑影，薄红的色彩从山坳中向着天穹渲染，月牙高高悬挂在云端。

　　黑子向来厌恶雷焰与风殇，却甘愿潜伏在河谷猫群多年，并始终全力为之奉献，为了什么……说明他心中的统治欲望毫不亚于方才离开的年轻猫。他只不过在计算这个决定的得失——血虹的确是一只很有天赋的年轻猫，这个计划能带来一片新的天地，现在问题是能否使他同意分享权力。

　　"只有你，有资格和我一起，站到巅峰上去。"血虹表示黑子的地位将与自己同等，这对于一个有权力欲的猫而言，无疑是一个巨大的诱惑，可对方那冰冷、疯狂、自私、决绝的心里，能否容下另一个"王"，依旧不可知。

　　黑子的眼里不经意间流露出来一抹阴狠，爪子依然没有挪动。一只硕大的兔子惊恐地吱吱叫着穿过丛林，向他奔来。而其身后的猎手比它跑得更快，灰棕色的虎斑公猫轻盈地跃过灌木，不偏不倚地将猎物扑倒，挥出的爪子如雪色的刀锋一样冰冷。

"好久不见。"坚果冲黑子点点头，一屁股坐在树下，牙齿撕开兔子皮，大摇大摆地享用起猎物来，"要来点儿吗？"

"谢谢，不用了。"黑子回答，"你越来越放肆了。"

坚果毫不在意地用尾巴扫去肩上的灰尘："我曾经抚养的小猫为河谷贡献了这么多猎物，我吃上一只兔子也没什么大不了的吧。"他的话语因咀嚼而显得有点含糊。

"我不是你所谓的孩子。"黑子提醒他，"我会始终感谢你的教导，但我没有让你抚养过我。"

"差不多。"坚果耸耸肩，他吞下一口肉，用爪子抹去胡须上的残渣，"你想来点儿吗？"他又邀请道。

"非常感谢。"黑子后退一步，优雅地坐下来，把尾巴盘到脚边，"雷焰的小儿子血虹，来找我了。"

"哦？"坚果饶有兴致地眯起眼睛，"我记得他在成年以前，就成功骗过了我……是只有趣的小猫。"

"所以你觉得如何？"黑子追问道，"你敢相信吗？寒翼宣称他要做巫师，他们兄妹似乎都支持蛾梦的孩子……总之雷焰应该没有让我继位的考虑。"他颇为嫌恶地弹了弹爪子，像是想弄掉一粒灰尘，"他让我帮你那病恹恹的哥哥管了河谷这么久，到头来真正的权力还不是要交给自己的亲生孩子。"

"他不是我哥哥。"坚果纠正道，"我母亲没有那样的孩子。"

"雷焰的三个孩子争王一定是一幕好戏。"这只虎斑猫显然乐于看到河谷猫群不安宁，他又问，"你会选择叶晴还是血虹，或干脆自己取而代之？"

"叶晴不用我站队。"黑子轻笑一声，蓝眼睛里流露出一抹自嘲，"整个河谷大概只有银羽和血虹不支持她和她哥哥，她大概更想把我除掉而不是和我结盟。

"至于取而代之嘛……会有那一天的，但不是现在。"他站起身，一身黑毛仿佛融入了夜色，双眸神采飞扬，"我决定先支持血虹了。等我们一起除掉敬爱的首领和他的长子长女——

"这个猫群和这片森林，就属于我了。"

　　血虹从自己的窝里坐起来，绷直前腿伸了个懒腰。身边的清歌感受到他的动作，有些困倦地睁开眼睛："早啊。"她简单的一句话就能让一种温暖甜蜜的感觉涌上血虹心头。

"早上好。"血虹弯下身舔了舔她的额头。想起昨天与银羽的争吵，怒气仍挥之不去。

对清歌的爱绝不会使他变得心慈手软，不会婆婆妈妈。相反，只要能保护好她，给他们未来的幼崽一个最好的成长环境，没有什么是他血虹做不出来的！

说到幼崽……"我想去看看小火和小川。"他对清歌说，凝望着她懒洋洋地打了一个哈欠，"你是要跟我一起去，还是想再睡一会儿呢？"

"我跟你一起去。"她愉快地回答道，轻快地爬起来，跟在血虹身后离开巢穴。从岩架跃落在河谷的地面上，清歌尾巴指向溪水旁的"天然冰箱"，"你该先填饱肚子，才能对付那两个小家伙。"

"嗯，我想起码在他们的个头长到比你大之前，我饿着肚子也还能应付他们。"血虹应和着，被她亲昵地撞了一下："你在说我矮吗？"

"我可没有。"清歌的身手很敏捷，但速度仍赶不上血虹，他一溜烟儿冲过去，从岩缝里拽出一只皮毛上还沾着水汽的田鼠扔给她，"其实我说的是它——小火和小川没比田鼠大多少。"

"那我暂时接受这个解释。"清歌一个滑步刹住脚步，将猎物放在地上，咬了一口。血虹为自己挑了一只肥鸽，他呼吸着她身上的芬芳，惬意地享用完这顿早餐，方才和清歌一起往沙翅的洞穴走去。

"血虹！是血虹！"

"你来了！"

血虹刚一探进脑袋，两只小猫就像两枚炮弹一样撞到了他身上，清歌及时闪到一旁，由着血虹接住他们，发出轻柔的笑声。

"沙翅不准我们出洞。"小川大声抱怨道，"我们刚才就趴在那里，眼巴巴地看着你和清歌吃东西。"

"因为你们真是太调皮了。"沙翅满目慈爱地用尾巴拍了拍他的脑袋，"任由你们在河谷里闹上一个早上，都没有精力进行训练了。"

"我还以为你们要吃上一天呢！"小火打断养母，接上弟弟的话头。

"我想河谷的猎物还没有多到那种程度吧。"血虹逗她。

小火一本正经地说："等到我和小川被允许捕猎之后，其他所有猫就可以成天趴在太阳底下，除了吃什么都不用干了。"

其他猫都笑起来，血虹笑得尤为开心，她也有一张巧嘴——仿佛曾经的火羽此时就站在他面前一样。

但清歌却注意到了别的事情，她附在血虹耳边不安地问道："你已经开始训练他们了吗？"——昨天血虹教导两只小猫的时候，清歌和叶晴、雪心一起出猎了。

"没事儿，"血虹安抚她，"只是基础的捕猎姿势和战斗动作。

他们活泼又强壮，学得也很快，猫群需要更多的猎手和战士。"

"可就像你说的，他们没比一只田鼠大多少！"清歌很明显不太认同他的做法，她颈上的毛发竖立起来，"他们应该成天忙着捉迷藏，而不是训练！"

"我担保没问题。"血虹无奈地抽动了一下胡须，"这可是火羽的孩子，我当然会在意他们的安全。"

"好吧，"清歌翻了个白眼，露出了不甘被说服的神色，"拗不过你们这些固执的公猫。"

血虹安慰地用鼻尖触碰她的额头，发现两只小猫正怯生生地盯着他们。"我想训练。"小川出声说，小公猫的眼里带着期待与渴望，"虽然很累，但是很开心。"

"确实。"他的姐姐表示赞同。

清歌无奈地笑了，"看来你们都是串通好了的呀。"她弹弹尾巴，"那你不能练得太狠。"她提醒血虹。

"放心吧，我不会的。"血虹允诺道，"走了，孩子们。"他用尾巴拢住他们，带着两只小猫朝外走，清歌迈步跟在他们身后。

"小火，把昨天的捕猎动作做给我看。"在平坦的沙地上停下来，血虹收敛了笑意，命令他们。两只幼崽的个性告诉他，只有严厉的态度才能让他们意识到这是件需要严肃对待的事情。

橙毛小猫似乎一瞬间有些不知所措，然后她伏低身子，收回尾巴，绷紧身体，甚至不忘摆动胡须测试着风向。

"那是一只松鼠，它正在忙着吃松果，没看到你。"血虹伸出脚掌，把一块石头放在她面前不远处。

小火蹭地扑出，仿佛天生就懂得在跃进中绷紧身体，一只前爪不偏不倚地摁在那块石头上。

猫国传奇之风起潮涌

"非常好。"血虹对着她期待的眼神，肯定地点点头。她甚至比她的父亲更有天赋！

他转向小川，"你来给我们展示一下打斗技能。"他环顾四周，看到不远处沙翅较为年长的孩子小岩正在一边跟随桦云练习战斗动作，他挥动尾巴招呼他们，"桦云，能让小岩过来和小川打一场吗？"灰白公猫微微点了点头表示同意，带着他的徒弟向他们这边走来。

"你觉得这好吗？"桦云望着两只年轻的公猫在场地里紧盯着对方，不安地抖了抖脚掌，"小岩比小川大好几个月，也强壮很多，而且他已经接受了两个月正式的战斗训练了。"

"这当然不好！"清歌大声说，她瞪大绿莹莹的双眼，好像此刻才反应过来，"血虹，你答应过会注意分寸的。"

"我会的，他们都需要一些历练，才能更快地成长起来。"血虹在她耳后舔了一下，努力忽视那双充满不信任的绿眼睛给他带来的犹豫。

"小火、小川和其他每只小猫，都要快快长大，长成威武的战士，才能使河谷猫群强大到足以统一森林——以及保护你，清歌。"

清歌往后退了一步，看上去依旧满怀疑虑，这是她头一次避开血虹的爱抚，这使他心里不禁隐隐作痛，但他仍相信她总有一天会理解自己。

小岩看起来就比小川高大一圈，年轻公猫的肌肉在油光水滑的灰色虎斑皮毛下游动着，锐利的蓝色双眼充满了攻击性。而相比起来，他的对手那双有些迷茫的蓝眼睛，正属于初出茅庐的孩子。

"不能对他们心软。"血虹说服自己，"将火羽的孩子训练成最优秀的战斗者，也是为了整个猫群的利益着想。"

这时小岩仿佛是终于认识到对手的弱小，但仍毫不留情地重重挥出爪子，小川本能地往旁边一跳，却还是慢了些许，那本该击中胸前的利爪扫过他的前腿。他痛得大声叫了出来，但也并未放弃，一个趔趄后灵巧地就地打了个滚，避开虎斑猫第二次攻击。

还不错。血虹暗暗夸赞，不愧是火羽的儿子。他更加坚定了自己的想法——猫群对幼崽过分宽容了，只有实战演练才是成长的途径。

"等我代替了雷焰的位置，小猫们就没有这种好日子过了，他们必须赶快长大。"

"小岩！"桦云叫道，他好像也习惯了这样实力悬殊的对战，对自己的徒弟认真起来，"不要拖泥带水的，他比你小多少啊！"

"是！"虎斑公猫答道，他不给小公猫起身的机会，而是跃到他身上，依靠体型的优势压制住对手。小川努力地挣扎，后掌无意间踢中了虎斑猫的腹部，小岩倒吸了一口冷气，眼神冷酷起来，挥掌扇向小川的耳朵。

"啊！"小川尖叫一声。小岩意识到自己好像犯了错误，赶忙从他身上跳开。灰毛猫崽白色的小耳朵上，血珠的颜色格外明显。清歌赶忙冲过去，用尾巴将小猫揽进怀里，为他舔舐伤口。

"小岩！"桦云严厉地斥责他，"你怎么能对自己的伙伴伸出爪子！这仅仅是练习，不是战斗！"

"对不起。"小岩沮丧地低下头，"是我太激动了，我保证下次绝对不会了。"

桦云担忧地看了血虹一眼——大概是怕从不手软又格外护短的首领之子因为弟弟的孩子被伤到而动怒，气愤地张开嘴，还想继续教训自己的徒弟，却被血虹阻止了。

"小岩不是故意的。"他匆匆说，"他已经明白了教训，请不要惩罚他。"

"放心，我不会的。"血虹有点好笑地看了年长的公猫一眼，连桦云都会怕自己生气吗？他想道，是我主动提出来让小岩帮他训练的啦。事实上，我觉得他们都干得不错。他不理会桦云和清歌分别投来的惊诧眼神，用尾巴拍了拍小川的头，"他学会了天外有天的道理，即使在游戏中能打得过姐姐，但总会有更厉害得多的战士等待他挑战和超越。"小川和小火一起用力地点了点头，"小岩则学会了，不要小瞧任何一名对手——哪怕他看起来那么小，但幼崽也有幼崽的本事呢。"

清歌像对一只陌生猫一般盯着他，但小岩、小火和小川看上去都十分信服，甚至桦云也露出了赞同的神色："血虹，我想你说的是对的。"他说，"我会提议更广泛地采取这种对练模式，你真是个优秀的创新者——不愧是你父亲的儿子。"

听到年长公猫的赞扬，血虹尽力不让得意流露出来。"谢谢你，"他故作谦虚，"我还有很多可以学的。"

桦云点点头："走吧，小岩，我们去森林里，看看你今天能不能在树上捉到一只松鼠。"他的徒弟朝两只幼崽友好地摆了摆尾巴，就跟着他的师傅一起离开了。

"你们累了吧？"清歌总算收回了那种刺得血虹心痛的目光，转向两只小猫，"要不要去吃点东西？"

小火犹疑了一下，抬头看向血虹。"去吧。"他温和地说，"我和清歌在这里说说话。"

姐弟俩蹦蹦跳跳地离开了。血虹望着清歌，局促地张了张嘴，却并不知该怎么解释。

"对不起，血虹，可能是因为我们在完全不同的环境里长大吧，我暂时还无法接受你的训练方式……"她疲倦地叹了口气，"让我静一静，思考一下。"

血虹本想为自己辩解，却看到黑子站在溪边的草丛旁，晃动尾巴示意着他。"噢……那好吧。"他还是用鼻子碰了碰她的脸颊，方才快步走向那只黑猫。

"坚果想见我们。"说罢，他们一同往森林里走去，黑子用鼻子嗅了嗅空气的味道，确定四下无猫，才这么告诉血虹，"他打算正式开始行动了。"

血虹饶有兴趣地问："他的计划是什么？"

"倒也不复杂。"黑子语调轻快，说出来的话却格外冷酷，"我和坚果会背负所有的骂名，你放心好了。"他告诉血虹，"自从那回败给河谷猫群，坚果一直忙于招募各路野猫，现在终于拥有了能相抗衡的战斗力。再加上我们的里应外合，尊敬的首领和他那些碍事的孩子被除掉也不奇怪，你说是吧？"

血虹不知不觉地停下了脚步："你们要杀掉我父亲？"

"要不然呢？"一个低沉的声音传来，一只瘦长的棕色虎斑公猫轻盈地从旁边一棵树上溜下来，他的尾巴笔直地竖着，"亲爱的血虹，请你告诉我，如果雷焰不死，你如何继位？"

"我原本想的是，等他年纪大了，再传位给我……"血虹自知理亏，低下头去舔胸口的毛发。

"等他年纪大了，我和坚果也都快埋进土里了。"黑子轻蔑地瞪着他，"到时候河谷还不是森鹰和叶晴的天下！你找我们结盟，究竟安的什么心？"

"你既然上了贼船，就没有选择了。"坚果缓缓地说，"别以为你干的那些腌臜事儿我不知道，你对瓜子撒了谎，还杀掉了那只黑毛的小瞎猫，嫁祸给风殇和落蝶的女儿——我本想在攻下河谷之后，亲手结果她的，现在倒好，她逃到九霄云外逍遥去了。"

血虹惊恐地后退一步，不知不觉间伸出了爪子："你们怎么知道的？！"

"我无所不知。"坚果冷冷地说。

"所以你别无选择。"黑子接上他的话，"你如果乖乖执行计划，配合我们拿下猫群，还能分一杯羹，跟那只绿眼睛的小母猫快活半辈子。否则——"他示威地伸出雪白锋利的爪子，在血虹面前比画了个动作，"你就带着我们的盟约，埋在这里好了。"

"而且，"他似乎觉得这还不足以威胁到血虹，又恶毒地补了一句，"出于我们这段时间的情分，为了你在天上可以生活得更快乐，我们会让清歌陪你一起去的。"

血虹感受到了他们的威胁，知道这不是闹着玩的。难言的恐惧从脊柱一直爬上头顶，胸口像压了一块沉重的巨石，呼吸间肺叶都在隐隐作痛。

"虽然我确实曾不择手段，但我还不想对自己的至亲无情到那种程度……我该怎么办！"

但黑子冰冷的眼眸仍旧逼视着他，坚果也慢慢伸出了锋利的爪子，血虹的喉咙里发出痛苦的呜咽。就在这当口，他突然发现两只公猫背后的一棵橡树后，隐隐露出了淡金色的毛发。

是她——清歌！

一时间血虹全身的血液仿佛都停止了流动，心脏紧张地悬在喉咙口，不知道她跟到了这里——也许还听到了他们所有的对话，但是她此时的安危更使他担忧。

快跑！他死死盯着她的方向，用他能不让黑子和坚果察觉的、最激烈的眼神警示她，一旦被发现，他们一定会杀了她。

清歌仿佛犹豫了一下，随即从树后跳下去，一头扎进浓密的灌木里，很快就彻底消失在了林中。

清歌就像是点燃的引线，可以随时随地将血虹引爆，好让血液中流动的利剑脱鞘而出。

好吧……他所有的犹豫、挣扎、尚存的良知、从小到大建立的亲情，在她离去后都分崩离析。

只要你好好地活着，我愿意替你下地狱。

"没问题。"他高昂起头，勇敢地迎上那两双冷酷的蓝眼睛。日光从树叶间洒下来，落入他如琥珀般美丽的眼眸，其中却仿佛藏了一个深不见底的黑洞——荒芜孤冷，坚决又温柔。

"很好。"坚果露出满意的笑容，他的爪子不知什么时候已经收了回去。

"过来，"虎斑公猫对血虹勾了勾尾巴，"我们的计划是这样的……"

日薄西山，血虹拖着一只田鼠和一只麻雀，疲惫地向河谷走去。

他居然一瞬间就从主动要求合作的一方，变成了被胁迫者……他本想因那只一见钟情的母猫而改变，却已失去了后悔的机会，不得不被拖曳着坠入黑暗。

血虹迈上崖壁间蜿蜒的石头小路，在猫群中搜寻着她的身影——他欣慰地看到，清歌正躺在一块石头上享受着阳光，但令他不爽的是，她正和叶晴说话。

"血虹！"他一下到地面上，她便蹦着向他跑过来。

血虹笑着望着她，晃了晃嘴里的猎物："要不要一起吃？"

"好呀！"血虹将那只田鼠递给她，他们紧挨着彼此趴下。

梅影和丹菊叼着猎物从他们前面走过，血虹想起来，在清歌来的那一天，他正在指导她们。两只母猫含笑望了他们一眼，接着一边窃窃私语一边离开了。

血虹清楚，大家都在等待他们确认恋情。清歌来森林后第一只认识的猫就是血虹，他们亲密得形影不离，但却从未相互表白过心意。她真的喜欢他吗？

血虹大口咀嚼着食物，提心吊胆地想——清歌对一切自己透露着野心的行为几乎都表示反对，不知道她对白天那一幕会说些什么？

"答应我，不要再和他们私底下见面了。"清歌说，绿眼睛里写满了担心和忧虑。

她真的在乎我！血虹的心怦怦地跳了起来，"好。"他低声说，在她面前，所有的野心和欲望都可以刹那间化为乌有。他第一次说出心声，"为了你，我做什么都行。"

"血虹，不要说这种话了。"她的颈毛竖立起来，血虹的心也随之跳到了喉咙口，"我想要你开心、自由！——当然也希望你善良。"她的眼眸熠熠生辉。

"对不起……"血虹放松下来，咕哝着贴近她，"我只是想给你和我们的幼崽最好的家——如果你愿意生下我们的宝宝，你爱我，和我爱你一样，对吗？"

"当然了！"清歌睁大眼睛，仿佛很疑惑他为什么还不敢确认，"我爱你，从见到你第一眼起。"她用湿润的鼻尖触碰他的脸，"你也应该知道，只要有你，就是最好的家。"

"我知道了。"血虹深情地看着她，他感觉喜悦的情绪流进全身，溢到每根毛尖。

他看见银羽在溪对面盯着他们，母亲的蓝眼睛中带着怒气。血虹知道她一定又会对他们说三道四，但他才不在乎呢！清歌只会成为他当上首领的动力而非拖累！

他温柔地用下巴磨蹭清歌的头顶。她愿意和他结为伴侣，生育小猫！

一切都会好起来的，他们会成为世上最幸福的猫。

九、孤注一掷

盛夏的夜空清朗高远，月亮刚在天边露出细窄的一个牙。血虹埋着头在林中奔跑，脚掌蹬在地面上扬起一阵阵沙尘，口中叼着一卷叶子，里面夹着坚果拿给他的草药。

"这不是致命的。"面对血虹惊惧的眼神，虎斑公猫如此解释，"只是让他舒舒服服地睡上一整夜，等他醒来，一切就结束了。他会在由我们统领下的河谷里安享晚年。"

"夜里，坚果会带领他的猫攻击河谷。"黑子吩咐血虹，"我的猫会接应他，你不用全情投入战斗——我要你协调两边，确保他们分清楚谁是对手，谁是战友，如果看到哪个部分的局势特别不利，就安排队友接应。"

"我明白了。"血虹颔首道，叼起坚果给他的草药。

"清歌和她的幼崽会安全的。"虎斑公猫微笑着向他点点头。

血虹后退一步，叶片猝不及防地从他口中脱落，瞳孔骤然放大："你说什么？她哪来的孩子！"

"我的药！"坚果跳过来，小心翼翼地把散落的植物种子重新拾起来，"你居然不知道。"黑子的蓝眼睛中露出嘲讽的神色，"说明她也并不是很想要这些孩子嘛。"

坚果把叶片重新包好递给血虹。血虹仍然不可置信，吃惊地用爪子抠抓着地面："她甚至没有告诉我……寒翼和玫瑰斑也没有说。"

她好像真的胖了一点儿。

"一看就看得出来。"黑子翻了个白眼，"至于那些幼崽会成为首领的继承者还是叛徒的孽种……"他意味深长地看了血虹一眼，"那就要看你的行动了。"

血虹衔着药草低下头："我会尽全力。"

"希望如此。"坚果挥挥尾巴，"现在走吧。"

——把药草放进雷焰的猎物里，让他美美地睡上一觉。不出意外，黑子会成为他梦寐以求的王，血虹将最终在兄弟姐妹们中胜出，至于我嘛……就可以好好报复我那亲爱的哥哥所留下的猫群了。坚果的计划将付诸实施。

血虹从森林柔软的地面上奔过，在河谷的石地上刹住脚步。猫儿们来往穿梭着，没有猫会注意他在做什么……大概已经有一批狩猎猫回来了，那条用于储藏猎物的石缝被填得满满的。他从顶端拽出一只喜鹊，将叶子包裹里的那些种子细心地藏进它的羽毛间，带着猎物直奔雷焰的巢穴而去。

"嘿，血虹。"父亲看到他好像很开心，"我听说，清歌有了你的宝宝？"

连雷焰都知道了，她却没告诉我……血虹心里泛起一阵苦涩，还有面对父亲的那份愧疚。"是的。"他含混不清地答应道，将那只鸟放到父亲的窝前，"我给您送来了一份猎物。"

"谢谢你。"雷焰听起来很高兴，但他没动喜鹊，"把清歌带到河谷来真是个正确的选择。你哥哥森鹰告诉我，他已经选择了雨燕作为伴侣，玫瑰斑也怀上了枫尘的孩子，我真高兴我的孩子们都生活得很好……"

火羽呢？血虹隐约觉得有一种伤感的冲动，银羽的孩子对父亲来说，如此不值一提？

这时雷焰咬了一口鸟肉，咀嚼的动作让血虹松了口气。雷焰还在继续："虽然叶晴还总是独来独往，但我相信她总会找到与她般配的公猫。"

"是。"血虹应道，但心底却想那只母猫比起成为母亲、抚养幼崽，可能更希望当上首领。

但是现在已经没有机会了，新任猫王只能是他血虹！黑子和坚果都没有亲生骨肉，权力也只会交到银羽的孙子手中！

雷焰既然已经开始进食，血虹便恭敬地告退了。他看到出猎归来的森鹰和雨燕亲密地分享起了猎物，彼此相互舔梳着皮毛。而枫尘一放下猎物，就迫不及待地冲到巫师巢穴边——寒翼正在给玫瑰斑做检查，一只脚掌搭在她的腹部。叶晴就坐在离他们不远的地方环视着河谷，她那对琥珀色眼睛望向血虹，让他有种莫名的不适感——她都知道什么？

"血虹！"就在这时，清歌欢快的声音传来，他的伴侣飞快地

猫国传奇之风起潮涌

跑过来，紧紧贴住他。

血虹听到属于她的心跳隔着他们俩的皮毛传来，她柔软的侧腹——里面装着小宝宝——和他的摩擦着，他闻到她身上花朵一般的香气。血虹屏住呼吸，只想尽可能地留住这几秒钟的温暖。

只是和清歌待在一起，他心里所有的阴霾——紧张、担忧、恐惧和愧疚刹那间像云雾般散去了。

为了她和孩子，血虹心想，他没什么事是做不出来的，哪怕搭上生命。

他笑了笑，柔和地问："清歌，我们是不是……有孩子了？"

"你怎么知道的？！"她的眼睛闪着光，喋喋不休地说起来，"我也是前几天才发现，因为我打猎的时候觉得累。玫瑰斑检查过了，她说他们很健康，而且她很高兴能和我同时怀孕！我们的宝宝以后可以做伴！"

"那你既然都知道了，刚才怎么还跑得这么快呢？"血虹心里的欢喜满得都要溢出来了。他呼噜着磨蹭她的脸颊，听她解释着："宝宝又不会被甩出来……何况我一整个下午都没见到你……太兴奋了。"

血虹愣了愣，不知道她有没有对他诡秘的行踪起过疑心——他依旧瞒着她，在私底下和黑子、坚果密谋。她太纯粹、太干净了，从未怀疑过他的承诺。

"啊，今天怎么没有星星呢？"清歌和血虹亲密了一会儿后，仰起头望着天空，"我最喜欢星星了。"

血虹心不在焉地"嗯"了一声，浓黑的夜色染遍天空，隐隐透着凄凉。他听说过，巫师能够从自然现象中解读出征兆……希望对他来说，是一个好征兆。

突然，七八只猫如离弦的箭一般从森林里奔入河谷，另一支猫队从河岸边的岩架上跃下，甚至在不被群猫注意的巨石中，也有陌生的猫跳下来。他们一言不发，动作迅捷，以至于在沉浸于晚餐和美梦中的猫群都没有注意到的情况下，已形成了包夹之势。

他们来了。血虹的心猛地揪了起来，紧张的情绪涌上喉咙。

"你们是谁！"最先发现他们的猫儿大喊一声，惊恐地环视着占据了各条逃生通道的陌生猫们，群猫纷纷抬头看去。

"干什么！"森鹰威严地吼道。

"雷焰呢？"雪心扬着头慌乱地张望着，指望父亲突然飞下来拯救猫群。

血虹看到坚果站在高处的一块石头上，脸色一沉："进攻！"他吼道。

"来者不善！"叶晴从高处的洞穴里纵身跃到地面，"准备开战！"

训练有素的战斗猫们涌进河谷，眨眼间战斗便打响了。河谷猫群在数量上略占上风，但耐不住对手都是准备充分的精兵强将，战况激烈无比。

血虹一直都紧绷着神经，自然也比大家更早发现坚果。他不顾清歌的反抗，沿着一条陡峭的小径，把妻子带到最高处的一个小洞里，"你待在这里。"他吩咐她。

"我也是河谷猫群的一分子！"清歌被他硬推进洞，看着他用口中叼着的荆棘枝条遮蔽洞口，不满地叫道，"我也要保护河谷。"

"你怀孕了。"血虹轻轻用爪子拍了一下她的脑袋，"乖，待在这里，我会连你的那一份一起打出去的。"清歌点点头，他冲出洞口。他遵照黑子的吩咐，并未急着投入战斗，而是蹲在高处环视着战场。

"老年猫们带着幼崽躲起来！"叶晴跳起来躲过向她扫过来的爪子，并一爪撕下一缕眼前那只大公猫脸上的毛发，她高声叫道，"保持阵型，互相帮助！不要被他们冲散！"

"父亲呢？"森鹰冲他妹妹喊道。硕大的棕色虎斑猫正同时与两只年轻猫对战而不落下风，他的爪子以一个刁钻的角度击中其中一只的下巴，又狠狠按住另一只黑白公猫，牙齿直逼向对手暴露出来的喉咙。

血虹心下一颤，瓜子！

他想起黑子的话，于是钻进鏖战的群猫之中，左躲右闪避开不知是敌是友的爪子。他看见在战场的边缘，有好几只年轻猫正在围攻琥珀光，年长的母猫金棕色的毛发上沾满了暗红色的血迹，看起来触目惊心，却还是恶狠狠地挥爪撕破了石头的皮毛。石牙也被策反了，血虹猛地意识到。他冲他们喊："你们去那边支援瓜子。"

一只白毛公猫回头看见了被压在森鹰身下的伙伴，立即飞奔过去，石牙跟在他身后。

琥珀光冲他的背影啐了一口："叛徒！"又用充满怀疑和敌意的眼神瞪了血虹一眼，随即重新投入战斗。

血虹抽身回到战场边缘，蹲在确定不会被轻易注意到的阴影里。他看到森鹰被石牙和他的同伴缠住后，瓜子摇摇晃晃地站起来，虽然背上和腿上都是抓痕，但脆弱的喉咙处并无致命的伤口，不禁暗暗舒了口气。

随后他又往战场跑了好几趟，看到有河谷猫被围攻就让他们的对手去帮其他猫。

"血虹，你在干什么？"桦云一边举掌抵挡瓜子，一边难以置信地扭头盯着他，"为什么你在帮助他们？"

雨燕冲过来帮助红莓果，她看都没看一眼血虹，只是爪牙齐上地对付着敌猫。伙伴的怀疑态度使得血虹瑟缩起来。

血虹不敢直视桦云的眼睛，他本想抽身退出战局，却发现在雨燕的帮助下，瓜子不知何时又被年长的公猫逼上绝路，他被按在地上，绝望地闭上眼睛。

"血虹，救我！"他叫道，"我从未背叛过你！"

这句话像一把利刃，刺中了血虹心底最柔软的地方——是的，瓜子从未背叛过他。

血虹明白自己其实拥有优越的出身和非同一般的天赋，但他从未满足过自己所拥有的，随着年龄的增长，他的野心日益膨胀。银羽的教诲使他只懂得以欺骗解决问题，最后的轨迹理所当然地出现偏离，他本想要结交盟友，却背叛了自己的至亲。

而瓜子，这只黑白花斑的年轻公猫，他也许不够强大，不够勇敢，不够睿智，但他从始至终都无条件地相信血虹——仅仅是因为夜里邂逅时的那次战斗，而当他发觉自己被背叛时，则是毫不犹豫地选择回到自己的猫群。

血虹飞扑向桦云，将他从瓜子身上掀开，爪子下意识地朝他的喉咙探去。

"杀了他！"坚果的声音传入耳中——血虹不知道他这时在观察战局，"我们会赢，清歌和你会幸福！"

血虹怔了一下，心中五味杂陈。

自己到底怎么走到了这一步？他想要给予保护，却不得不一次又一次地进行伤害；他想要理解和爱，却看着自己的爪尖沾满血腥和罪孽。

他已经无法分辨什么是光明，什么是正义，什么是正确的道路，他不知道踩着无辜生命取得的胜利还有没有意义——只是所有这些混乱的思绪都沉淀下来以后，出现在他眼前的，却是漂亮母猫的微笑。

那双琥珀色眼眸中的清明散去了，取而代之的是和他的毛色一般几近殷红的血光，血虹挥出那夺命的一掌，对方鲜血喷涌而出。

他看到面前那双绿色的瞳孔里有什么东西熄灭了，连同他灵魂里希望的光辉一起破碎，一起被埋葬在了无边无际的黑暗里。他转过身，骄傲地环视战场，棕红色皮毛上留下了斑斑血迹。

对不起……他看到雨燕那双惊异而失色的蓝眼睛，泛起些近乎麻木的歉意，我辜负了那些我们一起长大的时光。

在他眼前，战况正激烈，坚果灵巧地低头一闪，任森鹰的爪子掠过耳尖，却毫发无损。虎斑公猫威风凛凛地大喝一声，转身飞也似的扑过来和雨燕并肩作战，三两招解决掉对手后，他直接一扭腰，不偏不倚地朝着血虹的鼻子挥爪。

森鹰甚至比雷焰更强壮，血虹不想直接与他抗衡。他干脆转过身，向森林的方向奔去。他听到公猫的脚步声逐渐迫近，心中明白森鹰就紧跟在他身后。

把他引走。血虹告诉自己，这样黑子、坚果他们的战斗就容易多了。

血虹沿河疾驰，脚下茂盛的长草富有弹性，跃起又落地后，他感到身后追兵的呼吸似乎已经打到了尾巴尖上，于是将全部力量注入爪尖，扭身跃起，借力收腰将自己拉上河岸，钻进茂密的落叶林里。脚步声听起来没那么近了。

——干得漂亮！

血虹逐渐找到了奔跑的节奏，一场生死攸关的追捕似乎变成了有趣的赛跑。一棵棵山杨和桦树从眼角掠过，蕨类植物的枝条刚擦着毛发。他敏捷地越过草丛，低头避开垂下的藤蔓，一头扎进茂密的灌木丛里。

这大概是一条兔子走的小路，血虹被交缠的枝叶蹭掉几缕毛发，但他知道自己比森鹰灵巧得多。血虹对自己的表现很满意。

但当他重新冲进林间的开阔地带时，差点由于脚底打滑摔倒。他沉浸于风吹拂皮毛的快感中，认错了方向！

他希望将森鹰带到荒僻的针叶林深处，那是黑子常和坚果秘密见面的地方。血虹本指望靠着对地形的熟悉甩掉森鹰，却没承想一步错，步步错，因为在灌木中奔跑时没认清方向，便被追到了森林边缘。眼前的巨大树木难道不就是那曾经的巫师巢穴吗？

但森鹰不会给他机会回到他预想的道路上，血虹懊悔地想，走一步算一步好了。

树木越发稀疏，直至一棵不剩。他伏平耳朵，冲过雪山和森林间的草地，沿着石径攀缘而上。

是我的错觉吗？他疑惑地想，身后的追兵仿佛没有之前逼得那样紧了，甚至森鹰脚步的节奏都乱糟糟的，听起来像是两只猫一样。

不对！血虹调整了一下自己的呼吸，深吸了一口空气，雪山上的空气不像森林里那般驳杂。他似乎认出了那位新追兵的身份。

随着他越跑越高，岩石间的小路在山腰中段裂开了，大张的豁口露出近乎垂直的雪坡，像是口中的白牙齿，正虎视眈眈地等待着吞噬来者。

其实如果只是森鹰……血虹拼尽全力也许能跳过断崖，但他明白如果自己尝试，那森鹰和那位新追兵必定也会跟着他去跳。他杀死了猫群同伴，他们不会放过他的。

他一点儿都不敢冒这个风险，于是刹住脚步，转身面对着两位追兵。

清歌略微歪着头，绿眼睛依旧亮晶晶的。血虹的肌肉不知不觉地放松下来，爪子也收回了爪垫里。刚才还充斥胸膛的暴戾气息，在见到她的一瞬间消失无踪，只剩下淡淡的、无助的疲倦，流遍了四肢。

"我真没想到你居然背叛得如此彻底！"森鹰喘了口气，便立刻瞪起眼怒斥道，"你和黑子都是父亲非常信任的猫！"

"你杀了桦云。"清歌有点儿别扭地小声说，"我真的没想到……"

"你一直都知道我在干什么，是不是？"许多个凝固的画面突然被拼在一起，成为故事，血虹凝视着她。

"是的。"清歌点了点头。森鹰说，"叶晴知道银羽对你和火羽说，其他的兄弟姐妹就是你们的拦路虎。樱花语离开之前，她也收到了一个又一个预兆，说是下一任首领的产生会经过一场血的洗礼。"他的爪子愤怒地跺了一下石头，"我们都以为指的是你，所以严防死守，将我们所见过最美丽的母猫——"他用尾巴拍了拍清歌的背，"带回了河谷，吩咐她卧底在你身边。"

血虹惊异地听着。此时爱在他心中的重量已远远超过梦想，于是他能够坦然接受一切混乱后的失败结局，只是还想再多了解一点儿故事的内容："那既然你们什么都知道……"

"有两个变量。"森鹰粗暴地打断了他，似乎他快点讲完就可以快点复仇，"第一个是黑子，多亏她注意到了你们的私下会面。"同父异母的哥哥冲清歌点点头，"我们起初被困在那个'血'字中，没想到血与火的洗礼所指不一定只是你。"

"血虹"这个名字也不是我自己取的啊。血虹在心里嘟囔道，他对樱花语的命名依旧耿耿于怀。

森鹰继续讲道："因为清歌听到了你们的谋划，所以我们也对会发生的事情有了了解——当然了，你不会以为我那么蠢，就那么容易被你引开了吧。"原来血虹开始时的那点自鸣得意早已被看穿了，他有些尴尬地挪动了一下前爪。

"叶晴尽力做了战斗部署。只是苦于没有证据，不能让雷焰相信我们的话。虽然坚果的猫群比我们想象中要大，但今晚这场战斗，只有赢，没有输。"虎斑猫居高临下地看着他，血虹一时间不知道该不该为坚果和黑子感到难过。

虽然这个结局都是咎由自取，但是他们付出了那么多努力，费尽心血，却最终化为徒劳，且早在河谷猫群意料之中……

"至于第二个呢，"森鹰舔舔嘴唇，继续说下去，"就是，清歌爱上了你。"

血虹和清歌都尚未反应过来，森鹰闪电般跃上道旁岩石顶端——他由此占据的制高点，意味着：他可以打到他，而血虹够不着他。只要他的力度大到将他推下狭窄的小路，那么轻则引发雪崩，重则直接摔死。

"杀掉他，清歌。"他大声命令道，母猫惊恐地后退一步，那双绿眸里的光彩头一次显得黯淡，"不是不允许爱，但此刻你得证明自己的忠诚。"

这倒是出乎意料。血虹心想，落到这一地步，他本以为森鹰会亲自惩处他，现在能心甘情愿地死在心爱的母猫爪下，那岂不是太便宜他了。

"不……我不能。"清歌慌乱地摇着头，"我做不到！"

"来吧。"血虹安慰她。他侧卧在雪地上，把最脆弱的腹部和喉咙都暴露给她，"我犯了错误，你只是帮我赎罪罢了。"

"我知道的。"清歌轻声呜咽起来，"血虹，我之前一直以为你只是渴望权力，我想象不到……你会杀死其他无辜的猫。"

"我会偿还的。"血虹坦荡地告诉她，"我在你的心里，还会是一只善良的猫的，对吗？我会变成天上的星星，看着你和宝宝的。"

"那当然！"她用力地点点头。

"快点！"森鹰盘腿坐着，不耐烦地催促道，"我不想怀疑你，清歌，前提是你别跟这只猫废话。"

血虹不理会他："那你要帮我啊。"他轻柔地对她说。

清歌把脸埋进爪间，似乎在说服自己。当她重新站起来时，仿佛涅槃重生，眼眸已不是单纯的因爱和快乐在焕发光彩，而呈现出一种坚毅的明亮。

"我会告诉我们的宝宝，他们有一位十分伟大的父亲。"她俯在他耳边说，血虹有十分漫长的一瞬间，都蜷缩在石径边缘她温暖的怀里。

接着一股力道从侧腹部袭来，他翻滚着从那个豁口边上摔下去，那个迎接他的世界仿若白茫茫的，但事实上，他坠入了一片无尽的黑暗中。

十、归宿

清歌篇·若重逢

"我们回去吧？"看到他那同父异母的弟弟被推下悬崖，森鹰便麻利地跳下他所占据的制高点，对着依然痛苦地蜷曲着身子的清歌，有些无措地问。

"黑子和坚果就要被处决了，你难道不想看到带坏你丈夫的猫受到制裁吗？"

她知道森鹰已经在尽力照顾她的感受了，只是他一点儿都不明白她此时的心情。清歌略感无奈地站起身来："那好……走吧。"

她拖着沉重的脚步，跟在森鹰身后走下雪山，穿过森林。来的时候她只顾着用尽全力追逐血虹，甚至几乎忘记了自己有孕在身。此时兴许是那些幼崽知道自己失去了父亲，抑或是被她的悲伤感染了——他们开始闹腾，使她意识到这是一段十分漫长的路。

但终归还是回到了河谷——在天光乍破之时，天空变得明朗起来，森鹰停下脚步，向跑过来迎接他的雨燕发出亲密的咕噜声，清歌在一旁环视着河谷。

因为血虹，这个地方早已被她当成了最温暖的家，但经过一夜苦战后，岩架、沙地、河岸……到处都是激烈的打斗留下的痕迹，被撕下的毛发粘连着血迹散了满地。

大部分敌猫已散去了。河谷猫们也都伤得不轻，他们围在一起，彼此帮扶、安慰着，望着中间残留的战场。

被药物迷晕的雷焰已经醒过来，他和坚果距离颇近，却并未动爪子，而是用目光进行着最激烈的战斗。叶晴离他们不远，清歌看到黑子的尸体躺在她脚下，三个月来压抑着的所有复杂情绪翻涌上来。

白色虎斑母猫满身伤痕，却显得尤为骄傲。她轻蔑地踢了那只死去的黑猫一脚，正准备奔过去帮助自己的父亲，却被麟角阻止了。

"不要，叶晴。"河谷十分寂静，年长的猫儿沉稳的话语在其中回响，"那是属于雷焰的战斗——你父亲在替风殇打那场本该属于他们兄弟的战斗。雷焰本就欠风殇一条命，让这些恩怨，都在他们那一代了结吧。"

听到风殇的名字，清歌看到雷焰的笑意黯淡下去，虽然他的表情波澜不惊，她却感到他的身上散发出浓浓的悲哀。

她垂下眼，回忆那些午后，血虹曾讲给她听的几位首领间的亲缘关系、恩怨情仇。于是她没有看到虎斑公猫的蓝眸中溢出快意或痛苦，而是一片柔软的旧伤。

坚果的童年非常不幸。清歌想，眼睁睁看着自己的弟弟妹妹一个接一个死去，饥一顿饱一顿、风餐露宿地长大，也难怪他会恨风殇的父亲……这个世界最大的不公就是让施暴者强大，或者给予强者施暴的权利。她几乎要同情他了。

但雷焰那明亮而坚决的琥珀色目光此时正在告诉坚果的，才是她心中真正的所想。

——你可以选择报仇，但那仇恨的对象只应当是你的父亲。你明明可以不必沦陷在仇恨中，你明明也收养了那么多小猫，知道有不同的药可以治愈童年的伤。但你却在这复仇的泥潭中越陷越深，将仇恨转嫁到了不明真相的风殇和落蝶，甚至整个河谷猫群身上，最后落得这般处境。

——我不会谴责你，因为你也有你的痛苦。但既然这是一场战斗，那么我将杀死你。

在猫群的注视下，雷焰跳到坚果身上，用利齿咬住了棕色虎斑公猫的后颈——坚果几乎没有挣扎，身体便瘫软下去了，山后火红的初阳也同时跃出，金色的阳光毫不吝啬地洒进河谷，所有过往的仇恨和黑暗都像是阳光下的露水，朝生暮死，了然无痕。

清歌紧紧地闭起眼睛，身边的欢呼和咆哮似乎离她那么遥远，泪水从眼眶中涌出，她面向朝阳，放松地蜷缩起来。

——所有的血债都用血偿还了，黎明和我们的孩子一起到来了……血虹，你看到了吗？

"你确定吗？"端坐在石洞口的叶晴随意地问了一句，仿佛还想让她重新确认一遍这个选择，但那双和血虹如出一辙的琥珀色眼睛却不会说谎：她早就知道这件事会发生。

清歌微微点头："没有他，这都不像一个家。"

那场战斗后，元气大伤的河谷猫群花了很长时间休整。雷焰面对血虹的结局，反省了自己这些年来的行为。他和银羽分手了，让叶晴代替他掌管猫群，与狐心隐居在松林深处。

森鹰和叶晴承诺会好好照顾血虹的孩子。但真正生下幼崽后，清歌却发现，和他们待在一起的时光并不像她所想象的那般美好。她失去了血虹，拥有他的孩子并不能弥补这个事实。

在猫群里，小猫成长，老猫离去，每只猫都是她的伙伴和朋友。孩子们的身上流着她的血，她会为他们高兴或是难过。但那些情感都像是隔岸观花，迟钝而模糊。

仿佛对她来说，时间已经在那一天永远停止了。

她想去寻找他——毕竟血虹并没有死在她面前，虽然他生还的概率渺小到近乎没有，但只要想到他，清歌就感到自己那黯淡的感情再次变得充沛而鲜活。这个渺小的可能性使她的四肢充满了活力，她迫不及待地要上路。

"我也许能理解你的感受。"叶晴深深望着她，琥珀色眸子里透出一种悲伤，在清歌眼中和向来沉着冷静的她不太搭配。

她在思念谁吗？清歌心想。

"去吧。"叶晴在她耳朵上舔了舔，但眼神却仿佛透过清歌，看到了遥远的某只猫，"既然生命没有了原本的意义，那就让寻找成为新的追求。不管有没有结果，至死方休。"

"我和雨燕会照顾好孩子们的。"一直沉默着的森鹰突然开口向她保证道。

"谢谢你们。"清歌欣慰地笑了。这只霸道而武断的公猫经过和雨燕及宝宝们的相处后，改变了太多："他们和你们的孩子们已经是好朋友了。"

"那你什么时候出发？"叶晴问道。

清歌抽抽胡须："择日不如撞日。"

"要不要去和大家告个别？"森鹰抬起脚掌。

"那是自然。"清歌跟上他的步伐，准备爬下岩架，"我要告诉宝宝们，我迟早会把他们的爸爸带回来的。"

森鹰和叶晴都笑起来。"我就不送了。"那只白毛虎斑母猫的声音从她背后传来，"清歌，很高兴认识你，把你带到这里来是我一生中做过的最正确的选择。"

"一路顺风。"

第二篇

嘤鸣求友

『嘤其鸣矣，求其友声。相彼鸟矣，犹求友声。』

楔子

秋风呼啸着卷起满地的落叶，雨点从枝叶间的缝隙飘落，月光黯淡，空气冰冷，凉意沁骨。

半山腰属于猫的巢穴被密林掩盖着，雨声却掩不住传出的声音。

沉暮部落的统治者——暮色巫师正飞快地大步穿过营地，他是一只身材高大的橙色公猫，看上去已经不年轻了，亮黄色的双眼在深夜里十分醒目，仿佛两个明亮的小太阳。

来往穿梭的猫儿们见到巫师，都纷纷停下脚步低头致意。他却并未搭理他们，在一处蕨丛前停下脚步，探进头急促地问道："情况怎么样？"

他听见痛苦的呻吟从地上翻滚着的黑猫口中传出——她的小腹隆起，正是一只生产中的母猫——不禁露出担忧的神色。"噢，不太好。"回应他的则是正在照料她的灰毛母猫，她和孕猫一样，都拥有一对橘黄色的明眸，此时正慌乱地翻找着草药，"那只幼崽的个头实在太

大了……我甚至怀疑她能不能撑得过来。"

"她还好吗？"巫师刚刚转过身，在外面焦急地绕着圈踱步的浅色虎斑公猫迅速探头过来，燃起希望的绿眼睛仿佛黑暗中的两点萤火。

"幼崽的个头比较大。"暮色巫师靠近虎斑公猫，与他毛皮相擦，略一停顿后说，"愿日月星光保佑她平安地生下孩子。"

这时母猫痛苦的叫声透过浓密的植物持续传出，引得越来越多的猫围过来，虎斑猫焦躁地把爪子插进泥土里："希望如此。"他低声喃喃道。

声响突然停止，一瞬间只剩下风吹雨打的声音，群猫的呼吸也仿佛静止了一般。暮色巫师此生已经见过太多这样的场面，表现得颇为冷静，他身边的虎斑猫瞪大了眼睛，一眨不眨地盯着蕨丛。

那丛植物发出一阵窸窸窣窣的声响，灰毛母猫从其中钻出："我感到很遗憾。"她眼含泪光，冲着猫群点点头，"我穷尽所有的能力，但是她还是……去世了。"

在温暖的蕨丛内部，那个看上去毫无生命力的黑色小毛团突然张开粉色的小嘴，发出了一声尖叫。

暮色巫师突然怔住了，虎斑公猫发出悲痛的长啸，惋惜的叹息声像涟漪般在猫群中荡漾开，唯独巫师站得僵直，目光好像穿透了植物，直勾勾地凝视着刚出生的幼崽。

但愿是错觉。巫师默默地想，但那声尖叫仿佛化成了一只爪子，揪着他的心脏，他感知到，这只小猫终有一天，会改变沉暮部落……

一、垂杨

　　暮春时候的落日山脉，万物呈现出一片欣欣向荣的景象，阳光毫不吝啬地洒在山间，生机勃勃的草木绽放出绿意。

　　垂杨惬意地走在原野上，阳光抚摸着他的皮毛，葱茏绿意映入眼帘，鸟雀啼鸣，鼠兔奔跑。

　　一个灰色的小身影在不远处一闪而过。老鼠！灰白毛色的年轻公猫顿时振奋起来，他收敛了自己的气息，放轻脚步，飞快地绕到树后，以迅雷不及掩耳之势扑向那措手不及的猎物——

　　"垂杨！垂杨！"

灰色小猫懊丧地睁开眼睛，野外的美景和老鼠的身影统统随着梦境消失，他又重新坠入那一片空虚的黑暗。

他耸动着鼻翼辨别四周的空气，意识到此刻巢穴里空空如也——他的父亲从未来看望过自己的小儿子一眼，母亲得知他是只盲猫这个不可逆的事实后，也不再哺育他。至今，垂杨都由好心的哺乳期母猫轻雾和大他一岁的哥哥嘉树养育。

此时窝里空落落的，哥哥的气息十分浅淡，很明显嘉树在天亮前就离去了。肚子发出咕噜噜的叫声，提醒他已经久未进食。

也许可以出去找点猎物来吃。他想，自从母猫断奶后，嘉树就将老鼠与雏鸟肉嚼碎后喂给他吃。他早已习惯了肉食的味道。

在那些嘉树嘱咐要乖乖待在窝里的日子里，垂杨早已把这儿的地形摸得一清二楚。他顺着一根翘起的枝条挤出巢穴，一阵带着水汽的微风扑面而来，各种不同的猫的气味钻入鼻孔。

垂杨手足无措地站在树丛中，往常引以为傲的嗅觉仿佛突然失灵了，在数不清的草木、泥土、流水与猫的气息中，他无法分辨出哪里才是猎物堆放的地方。

他听见一个低沉的公猫声音，带着股不怒自威的气势。这是暮色巫师，垂杨判断。

"我也很遗憾……但这是你作为巫师，注定要担负的责任。"

那么与巫师谈话的想必就是他的长子，未来的巫师继任者朝阳了。垂杨一时间入了神，感到很好奇。在他的印象中，"巫师"二字从来都与特权、优待相关，每一任暮色巫师都可以最先挑选猎物，居处是最能遮风挡雨且能够俯瞰营地的树洞，却极少巡逻，从不出猎，若说真有什么责任，不过是给部落猫们分配任务罢了。

垂杨隐约能够嗅到年轻的未来巫师身上散发出的紧张气息，他闻到陌生的气味，一只成年公猫擦着他的皮毛走了过去。

　　他的思绪仿若被拉扯着进入那迷雾弥漫的情感中，幸好这时有一道阳光刺破了浓雾："嘿，垂杨。"他被甜美的馨香环绕着，笑吟吟的声音传入耳中，"你在这儿做什么呢？"

　　云舒。垂杨知道她，据说生着一对紫罗兰色的眼眸，她的遭遇几乎与他一样……

　　在古老而等级分明的沉暮部落中，猫儿们的黄眼睛代表太阳与火，彰显着光、热和力量；绿眼睛象征草木，昭示了生命力；而和冰、水同色的蓝眼睛，则意味着软弱与冷漠。又以浅色者地位为高。

　　云舒的眼瞳蓝得发紫，虽然在垂杨的想象中，这样一双眼睛该是颇为赏心悦目的，但实际上她一直遭受着部落猫的歧视，他很钦佩她始终保持着乐观和友善。

　　"我想找些吃的。"他告诉白毛母猫。

　　"我们打回来的猎物放在那边。"垂杨听到她摆动尾巴带出的风声，似乎又意识到他看不见她尾巴指明的方向，云舒赶紧补充道，"我是说——溪边，有水声的方向。"

　　"云舒！"一声呼喊遥遥传来，"巫师让你去巡逻漾日湖！"

　　"好的！"云舒大声答应道，"抱歉，我先走了。"她用尾巴拍了拍垂杨的肩，转身飞奔而去，留下小公猫自己循着水声往猎物堆走去——当然这时他已从水汽中分辨出了猎物的味道。

　　踏上平滑的石头，水波漫过脚掌，垂杨放平尾巴保持平衡，在堆放的食物中拖出一只小老鼠——对他来说依然硕大，坐在一旁，开始努力地咀嚼鼠肉。

正埋头对付鼠肉时，垂杨的尾巴被大力扯了一下。

他双眼冒火地吼道："微雨！"

小母猫大笑着跳开："有本事你扯回去呀。"她嘲弄道。

垂杨"哼"了一声，知道自己的眼睛并不允许他像寻常的小猫一样追逐打闹，便干脆不去理会她。

"你总有一天会想念这样的日子的！"微雨笑着跑走了，留下满头雾水的垂杨。

在他心中，微雨的出生之日，即沉暮部落不安宁之日的开端。她的父亲是暮色巫师的亲生兄弟，母亲是高贵优雅的医猫，因此一出生就受到了几乎所有猫的宠爱。但她的性子偏偏又离乖巧差了十万八千里，弄坏母亲的草药得以跟随她去森林里采药，威逼利诱其他小猫去实施她的恶作剧……这样的把戏十分寻常。

熟悉的气味传来，他心里一松，所有的疑问顷刻间散去，哥哥回来了。

嘉树扔下猎物，坐在一旁。垂杨咕哝着抱怨道："谁会想和她做朋友啊？"他撕下一片鼠肉，扔到哥哥脚边。

嘉树咀嚼着，声音变得模糊："以后不要在我不在的时候离开巢穴。"他警告。

垂杨能够感知到哥哥的紧张和……恐惧。他担心的不是弟弟照顾不好自己，是一件更可怕的、在嘉树心中封装许久的、一旦发生便难以挽回的事情……

哥哥一定有什么瞒着自己。垂杨很肯定，他只是看不见罢了。并非不能自理，明明同龄的幼猫都可以在营地周围玩耍。挥之不去的疑惑猛地爆裂开。

"为什么？"他叫道，"我的耳朵、鼻子和脑子，都像其他所有猫一样正常，甚至比他们更灵敏！你为什么总是把我当作还没睁开眼睛的奶猫一样对待？"

"不是这样的……"嘉树一开始还试图辩驳，却把后半句话吞了下去，干脆罕见地沉默了。垂杨甚至在寂静的空气中嗅到了他的犹豫和纠结。

"你总有一天会明白的。"嘉树轻声对他说，在垂杨耳朵后面温柔地舔了舔，"总之，我永远不会做对你不好的事。"

二、云舒

挥别那只让她很难不生出同病相怜之感的盲眼小猫，云舒一路小跑，在一簇簇茂密的灌木和蕨丛间穿行，枝条和叶片遮掩的空间中隐约可瞥见呼呼大睡的猫儿们。白毛母猫习以为常地将目光挪开。

"云舒！"一个熟悉的声音在叫她。金毛母猫急刹车在她身旁停住脚步，温暖的口鼻贴上她的脸颊，"我跟你一起去。"

"你醒啦！"云舒冲她眨眨眼。星光是部落中她最好的朋友——严格来说，是她唯一的朋友。当她们都还是在巢穴里打闹的小猫时，云舒就时常因瞳色被其他小猫排挤，星光也是从那时开始护着她的。即使随着年纪的增长，她们能够相处的时间越来越少，但关系依旧密切。

沉暮部落的营地位于半山腰的林地中，一条窄窄的小溪穿林而过，两旁被生满绿苔的岩石拱卫着。蕨类植物在拥挤的乔木中圈出一块绿地，低垂的枝叶与长草相接，形成了浑然天成的围墙与穹顶。云舒推开垂落的藤蔓，和星光并肩钻进树林。

"你昨天夜里还在打猎。"踩在雨后湿润的泥地上，云舒偏头对星光说。

"你也一样。"她的好友甩甩尾巴，亮晶晶的黄色眼眸闪动着不满的光，"巫师让你成天忙得脚不沾地。"

云舒无奈地耸耸肩："这可能就是我的命运吧。"她深深吸了一口清凉的空气，"为什么不能打破这些旧习呢？"

"让那些老猫改变祖宗传下来的东西太难了。"星光说，"真希望你的眼睛是黄色或绿色的，这样一切就好起来了。"

"可是如果我的眼睛不是紫色的，那我也不是云舒了啊。"顺着被植物覆盖的倾斜山坡，两只猫轻巧地溜下。云舒开着玩笑，"那我的好朋友也不一定是星光了。"

"嘿！"星光不满地抖了抖皮毛，"不管你长什么样，你都会是我的好朋友。无论如何我都不会在意眼睛颜色这种无聊的问题。"

"可是大家都很在意。"云舒带着朋友走上曲折但没有那么陡峭的小径。犹豫了一下，开口问道："那如果我'有问题'呢？"

冗杂烦琐的部落陈规可不只以瞳色划定猫们的地位一项，倘若猫仔的母亲在生产时死去，或是生来折耳、断尾、少爪，又或者天生失明、失聪，通通会被视为"有问题"的小猫，他们中的大多数会因得不到父母的爱护而夭折。就算是存活的幸运儿……云舒想起了刚才那个找不到猎物堆的小家伙，尽管那双蓝眼睛显得茫然无措，但他竖起的耳朵和抖动的鼻子却都展示着它们的敏锐……也会在可以自己猎食前被赶出部落。

她记得垂杨那个把弟弟看得比冬天的松鼠对松果还要紧的哥哥，不禁无声地叹了口气。暮色巫师随时可以一道指令将嘉树支开，甚至只要他愿意，哪怕当着他的面叼起幼猫带出营地，扔到很远很远的地方，嘉树也没法阻拦他。

"那不一样。"星光说，"那是为了部落的血统着想。"

还是那一套，部落的血脉、部落的传统、部落的秩序，连星光也无法免俗。尽管是意料之中，云舒仍有点失望。

地势愈加平坦，可以掩蔽她们的植物越来越少，取而代之的是纤细挺拔的杉树和杨树，末端笔直地插入云霄。再往下走便是漾日湖了，沉暮部落这一端的边界线延伸到湖水两侧，若是将它们连接，湖水就会被切成两半，靠内的一块也得划入部落的领地。

如果湖水真的被切开了，那么太阳也会被切开吗？云舒好奇地想。树林里的日光往往只是斑驳地洒在地面上，却会毫不吝啬地洒满湖面，因此也有了"漾日湖"之名号。猫妈妈们总在故事中告诉自己的宝宝，有一只太阳猫住在漾日湖底。

"云舒，你在想什么呢？"星光喊她，"快点，过来更新标记。"

云舒顺从地绕过去湖边的路，在格外熟悉的一排排树木上留下气味标记，星光也帮着她做。

"我饿了。"金毛母猫在嘴唇边上舔了一圈，"回去之后，我要吃两只老鼠——啊，我不应该说这话。"她意识到好友的处境——等她们一回到营地，暮色巫师便会立即安排云舒去打猎，回来后再忙着清理营地、收拾巢穴、更换窝铺，忙到太阳落山才能休息一下，吃口东西，而大多数猫这时候才刚睡醒——她亮黄色的眼睛里闪烁着歉意。

"没事，我都习惯了。"云舒无所谓地笑了笑，"吃得少就不会长胖，可以跑得快。"

安静了一瞬间。"为了快点弄完，我先去前面了。"星光说。

"好。"云舒点点头。虎斑母猫三步并作两步往前和她拉开一段距离，留下云舒慢慢地给每棵树做上记号。

她猛然觉得有什么怪怪的，遵从自己的直觉踏出领地后，又走了两步，才发现那种感觉的来源——随着她跨过边界线，那股陌生猫的气味也越来越浓……说陌生好像也不太准确，陌生中又掺着点熟悉。

寻至脑海中对应的图谱，那个黑色身影浮现出来。

追溯到她记忆的最初，那时她和星光还是没睁眼的小奶猫，那只比她年长些许的小猫因为母亲难产而死受到其他母猫和同龄幼崽的排斥，只有云舒的母亲愿意用自己的乳汁抚养他。

在云舒睁开眼睛时，他便已经匆匆断了奶，搬入父亲的巢穴去了。但她依然对他有着十分深刻的印象——大约因为那时她的其他伙伴们都是胖乎乎的幼崽，只有他是那种瘦削的模样，而且总是独来独往。

像一根竹竿。

也正合了他的名字。云舒眼睛一亮，修竹。

她记得等他再大一点儿之后，就被暮色巫师带出部落，扔到了很远的地方。此举导致修竹的父亲至今都沉浸在失去亡妻和独子的悲痛中。

他竟然熬过了漫长而酷寒的冬天，独自在野外活了下来！云舒既惊讶又兴奋，巫师当然不会选择一个猎物充足而舒适安全的地方抛弃他，而修竹竟然能在这种环境下生存、成长，甚至又回到了沉暮部落附近，就说明了他的意志是多么坚韧，而生存技能又是多么成熟!

"云舒！云舒！"

星光的叫声把她拉回现实，云舒定睛一看，发现自己正循着他的气味，往领地外越走越远，她的朋友已化为了她视线末端一个点。

"你在干什么！"星光在边界线上停下来，喘着气喊道，"像灵魂出窍一样一直往那边走！"

云舒有些不好意思地垂下头，不敢告诉她其中的原因。她一边往回走，下意识地在周围的树干上蹭了蹭毛发。

"我在想别的事情。"她对星光解释道。不知怎么，云舒没有告诉星光真实的原因。她生怕如果修竹的现状被暮色巫师知道了，他会不好过的。

她们标记完这段边界，就原路往回走去，已届正午，烈阳高悬天空。云舒弯着身子从荆棘丛中穿过，前面的星光更快一步，步履轻盈地跃上粗糙的地面，她听见熟悉而欢快的呼喊："嘿，星光！"同时瞥见年轻猫们鲜艳的毛皮。

那些自视甚高的小猫似乎并未发现星光和她这只"低等猫"在一起，也可能是他们已傲慢到直接无视了她的存在。无论是哪种可能性，云舒决意降低自己的存在感，她保持着方才的姿势，让自己的身影被植被掩护着，静静倾听他们的交谈。

"星光！"一个声音叫道，"你知道吗？落花生产了！"

"真的吗？"金毛母猫的声音饱含着惊喜，"几只猫崽啊？取好名字了吗？"

"兄妹俩，都很健康。"对方高兴地告诉她，"妹妹的毛色和你有点像哦！"

"我强烈要求他们让我取名字。"另一个声音插进来，云舒听出是落花的弟弟流水，"我想叫她晨曦，她出生在日出时，漂亮得就像晨光！"

云舒听到星光"嗯"了一声表示肯定。"那哥哥呢……"她迟疑了一下，问道。

"造孽啊。"对面的几只猫一下子就安静下来，第三个声音叹了口气，"明明他爸爸就是再正常不过的灰猫，但猫崽的毛色灰得发蓝，奇怪得很。"

"暮色巫师本来也挺开心，一见了他……反正直到我们出来前，他都在巢穴里待着。"第一个声音又接话道，"不知道他在纠结个什么，之前又不是没有过蓝猫的先例。要我说，这种诡异的颜色就是不祥的征兆，巫师扔了他不就得了。"

"话也不能这么说。"星光知道云舒在听着，刻意地话锋一转，"对了，你们干什么呢？"

"找点食物。"流水说，"姐姐得吃点好的，才有奶水喂晨曦啊。"

他们直接当作小猫哥哥不存在了。一股酸楚在云舒心里蔓延开来，眼睛和皮毛是什么颜色从来不是猫儿可以选择的，部落为什么传承着毛色歧视啊？

"你话别说得太满，我看巫师倒不一定会扔掉他。"话题又被绕了回来，云舒觉得有一双目光正紧盯着自己，那些话也意有所指，"今年的小猫怪胎可多了，有瞎的、有没尾巴的，但没必要全扔了他们，毕竟有些活计也得有猫做。是不是啊，星光？"

他们发现了我，还在故意嘲笑我们的友谊！云舒心里一疼，像是胸口被猛击一记。星光搪塞了一句，慌乱地转移了话题："我刚在老松柏那边听到了松鼠打架的声音，疲惫又受伤的猎物肯定一抓一个准。你们要打猎的话，就快去吧！"

令云舒庆幸的是，他们没有继续纠缠，听到脚步声渐行渐远，她慢慢走到星光身边，好友正满眼心疼地望着她。

"真的很抱歉。"她低声道，"那些猫真是的，他们自己有多了不起吗？"

云舒笑了笑："没事的，我都习惯了。如果没有你在，他们也会嘲讽我，或者把我当成空气。"

"但是如果不是怕我夹在中间左右为难，你也不用这么委屈。"星光低下头，看起来很自责，"云舒，你是我最好的朋友，但他们也和我一同长大……我真不知道怎么办才好。"

云舒明白她的心情，这样的事情她们从小到大经历过很多次。她舔了舔好友的脸颊，却发现心神不自觉地飞到了别的地方，在边界线外闻到的那一丝气味让她挥之不去："唉……星光，这也不是你的错，你先让我自己待一会儿，静一静，好不好？"

星光微微张口，似是还想说些什么，云舒睁大眼睛，坚定地注视着她，最终她的朋友退缩了："好吧……"星光无奈地弹了弹耳朵，"但我们会一直是最好的朋友，对吧？"

云舒直视着那双黄色眼眸点了点头，于是星光这才放心地转身跑走了，不一会儿就消失在山间。云舒这才转了个身，朝相反的方向走去，难堪、烦恼、茫然……各种情绪交织在她心头。

但是明明这些都是她从小经历到大的，为什么今天的反应这么大呢？她烦躁地用爪子抓挠着地面，扪心自问道。

是不是因为今天她发现了，哪怕你先天就"有问题"，但原来世界上还可以有另一种生活方式……

三、牧野

春天暖洋洋的阳光照进窝里，牧野翻了个身，从梦中醒来。棕黑色的小虎斑猫惬意地打了个哈欠，然后站起来，外面响起一阵小猫崽的喧闹声，他毫不迟疑地冲了出去。

他隐约听见早上有母猫生产，想必忙乱至此已彻底结束，大部分成年猫此时不是执行公务去了，就是又在睡觉。空旷的营地正中有正在玩耍的一群小猫，一只灰毛黄眼睛的小母猫站在河边的石头上，高高扬起下巴，好几只小猫围绕着石头站在地上。

"我是暮雨巫师。"微雨趾高气扬地大声说，"现在我来安排部落今天的事务。"

在营地尽头那棵盘根错节的大榕树上，暮色巫师正从高高在上的树洞里探出头，笑意盈盈地望着他们，丝毫也不觉得微雨的行为有任何僭越的意味。

牧野干脆装作视而不见，绕过他们往猎物堆的方向走去，他真是看不惯微雨那副自以为是的样子。

"谨遵巫师指令。"说这话的那只猫是牧野再熟悉不过的了。听到她如此乖巧顺从，他心里的火苗压不住地直往上蹿。他余光瞟到营地边缘的灌木丛中伸出了一个灰白斑纹的脑袋，于是在猎物堆里选取了一只田鼠，快步赶过去。

"怎么了？"垂杨此时正盘腿坐在窝里，盲眼小公猫面无表情，但空洞的目光却显得颇为锐利，"又怎么了？我隔着老远都能闻到你身上的怒火。"

猫国传奇之凤起潮涌

"还能怎么了？"牧野把猎物扔在地上。垂杨摇摇头，说了句："我吃过了。"于是他狠狠咬了一大口，含混不清地嘟囔道："我不明白，为什么朝歌要去讨好微雨！"

"天哪，你竟然还没有想清楚，她和我们不会是一个阵营的吗？"垂杨抽了抽胡须，"母猫的心思你永远也弄不懂。"

"我觉得其他猫的心思我都弄不懂。"牧野烦躁地在原地打起了转，"你知道吗？刚才他们在那里玩的时候，微雨自称巫师！暮色巫师也没有阻止她，出身好就了不起吗？"

"不，是因为她健康、完整、正常，所以比我们俩都了不起。"垂杨的声音中带着浓浓的自嘲，牧野也被这句话戳到了软肋，不由得一屁股坐下来，难过地望着自己的两只前爪。

他们俩的友情建立在同病相怜的基础上。垂杨天生失明，而牧野则比正常猫多了一根爪子，都被亲生父母扔出了巢穴。而朝歌生来无尾，年纪和他们差不多大，只不过她是同胞手足中唯一存活下来的一个孩子，母亲轻雾违背传统坚持抚养了她，甚至为了让她也有个伙伴收养了牧野，后来在嘉树的恳求下又喂养了垂杨。

虽然当时暮色巫师没有干涉，但每只猫都知道，他厌恶"有问题"的小猫。

"我哥早上还过来，骂了我一顿。"垂杨又开口说，"我们到底是哪里见不得人了？"

"嘉树多照顾你啊。"牧野看着这只身在福中不知福的盲猫，心里泛起羡慕的情绪，"我们都天生'有问题'，凭什么你有哥哥，朝歌有妈妈，我就谁都没有？"

"不是……"垂杨欲言又止——他也明白牧野苦衷的来由，但盲眼小公猫的耳朵却突然立了起来。

"你也可以有哥哥。"一句话插入，牧野讶异地扭头望去，在他们惯常用的那个入口反面的墙上，一只体型更大的虎斑公猫钻了进来，毛发被枝叶剐下好几缕，看起来十分狼狈，"如果你愿意，我可以像对垂杨一样对你。"

垂杨重重地发出一声鼻音，扭过头去——显然他还在和嘉树怄气，但牧野却又惊讶又感动："真的吗？"

"当然。"嘉树用尾巴分别拍了拍他们两个的肩膀，接着俯身凑到他耳畔，轻声说，"我有些事想单独跟你说，你不要离垂杨的巢穴太远，等暮色巫师已经入睡之后，我会给你打个信号，然后你溜到营地外面来找我，可以吗？"

这种被重视的感觉让牧野感觉很好，他重重地点了点头。

"又有什么事是我不能知道的？"垂杨不解地睁大眼睛，"嘉树，我今天早上已经跟你说过我不是奶猫了，拜托把我当作一只正常猫对待！"

"我会在合适的时候告诉你的。"嘉树软下声音，去安抚弟弟，"垂杨，相信我，好吗？"

垂杨不置可否地扭过头，嘉树环绕的尾巴却被他挣脱，无可奈何地回身离开。牧野有些手足无措地盯着朋友，不知该如何是好。

"这样的哥哥你还羡慕吗？"垂杨轻声说，"说什么'像对我一样对你'，他从来不在意我是怎么想的，还口口声声说着是为我好。"

牧野听他说过嘉树让他成天待在巢穴里，此时也不知道该怎么安慰朋友："那……等晚上我回来之后，把他说的东西告诉你，怎么样？"

"你会吗？"垂杨空洞的蓝眼睛刹那间亮了起来，"那好啊！"

他甚至开始在原地转圈，"这样嘉树就会见识到，我不需要他那种自以为是的保护，我还能自己找出真相！"

"他告诉我的也不一定是真相哦。"牧野警告道。

"总之肯定比对我说的要真。"垂杨咕哝道，他在原地趴下来，把口鼻埋进交叠的前掌里，不一会儿就发出了轻微的鼾声。

牧野却睡不着，他眯了一会儿，迷迷糊糊间，一颗石头从灌木底部枝条的缝隙中滚进来，不偏不倚地撞到他身上，睡意一下子被全部赶走了。

"怎么了？"垂杨的声音带着睡意。"应该是嘉树。"牧野解释道，"你放心，等我回来就转述给你。"

"好……"盲猫又闭上了眼睛，为了不太引人注目——理论上小猫不应该离开营地，牧野决定从嘉树的来路离开。他沿着巢穴边缘一番寻觅，终于找到了嘉树进出的那个豁口，他尽力压低身子挤过去，感到尖利的树枝划过皮毛，不禁倒抽一口冷气。

嘉树的个头比他大，进出想必更加困难。到底是为什么要搞得这么神神秘秘的呢？他心生疑惑。

矮树的根和各种植物缠绕在一起，成为营地最好的屏障，牧野发现了一条蜿蜒狭窄却遍布爪印的通道，想必就是其中一个出入口，便急急忙忙地跑过去。

小路伸向茂密的野草深处，四周已尽是浓密的大树，营地已经消失在身后。风携着独属于森林的陌生而野性的气味吹过，引得树叶发出哗啦啦的声音。

嘉树悄无声息地不知从哪里冒了出来，他顶顶牧野的侧腹，随即旋身走进丛林，牧野连忙紧紧跟在后面。

虎斑公猫在一处陡坡脚下停住步子，接着颇为严肃地面对着牧野："我想你们应该知道，自己和普通的小猫不太一样吧？"

"当然知道。"牧野瞪了他一眼，垂杨有些话确实没说错，嘉树总是把他们当成奶猫——明明他自己也很年轻。

"那……"嘉树斟酌着词汇，"有没有成年猫告诉过你们……这些所谓'有问题'的小猫会面临什么样的后果？"

"后果？"牧野疑惑地眨眨眼，"我们的'问题'使我们被排挤，像垂杨一样一天到晚被关禁闭，不就是最坏的后果吗？"

嘉树无奈地笑了："你们太天真了……难道你们没有好奇过，为什么没有见过'有问题'的成年猫吗？你和垂杨运气好，遇到了轻雾，所以才能活到现在。但在你们长大到拥有自己活下来的能力之前，等轻雾怀上下一胎宝宝后，暮色巫师就会把你们带到遥远的荒郊野岭……扔在那里。"

牧野觉得心里好像有什么东西哗啦一下炸开了："你说的是真的？为什么从来都没有猫告诉过我们！"

"暮色巫师不允许。"嘉树意味深长地看着他，"这是一个公开的秘密。你知道松柏为什么总是那么难过吗？他的妻子难产死去后，唯一留下来的幼崽也被暮色巫师带走了。"

牧野难过地低下头，他感觉心口好像堵了什么，闷得喘不过气来。

其实那些比较友好的成年猫，甚至包括轻雾在内，都知道不出一两个月他们就会消失的事实？而暮色巫师和其他猫儿们的冷眼旁观，不过是因为不稀罕在结局已经注定的他们身上浪费感情？真相赤裸裸地展示出来，整个世界好像都颠覆了。

"所以，你能理解我为什么不想让垂杨过早地知道这事了吗？"嘉树的声音很温和，"这对你来说一定是个很大的打击，而他的年纪比你更小。"

"我知道了。"牧野低垂下头，"你有什么打算吗？"他还记得小时候嘉树求轻雾收养垂杨时痛苦的模样，他敢保证嘉树一定不会轻易地放弃弟弟。

"这就是我今天带你来这里的目的了。"嘉树答道，"如果到了鱼死网破的那一天，我会和垂杨一起走。但前提是，我要先教会你一些本领。"

"打猎？"牧野好奇地问。

"打猎，还有怎么寻找水源，怎么建窝，怎么判断环境危险还是安全，以及一些基本的防身技巧。"嘉树看着他，但牧野却觉得那双绿眼睛正透过自己，望着营地里他熟睡的弟弟，"到时你可以照顾垂杨。"

牧野的爪子其实并不影响他做任何事，但垂杨的眼睛可就不一样了。他能理解嘉树的担忧，于是一口答应："好，等到那一天，就交给我吧。"

"你也别先答应得这么痛快。"嘉树认真地说，"在山里生存不是那么简单的，你以为猫为什么要组成部落啊？今天我先教你抓老鼠，确保你们不会被饿死。"

牧野跟着嘉树往高处爬去，没过多久，他就觉得爪子越来越沉，开始呼哧呼哧地喘气了，而嘉树依旧轻盈地越跳越高。

"别走啦！"牧野喊道，丧气地蹲下来，"落日山脉到底有多大啊！"

"这不过是其中一座小山头上的树林罢了，哪能跟整个落日山脉比。"嘉树示意他站起来，带着他隐蔽在一蓬灌木后，解释道，"捕猎最重要的不是速度或者技巧，是耐性。"

牧野学着他一动不动地待在原地，没过多久就觉得四肢开始泛酸："我腿要麻了！"他"嗷"了一声。

"闭嘴！"嘉树连忙阻止，可是已经晚了，远处的树根间一只老鼠唰的一下闪过，迅速消失了，尾巴尖仿佛还在地面上晃动了一下。

"是老鼠！"牧野惊奇地叫道。

"是的。"嘉树斜他一眼，"松鼠会上树，鸟会飞，其实都没有老鼠打洞的能力强。对它们，你唯一的选择就是安静地等待，确保自己处在下风口，等它完全放松了警惕，才可以悄悄接近。这其中考验的一是耐性，二是潜行的技能。"

"那你为什么不教我抓松鼠或者鸟？"牧野好奇地问。

"因为你现在既不会爬树，跳得也不够高。"嘉树的胡须抖动起来，让牧野有种被嘲笑了的愤懑，"个头小在潜行中有优势，但前提是你要有足够的耐心和技能。"

牧野沮丧地看了一眼自己的腿，想起暮色巫师和其他大公猫肌肉的线条，不禁有些自惭形秽。

"没事，你还小。"嘉树鼓励道，引着他往前走了两步，换了个地方继续蹲守，"相信自己，你可以干得很好。"

如果暮色巫师想看到我和垂杨因为饥饿死在野外，我是绝对不会让它实现的！牧野在心里暗暗发誓。他强迫自己耐心地藏匿在树丛中，观察着周围寂静的森林，头顶上突然传来叽叽喳喳的鸟叫，他被吓了一大跳，猛地一抖。

"嘘。"嘉树示意他，用尾巴指着树后一个圆滚滚的棕色小身影，它正在咯吱咯吱地啃咬着杂草，"田鼠。"

看到嘉树信任的眼神，牧野心中涌起一股暖流。他遵循着自己的本能，俯身慢慢地让脚掌滑过地面，往前挪去。

眼看着离猎物越来越近，对方还没有丝毫察觉，牧野兴奋地跳出去，竖起的尾巴却被蕨叶挂住了，硬生生把他的落点往回拉了一爪距离。而更糟糕的是，那只田鼠听到响动，丢掉手里的食物，消失在了地洞里。

"可恶！"牧野垂头丧气地回到嘉树身边，而对方望着他的双眼依然明亮。

"不着急。"嘉树听起来毫不感到挫败，"两次出击都抓不到猎物太正常不过了，很不错的尝试。"他摆出一个标准的蹲伏动作，教导牧野，"尾巴放平既能帮助你保持平衡，也不会制造出更多麻烦——想必你已经知道了。"

"当然！"牧野不爽地说，"你为什么不早点告诉我？"

"实践会给你教训。"嘉树说，"还有几个小问题：四肢放轻松些，不要绷太紧，腹部要收紧，想象你在逆风滑翔。"

"哦……"嘉树带着他继续守在原地，牧野边等候边在脑海中演练着自己的动作，突然敏锐地捕捉到一阵沙沙的响声。

这次嘉树没有提示他，牧野盯着那个方向仔细观察，才发现前方的灌木下有个灰色的小身影在动弹。

他照着嘉树刚才的示范摆出捕猎姿势，悄悄地爬上前。

那只老鼠突然移动了，牧野心里一紧，却发现它只是换了个位置继续进食。他跟在后面，在草丛中慢慢前进。老鼠正专心于进食而未察觉，牧野仔细确认了自己的毛发没有任何可能会刚擦到其他东西，于是伸出爪子，收起尾巴，扑了过去。

他不偏不倚地落在了猎物身上！它吱吱叫了起来，疯狂地扭动挣扎着，牧野伸出前掌抓住它——多出的那一根爪子好像帮助他更好地钩住了猎物，接着他把它送到嘴边，干净利落地杀死它。

"漂亮！"嘉树高兴地喊道，大步赶过来，用充满欣赏的眼光看着他，喜悦像鸟儿一样在牧野心里飞翔。

"比我的第一次尝试好多了。"嘉树用身体蹭了蹭他。

"我们能把它带回营地吗？"许多初次尝试的小猫带回猎物，被部落成员们簇拥夸奖的画面在牧野心中闪过，他下意识地问道，话一出口就后悔了。

"恐怕不能。"嘉树的答案正如他所料，"我们不能引起暮色巫师的注意。只要多一天让他认为你们还是一天到晚待在巢穴里的、无助又弱小的幼崽，你们离开的时间就会晚一天。"

"好。"牧野点点头，他到底是真正理解了嘉树的良苦用心，垂杨得知真相后，也一定不会生气了吧，"那我们就在这里吃掉它吧。"

嘉树退到一边："你吃吧，这是你的第一只猎物。"

牧野笑笑，咬了一口咀嚼起来，原汁原味的鼠肉有森林的香气，这种味觉从舌尖直涌到胃里。

"味道是不是比营地里的更好？"嘉树兴奋地说，"这就是我们都希望被暮色巫师安排巡查边界的原因了！出猎时，你必须得把抓到的所有东西都带回营地，如果敢偷吃，就要包揽短期内所有脏活累活！但你完全可以在巡逻的路上抓最新鲜的猎物吃。"

牧野笑了起来，但他突然又想到什么："但我没有巡逻或出猎的机会了……"

嘉树表情一变："对不起，我不是故意的……"虎斑公猫的绿眼睛里闪烁着歉意，"但等你离开部落，自己活下来之后，生活会一天天好起来！"他充满信心地为牧野描绘着，"不用受各种规矩限制，不用担心说错了哪句话，不用眼睁睁地看着幼崽被扔掉……”

"对了，朝歌应该会和你差不多同时被带走。"嘉树又说，"她不会打猎，你还可以教她……虽然你们应该不会被扔到同一个地方，你得找到她。"

牧野不高兴地说："朝歌一天天就知道讨好微雨！说不定她还痴心妄想着微雨能让巫师放她一马呢！我才不想去找她。"

嘉树提醒他："朝歌可能也不知道实情，她想融入那些小猫也是正常的啊。"

牧野翻了个白眼："每次朝歌和他们一起玩，根本没有选择做什么的权利，他们根本就没把她当成真正的朋友。"

"她还小。"嘉树耸了耸肩，"等你们都成熟一点之后，会发现当初的自己有多么幼稚的。"

牧野还想反驳，被嘉树拿尾巴堵住了嘴："别忙着争论了。"他轻快地说，"第一节课结束了，还有很多猎物等着我去抓呢。你先回去吧。"

"好。"嘉树转身跑进了森林，牧野顺着来路，往营地的方向一路小跑。

即使现在肚子饱饱的，但他的头脑还是被倦意席卷了。回去该怎么和垂杨解释呢……他昏昏欲睡地想。

四、重逢

云舒拖着一捆干枯的树枝走回营地，在树丛间一番穿梭。一踏进落花的巢穴，刺鼻的气味扑面而来，她忍不住皱了皱鼻子。

趴在窝里的母猫白色的毛发上有金黄色的斑点，看起来像是冬天雪地上落下的梅花瓣。两只小奶猫趴在她的肚子上打着瞌睡，云舒每天收拾巢穴时都能够看到他们刚出生的小老鼠一般的模样，现在他们长得一天比一天好看了。

观察幼崽成长是云舒在这些无聊的工作里给自己找的乐子，他们各有不同，但都十分可爱，总能够激发她心里的柔情。

她一边将沾满小猫排泄物的臭烘烘的铺垫从落花身下抽出来，一边偷瞄着他们。这位猫妈妈望着女儿的眼神里充满了无限的温柔和宠溺，但对她那蓝毛的儿子便冷淡得多。

虽然每年总是会有那么几只有点问题或是不太吉利的幼崽出生，但今年好像格外多啊。云舒把旧垫褥卷起来，放到一边，然后把她带来的树叶推到落花身下，用尾巴细心地掖好边角。仅今年的春天里，就有无尾的朝歌、多爪的牧野、失明的垂杨……还有眼前这只——他被取名叫轻尘，昭示着低贱的地位。云舒在心里叹息了一声。

"云舒。"即使落花并不比云舒年长，但出身和黄褐色双眸就意味着这只母猫平常并不会搭理她，但此时她竟罕见地开口叫了她，"你觉得巫师会怎么对待轻尘啊？"

"我怎么敢去揣测巫师的心思呢？"云舒并不打算和她废话太

猫国传奇之风起潮涌

多，准备把换下来的垫褥往外拖。

"我好怕他被送走。"落花焦虑地用尾巴抚摸着轻尘，"说实在的，也许他这毛色比较罕见，可他毕竟没有问题啊。"

每只部落猫都清楚，"送走"基本就等同于死亡，虽然落花脑子里的等级思想已经根深蒂固，但她毕竟还是怀有本能的母爱。云舒正打算安慰她，却听到猫妈妈自顾自地又接了一句："你都能待在部落里，他肯定也能吧。"

刚刚在云舒心里弥漫开来的同情刹那间又烟消云散，她不想去理会落花，走到巢穴门口，下意识地回头望了一眼，正好撞上那只蓝灰毛色的小猫半睁的双眼。

虽然她明白幼猫的眼睛上都会有一层蓝膜，但是凝望着那双清澈的浅蓝色眸子，她的心尖忍不住颤了一下。万一他生了一对蓝眼睛，以后的处境肯定是更加困难。

"云舒！你在干什么？"一声稚嫩的大叫传来，云舒抬眼望去，看见微雨站在一块石头上，尾巴嫌恶地指向地上她堆放的旧窝铺，"为什么这些东西会在这里？"

云舒压抑着火气，耐心地跟她解释："我还没全部弄完，先放在这里，待会儿一起清出去。"

"你应该收出来一个窝就立刻扔出去！"小灰猫不依不饶，"放在这里，多碍眼啊！"

云舒做了个深呼吸，想跟她好好讲讲道理，但暮色巫师神出鬼没地冒了出来，慢悠悠地接了一句："微雨说得对。收出来就立刻扔掉吧，堆在这里，又碍眼又碍事。"

巫师的威严自然不容回嘴。"是，巫师。"云舒说，又小声问了句，"我收拾完后做什么？"

"巡查西边的边界。"大公猫的语气和他黄色的双眼一样平淡。云舒应了声"好的",随即便推着地上的草垫匆匆跑开,感受到难以言喻的惊喜。

西边……就是漾日湖的方向!自从一周前从那里回来后,暮色巫师就再也没派她去过那里了。

云舒把垫褥处理好,一头扎进丛林里。她可以得到修竹的新消息吗?她兴奋地一路穿过树林,被树根绊倒,差点儿崴了脚,也丝毫没有在意。

她十分在意他,大概是由于相似的境遇。云舒气喘吁吁地停在边界线处,一心专注于搜寻熟悉的气味。修竹的生存,无形中昭示着一种对部落规则成功的反抗,让她一想到他,心里就充满了钦佩和向往。

没有闻到他的味道,她有些不甘心,在上次的同一个地方迈出领地,往外越走越远。

再往前面就要到上次气味最浓烈的地方了!云舒始终没找到,心揪得越来越紧。万一他怕被部落发现,已经搬到离领地更远的地方了,怎么办?

她停下脚步,深吸了一口空气,突然辨别出她熟悉的味道,是他!她循着气味源头的方向跑去,发现在藓类植物的掩盖下,有一只死去的大兔子,颈部的牙印干净利落,能看得出来是一只捕猎技巧高超的年轻公猫干的。

猎物已不新鲜,明显是几天前被放在这儿的,也就是那近似于腐烂的气味将他留下的味道掩盖了,导致云舒一开始没有发现。

云舒退开几步,目光依旧停留在那只兔子身上。她想象不出修竹将这只兔子放在这里有什么其他的用意……他发现她帮他掩盖踪迹了？而且还抓了一只兔子放在这儿，对她表达谢意？猎物尸体上他留下的味道有的浅淡，有的浓郁，说明前几天他还不止一次到这儿来过……当他看到她没有再来过时，会不会感到失望呢？

云舒情不自禁地想象着，心怦怦地越跳越快。

猎物已经不能吃了，现在再去抓点什么来好像也不太现实，她该怎么回答他这个信号呢……云舒一边思索，在周围转了一圈，惊喜地在草地上发现了一朵淡紫色的小花。

她用牙齿把嫩绿的茎掐断，叼着它走到猎物旁边，小心翼翼地将花放在地上，用爪尖理顺花瓣后满意地走开。

希望他能够看到这个暗号，并读懂其中蕴含的意思吧。云舒回头望了一眼，顺着来路离开了。

五、误解

垂杨趴在巢穴的入口处，享受着温暖的阳光，他听到舌尖刷过皮毛的沙沙声，借此判断出不远处成年公猫松柏在给自己梳理毛发。

"夏天要来啦。"年轻公猫流水叼着一只老鼠走过他们身旁，顺口感叹了一句。

"你就出生在夏天。"松柏和蔼地说，"你姐姐的宝宝们都半个月大了吧，你还没有中意的母猫？"

流水有些羞涩地咕哝了几句。垂杨不禁感到很好奇，松柏也没有妻子和孩子啊，为什么反倒会去催促年轻的流水？

"一般来说，春天会带来一年中最多的幼崽，今年尤甚。"松柏便把话题引到了他身上，"——像是垂杨，一晃眼就长大这么多了。"

虽然看不见，但他能想象出同时聚焦在自己身上的几束目光，垂杨有些尴尬地"嗯"了一声。嘉树本来正叼着一只老鼠走向猎物堆，他听见松柏说话的瞬间，脚步猛地停下了。

他就是不想让我长大吧。之前的一幕幕在脑海里划过，垂杨肯定地得出了这个结论。他一定希望，既然我看不见，就乖乖待在窝里做一只小猫崽，被他保护一辈子，这样他才有成就感。

他听见牧野和朝歌争吵的声音远远地传来，心里更生气了。他的朋友当时信誓旦旦地保证说知道了什么一定会告诉他，结果第二天早上回来之后，只剩下破绽百出的搪塞，而且像做了亏心事一样躲着他，一天到晚和嘉树双双消失。

更响的脚步声接连在垂杨耳边响起，虽然看不见，但他还是转向了牧野追着朝歌奔来的方向，不禁感到无语。牧野明明很讨厌朝歌，为什么还偏偏那么在乎她干了什么呢？

朝歌在他旁边猛地刹住脚步，回头朝着牧野大喊道："你既然那么看不惯我，就请以后离我远远的！"

"朝歌！"牧野滑步停下，听起来好像有点不知所措，"听我说……"

但小母猫已经一扭头，飞快地跑远了。牧野唉声叹气地走到垂杨身旁坐下，垂杨心里还扎着根刺呢，不由地将身子往外挪开了点。

"垂杨。"牧野注意到他的动作，"有必要生我气吗？"

"你本来答应得好好的。"见牧野不作声了，垂杨转移话题，"行吧，现在跟我说说，你跟朝歌又怎么了？"

牧野有点难为情地抽了抽耳朵："她溜到落花的巢穴里看那两只小猫咪，被她赶出来了。我本来想跟她说一些正经事，但她明知道落花那么恶劣还要去……就忍不住问她是不是闲得慌。"

"然后呢？"垂杨饶有兴趣地问。

"她说小猫比我有趣太多了，她只是不想和我待在一起，还一个劲儿感叹轻尘有多么可怜。"牧野告诉他，"我当时说，起码轻尘有一根完好的尾巴，他还需要她可怜吗？"

垂杨有些诧异，毕竟在他的印象中，从前牧野想要融入群体时，他和朝歌天天盯着对方的"问题"互相嘲笑——倒是白白地让微雨她们看了笑话，但也没见朝歌这么生气过啊。

"确实挺过分的。"对背后原因的疑惑，并不妨碍垂杨幸灾乐祸，"你的脑子可真是让人家着急。想和朝歌做朋友，等下辈子吧。"

"谁说我要和她做朋友了！"牧野暴跳如雷地大叫，"我宁愿要微雨！"

"那你的眼光可真是不错。"垂杨这下真是彻底无语了。即便在他出生之前，朝歌和牧野就已经是死对头了，但本质上他们是相同的猫，和趾高气扬的微雨根本不一样。

牧野"哼"了一声："所以你看，我和她三句话之内必会吵起来，怎么可能一起生活？"

垂杨一时间理解不了他的意思，反应过来之后才发现他根本没在对自己说话，嘉树不知道什么时候已经来到了他们身边。

"但你要想，是轻雾用本该属于她的奶水养活了你。"嘉树又拿出了那副苦口婆心的说教口吻，垂杨听得心里直冒火，牧野却没有反驳，于是他大声打断道："什么意思？牧野和朝歌不是天天都在一个营地里生活吗？他们要去哪里吗？"

"你很快就知道了。"嘉树愣了愣，似是才反应过来他的存在，应付了一句后冲牧野一摆尾巴，"你跟我来，时间不多了。"

听着哥哥和好友的脚步声远去，垂杨暴躁地将爪子插进脚下的泥土里。又是这样！

朝歌的声音突然在耳边响起："你知道他们是去干什么吗？"

尽管垂杨熟悉朝歌，但从小到大他一直在充当她和牧野之间的调解员，倒不怎么和她交流，一时间有点语无伦次："不知道……你知道吗？"

"牧野什么都不懂。"朝歌轻蔑地说，垂杨几乎可以在脑海里给她补上那条不存在的高高翘起的尾巴，"我和微雨玩就是为了弄清楚那些事，而且嘉树也不知道全部。"

她凑近他一点，飞快地解释道："一个关乎我们命运的变故，你哥在训练牧野怎么应对，我试图从微雨那里打听到它会发生的时间。"

垂杨一时间无话可说，明明这么简单的事情，他们的目标都是相同的，为什么还总有解不开的误会呢？

"反正我和牧野永远不会停止和对方争斗。"朝歌淡淡地说，拍了拍垂杨的脑袋，"转告他，那一天不远了，我很高兴和他再也不见。"她一边说一边迈步离开，话音未落已经走远了。

垂杨好像明白了个大概，对两只小猫的关系感到无言以对。默默回到自己的巢穴里，在窝里蜷成一团，闭上眼睛，从一片黑暗进入另一片黑暗。

睡着了就可以忘掉所有烦恼。

六、相见

云舒把嘴里叼着的八哥扔到地上，刨了点土，和一只她刚抓到的老鼠埋在一起。

足够回去应付部落了。白毛母猫看了一眼空中高悬的太阳，这个点应该不至于招来暮色巫师的怒火。

她沿着倾斜的山坡往下狂奔，脚下摇曳的绿叶逐渐变成笼罩在头顶的树梢，直到那阳光闪烁的湖面再度出现在眼前。

云舒熟门熟路地向着老地方走去，跨出边界线后，就开始从空气中寻找修竹的气味——不知道为什么，她今天轻易地辨认出了他的存在。

存在？

她警觉地扬起头，不远处一只黑猫从树后闪身出来。

"嘿，云舒。"修竹有些局促地挪动了一下脚掌。

云舒欣喜若狂地睁大眼睛，她简直不敢相信这是真的！她小时候的同巢伙伴，独自活过整个冬天的勇士，这些天和她利用一切手段交换信息的……修竹。他们又见面了！

"你是修竹！"他长得比她想象中还要帅！她望进那对湖水般的绿眼睛中。

云舒兴奋地靠近他："我终于见到你了！"

"是啊……"或许是她外露的热情吓到了他，修竹下意识地往旁边避了避，云舒的心里有一丝受伤的感觉，他立刻也意识到了，"对不起，我也很高兴见到你。"他接着说，"只是独自生活惯了……

会警惕所有的猫。毕竟，你知道的，我待在边界附近，好几次与部落的巡逻猫擦肩而过。"

云舒理解他独居带来的警惕性，同时也很佩服他能够避开巡逻队，却莫名地很想逗逗他："我跟巡逻猫一样吗？为什么你要把我和他们混为一谈？"

"我不是这个意思！"修竹慌忙地说，"你也是部落制度的……受害者——"

他猛然打住了话头，因为看见云舒那双蓝紫色眼眸里的笑意。

"我当然知道你不是故意的。"她笑着用尾巴搭上他的肩膀，"我们是朋友，对吧？"

修竹愣了一下，立刻露出无比灿烂的笑容："对，我们是朋友！"

云舒心里流露出一丝暖意。还没等她开口说话，修竹又抢道："我们可以一起聊聊天吗？"她笑着点点头："当然。"

"这几个月里，部落还好吗？"修竹带着云舒，在林中缓步而行，但始终把控着方向，并未离开边界太远，"我父亲……怎么样了？"

"你还关心部落啊。"云舒脱口而出，巫师抛弃了幼年的他，让他独自流落在外，吃了那么多苦，若是换成她自己，早已对沉暮部落恨之入骨了吧，"松柏伤心了很长一段时间，最近大概也在慢慢走出来了吧。"

"希望他能再次进入爱情，生几个健康的宝宝。"修竹说，"父亲……还有你妈妈的照顾是我在部落很温暖的回忆。"他看了云舒一眼，补充道，"你也是。"

"你也不必这么说啦。"云舒笑道，"毕竟你在部落的时候，我和老鼠一样大。"

"真的。"修竹认真地说，"你是一只很可爱的小猫，而且……因为母亲，他们常说我不吉利，只有你会同样对待我和其他任何猫。"

云舒欣慰于他居然都记得，还从中感受到了温暖："很高兴我能让你开心。"她告诉他，"部落的生活和我们小时候没什么区别，只是这个春天出生了好几只有问题的小猫。"

看到修竹惊讶的眼神，她解释道："有一只没有尾巴的小母猫，还有一只六爪的小公猫，年纪差不多大，估计很快……就会有和你一样的遭遇。还有一只小点的盲猫，是嘉树的弟弟。"她顿了一下，"最近还出生了一只蓝猫，不知道巫师会怎么对待他……像对你还是对我……"

云舒本以为修竹会觉得被戳到了痛处，一时间对自己的口快有些懊恼。不想他的绿眼睛里只有怜惜之情，还隐约有打趣的神色。

"有问题的小猫不是像你就是像我，还上哪找一对像我们俩这么惨的朋友啊。"他说。云舒不禁有点想笑，他面对过往如此乐观的态度也感染了她。

"只是……他们又做错了什么呢？"修竹敛了笑意，轻声感叹道。

"你也什么都没做错……不过，能像你一样也很好啊。"她对他说，"你让我看到了，有问题的小猫并不一定会被部落框定命运，也可以像你这样活得自由又精彩。"

"确实自由，但不精彩。"修竹摇了摇头，"虽然我现在的生活很好，有巢穴、有猎物，还有像你这么可爱的朋友……"云舒感觉自己的心跳猛地加速了，"但我不希望任何一只小猫重蹈覆辙。"

"何况你是幸运儿。"她认同地点了点头，"沉暮部落的历史这么悠久，从前不知道有多少只小猫死在野外呢。"

"是的，所以我希望能够为他们提供不一样的结局。"他偏头看向她，绿眼睛闪闪发光，"云舒，我们可以常常见面吗？你把巫师的动向告诉我，我来找到那些小猫，让他们平平安安地长大。"

"当然可以！"云舒的心好像骤然开出了花，他比她所想象的还要更加善良和勇敢。

"对了。"她突然想起来什么，"既然这样，为什么不让我和嘉树帮他们提前逃出来，你在外面接应他们呢？"

修竹目光闪烁："这样是有风险的……'有问题'的小猫突然一只接一只地失踪，肯定是刻意为之的结果，巫师一定会注意到，他会派兵驻守边界，甚至对领地外进行搜查。"他有理有据地分析着，"现在他们没发现我，但当他们开始有意寻找的时候，我们带着小猫，既不容易转移，也不方便对抗。"

"所以，恐怕不得不冒着让他们独自流落荒野的风险。"他注视着云舒，"我承认我挺自私的。"

"不不不。"云舒连忙打断他，"你想得比我全面。"

"那就这么定了。"修竹高兴地说，"只是巫师会把小猫带到很远的地方……就怕找到他们不是那么容易。"

听着他滔滔不绝的分享，云舒却并非全神贯注。

她很难不被修竹的正直善良所打动，但她并不希望和他常常见面，只是为了这些计划……

七、离去

即便处于"太阳夜里的巢穴"落日山脉之中，依旧看不到沉落的红日，山坡上的森林浸在深浓的夜色里。

牧野躺在窝里，眼神透过巢穴顶棚交错的枝条盯着夜空中的繁星。他同龄的小猫几乎都已开始训练，暮色巫师若是想在他和朝歌学会独立生存之前把他们带离部落，大概就在这几天了。

眼瞅着巨大的变故一点点向自己靠近，而他只能束手无策地等着它降临，可真是不好受。牧野烦躁地翻了个身，巫师会以什么样的方式进行呢？

巢穴的入口处突然发出一阵响动，牧野连忙闭上眼睛装作睡着了。他从气味认出了来者——薄冰，一只白毛蓝眼睛的年轻公猫，他的特征是耳聋，即使后来他证明了自己的听力和其他所有猫一样灵敏，但他的地位依然很低，承包了几乎所有跑腿的工作。

跑腿？牧野心里一惊，不会是暮色巫师派他来的吧？

"牧野？"薄冰走近两步，轻声叫他的名字，"快起来，暮色巫师有事情找你。"

即使知道将要发生的事情，牧野也无法抵抗，他装出迷迷糊糊的样子，从窝里爬起来："好，我这就去。"

他跟在薄冰身后穿过营地，不自觉地放慢了脚步，目光有些留恋地扫过树木、草丛和小溪，隔着叶子仿佛看到了呼呼大睡的垂杨……朝歌和微雨。

他看到自己未曾交流过的亲生父母和兄弟姐妹的巢穴，在营地中间最好的位置。旁边住着年轻母猫落花，牧野认识她的一双儿女，晨曦很可爱，他希望她不会像她的母亲一样那么看重出身，也希望轻尘不会遭受和自己相同的命运。

他还看见微雨的母亲和轻雾坐在角落里聊天——她们分别接生和哺育了他，不禁对这两只虽然抱有偏见、但本性善良的母猫泛起感激之情。

转眼间走到了尽头，却始终没有看到嘉树，他应该打猎去了。牧野感到怅然若失，不知以后还能不能再见到这只教会他如何生存的公猫。

"牧野，快点！"薄冰已经钻进了榕树树根间密布的荆棘丛中，只剩一条白尾巴从中伸出，"别磨蹭了！"

牧野不禁怀疑他知不知道自己此行的目的，但还是应了一声，随即快步赶上他，穿越荆棘通道，走进森林，心里又酸又涩。

不出意外，暮色巫师正端坐在榕树下。牧野从未这么近距离地接触过他，发现巫师的体型比他想象中更大，鲜艳的皮毛好像在夜里放着光，身周无端地释放出一种属于统治者的威严。

"巫师。"薄冰伏到地上，尾巴低垂，牧野也连忙跟着他趴下来，"谨遵您的吩咐，我把牧野带来了。"

"好，你回去吧。"暮色巫师轻声说，薄冰立刻离开了，"你起来。"

牧野意识到他说的是自己，站起身来，勇敢地直视着那双威严的黄色眼睛。成年公猫的声音像一块冰："跟着我。"

"是的，巫师。"牧野心里忍不住暗暗揣测，以往那些小猫如果违背了暮色巫师，会遭到什么样的惩罚。

牧野不知道他们究竟走了多远的路，从前嘉树带他私下离开营地训练，那也不过是在营地周围比较偏僻的地方。而这趟"旅程"就完全不一样了，他们在日出之前就离开了领地——牧野甚至闻到了边界线处浓烈的气味，它们让他回想起营地，涌起一股浓浓的思乡之情。

翻过好几座山头，他们还经过一处水汽迷蒙的深潭，潭水清澈得可以看清楚水底斑斓的石子，翻腾的溪流奔流而下注入潭中，折射着阳光隐约可见绚烂的彩虹。暮色巫师叼着他攀上瀑布一侧险峻的山石，生满青苔湿滑的石头使牧野好几次怀疑他们会失足跌下。然后溯溪而上，一直走到午夜。

虽然大部分路程中他的前行都离不开巫师的帮助，此时的牧野仍然已经耗尽了全部的力气，全身每一块肌肉都酸痛，将近麻木地挪动四肢向前，当暮色巫师停下脚步时，他几乎要瘫倒在地。

"我们在这里休息一下。"暮色巫师和蔼了些许，高大的公猫用尾巴点点一旁的一个树洞。尽管牧野知道自己一睡着，他就会头也不回地离去，但因为实在太过疲倦，他已经没有精力去思索对策，只能顺从地跨进树洞蜷缩起来，还没等完全闭上眼睛就陷入了沉睡。

当牧野再度苏醒，已是新一天的傍晚，他意识到自己不在入睡时的树洞中，巫师在他沉睡时又带着他走得更远。

夕阳西下，暮色染红了天空，但那位名叫暮色的巫师却已不见踪影。孤独和迷茫一时间劈头盖脸地向这只棕色的小虎斑猫袭来，沉暮部落……轻雾、嘉树和垂杨……如今离他多么遥远啊。

肚子里强烈的饥饿感将他从伤感中拉回现实，方才意识到自己已经近两个昼夜粒米未进，只是饥饿之前被困倦盖过了。

暮色巫师确实经过深思熟虑，才把他带来这里。牧野心想，小猫长途跋涉后本就疲惫至极，又是打猎的新手，就算没有被野兽袭击，也很容易死于饥饿。

何况这里还如此荒凉，他打量着四周。山地崎岖，虽说临水，但却没有繁茂的植物，更见不到任何浆果或坚果，几棵树稀稀拉拉地生长在沙土地上，猎物自然也很稀少。

不要着急。他尽力平静自己起伏的心绪，忽略腹中的饥饿，回想那些嘉树教过他的东西，一边慢慢地顺着来路往下游走去，寻觅猎物的踪迹。

这时，一阵微风拂过水面，激起一阵涟漪，牧野敏锐地捕捉到了一种浅浅的麝香味。

老鼠！嘉树给他上的第一堂课在脑中重现，牧野惊喜得想蹦起来，但为了节省力气，他只是沿着风吹来的方向，一路寻了过去，猎物很快便映入眼帘。

大概是由于附近没有野猫活动，这只小老鼠张扬得很，大大咧咧地坐在一棵瘦弱的柳树旁，咯吱咯吱地啃咬着草根。

牧野是从它背后来的，刚好是下风向，他摆出嘉树教授的蹲伏姿势，滑动着脚步摸了过去，看似十分熟练，实际却提心吊胆地生怕出一点差错——毕竟机会难得，下一只猎物不知道什么时候才能出现。

老鼠还在专心地进食，却不知道自己马上会成为他者的食物。牧野一掌将它打飞，猎物落地后爬起来准备逃跑，他三步并作两步赶过去，麻利地咬断了它的喉咙。

此地的老鼠本来就没有部落领地里那般肥大，牧野感觉自己简直三两口就能把它吞入腹中，想起嘉树"饿久了之后不能一顿吃得太猛"的告诫，才强忍冲动，细嚼慢咽吃掉猎物。

吃饱后，他才彻底放松下来，慢悠悠地顺着河水流向前走去。

抓到第一只猎物，并不代表自己以后每一次捕猎都能这么顺利，待在这里肯定是不行的。他还大致记得来时的路，路途中也经过了一些看似丰腴的土地。牧野觉得自己可以一边觅食一边往回走，多去看看世界，然后在一个合适且喜欢的地方定居。

希望他选择的居所有其他野猫……牧野想，独自身处野外，强烈的孤独感在心里泛起，他希望能结识一些志同道合的新朋友。

下定了决心，他加快了步伐。

八、真相

"牧野！嘉树！"

牧野失踪了！虽说他可能是和嘉树一起出去的，但他们俩一般都只挑午后或者深夜，大部分猫都待在巢穴里昏昏欲睡的时候偷偷溜走，而非猫来猫往、熙熙攘攘的早晨。嘉树很有可能是出猎了，而牧野的巢穴里空空荡荡的，根据气味判断起码已有半天没在窝里了。垂杨边想边焦急地在营地里转悠，却依然没看到好友的踪影。

"垂杨？"正靠在一块石头边的轻雾叫他，"过来，别在那里像只无头苍蝇一样乱撞了。"

垂杨走到灰色母猫身边，牧野是吃她的奶长大的，轻雾怎么也能对他不闻不问呢！"牧野不见了！"他冲她叫道。

"垂杨，这是他不可避免的命运。"轻雾慢声细语地说，"你看到暮色巫师了吗？"

暮色巫师……不在他的巢穴里，难道牧野被他带走了？

垂杨怔了一下，微雨说过的"你会想念这样的日子"、朝歌那句"关于我们命运的变故"、嘉树对牧野神秘兮兮的训练、部落猫们自以为不被觉察的叹息……像无数颗珠子，被轻雾的这句话穿在了一起，组成了那个他好奇已久的答案：天生的"问题"其实不是最大的伤害，被逐出部落才是他们命运中不可避免的变故！

"为什么之前没有一只猫告诉我？"垂杨难以置信地问轻雾。

"这是部落的规矩，为了净化血脉……"他的养母低声说，"根据传统，小猫们不应该被提前告知此事。"

"所以……这是个众所周知的秘密？"垂杨难过地甩了甩尾巴，嘉树、轻雾、那些偶尔对他表现出善意的成年猫……他们都知道他不等长大就会离开的事实！

"很抱歉，垂杨。"他从怒气中脱离出来，才嗅到轻雾情绪里涌动的哀伤，"我当时抗命抚养了你们三个，却不得不让你们面对这样残酷的现实。"

垂杨对这位猫妈妈充满了感激之情，不忍让她沉浸在悲伤中，他闻到周围没有其他猫，于是凑近她的耳朵，悄悄说道："朝歌……之前就知道这件事，她早有准备。"

"真的？"轻雾的伤感像潮汐一样退却了，她沉浸在女儿可能生还带来的兴奋中。垂杨悄悄退开，在新鲜猎物堆上挑了一只斑鸠，食不知味地咀嚼着鸟肉，心情却越发复杂。

所以为什么……嘉树宁肯冒着被巫师发现的风险，告诉牧野事实，教牧野生存技巧，却不告诉他的弟弟？

轻雾哺育了三只小猫，最关心的依旧是亲生女儿，而他哥哥宁愿告诉他的朋友，也要瞒着自己……一股无名火在垂杨心中升腾，不是对嘉树自以为是的不满，而是对这份兄弟感情真切的怀疑。难道嘉树真的认为盲猫无药可救了吗？

就在这时，嘉树和云舒一起走进了营地，他们各自都叼着猎物，还在热烈地谈论着些什么。垂杨扭过头去，专心对付着自己的食物。

"垂杨！"他听到嘉树喊他的声音，本不想理会，却还是心里一软——他倒要看看自己那一口一个"我是为你好"的哥哥能解释出什么花样来。

云舒在叫朝歌的名字，嘉树径直朝他飞奔过来。

"你……知道牧野的事了？"嘉树的声音中还带着几分侥幸，垂杨用力地点了点头。

"你是不是需要解释一下？"垂杨冷冷地说，"把一切都教给牧野，却不告诉你的亲弟弟。"

"原来你在为这个生气。"嘉树的声音骤然间轻快了，垂杨疑惑地眨眨眼，接着哥哥重新开口，说得那样郑重和坚定。

"轮到你的时候，我会和你一起走。"他接着说，"等你长大到足够的年龄，我们可以一起研究适合你的技巧。"

垂杨愣住了。

九、计划

听到云舒在喊她,那只三花小猫从巢穴里探出头来。

朝歌的四肢和胸腹是纯白色的,橘色和黑色交织的被毛颇为美观,眼眸灿若星辰,唯有臀后尾巴的空缺显示着她的不同。云舒暗自感到可惜。轻雾能"抗旨"抚育那几只幼崽就证明了她的地位,她的女儿本可以像微雨一样得志而张扬,不知为何命运要夺走朝歌的尾巴。

不能这么想。她责怪自己,每只猫都是一个独立而完整的个体,有问题的不是他们,明明是部落的规矩。

"怎么了?"朝歌快步跑过来,耳后的一簇毛发支棱着,"落花不在,我在陪她的宝宝们玩,他们好可爱哦。"

云舒伸过头去替她舔平。"我要带你去一个地方,见一只猫。"她对她说,"你相信我吗?"

"当然。"朝歌毫不犹豫地点了点头。

云舒拍拍她的脑袋:"跟我来。"

她环视一圈,确保其他猫没在注意她们,于是领着朝歌从树丛间的缝隙迅速走出营地,绿植围墙外的世界头一次展现在朝歌面前,云舒听到了她的惊叹声。

朝歌的眼睛瞪得圆圆的,望着丛林在眼前往四面八方铺开:"部落到底有多大呀?"

"等你长大可以爬上山顶就知道了。"云舒带着笑意,"从高处往下看,你会发现部落的领土不过是落日山脉的沧海一粟,而在山

猫国传奇之风起潮涌

脉以外，还有更广阔的世界。"

朝歌似懂非懂地点点头。"往这边走。"云舒领着她在稠密的植物中找到狭窄的小径，而朝歌似乎对路旁的一切都兴趣盎然，云舒不得不时刻催促她赶紧跟上。

小径被倒地的粗大树干截断了，森林地面转而变成陡峭的泥土斜坡，云舒轻巧地一跃而过，正准备往下跑去，朝歌叫起来："等等我！"

云舒不好意思地连忙跑回去，帮助她翻过路障："你要带我去见谁呀？"朝歌好奇地问。

云舒笑了笑："一只和你很像的猫……朝歌，你应该知道牧野现在的遭遇了吧？"

"我当然知道。"三花小猫回答，"暮色巫师赶走了他，下一个就是我了。"

她语气里的桀骜不驯让云舒心里一动："那你有什么打算？"

朝歌拨弄了一下路边的小花，拔腿跟上云舒："听天由命，尽我的全力活下来。不然呢？我又不像牧野，有一个嘉树那样的师父。"

云舒解释道："我们有一个计划，你被暮色巫师带到遥远的地方之后，找到牧野，和他待在一起。牧野可以保证你们俩的生存，而你要带他回到这里。"

密林在眼前豁然开朗，一个波光粼粼的湖泊呈现在她们面前，水面上铺满了夏日的阳光。

在湖边的边界线外，站着一只绿眼睛的纯黑色公猫，云舒和朝歌飞快地跑到他身边。

"这就是朝歌。"云舒开心地对修竹挥了挥尾巴，点点一旁的小猫。

"你好，我是修竹。"黑猫的目光没有在朝歌的身上作丝毫停留，而是专注地凝视着她的眼睛。

"你好。"朝歌大方地点点头，"你住在这儿吗？"

"不完全是。"修竹转向云舒，"现在带她去看我的巢穴吗？"

云舒仰起头看了一眼太阳的高度，心中暗暗计算着所用的时间。"恐怕来不及了，我怕被其他猫发现。"她对他说，"给她指一下方向和路标吧。"

"好。"修竹沿着湖岸向前走，云舒和朝歌跟在他身后，夏天暖融融的阳光洒在他们身上。

"我昨天发现了暮色巫师和一只小公猫的气味踪迹。"修竹告诉她们，"和我小时候被带去的地方是同样的方向，所以我猜测你们应该都会去到那里。你俩只要原路返回，到部落附近的时候，不要留下气味，绕开边界，往太阳落下的方向走，找到漾日湖。"

"那是我的巢穴。"他的尾巴笔直地指向湖对岸的树林，"以后我可以照看你们。"

"我知道了。"朝歌若有所思地点点头。他们开始往回走，她看起来仍然一副顾虑重重的样子。

云舒忍不住问道："有什么不清楚吗？修竹会给你解释。"

朝歌露出一抹冷笑："牧野怕是不太愿意和我一起完成这趟旅程。"

"啊？"短暂的诧异后，云舒恍然大悟，不禁苦笑起来。她怎么把这一茬给忘了……朝歌和牧野从小闹腾到大，真能指望他们互相照顾着回到湖边吗？

修竹投来一个询问的眼神，她冲他眨眨眼，对朝歌好言相劝：

"那你愿意和他……"

"不愿意。"朝歌打断道，"我一点儿都不想管他是死是活。"

云舒有些无奈，修竹安抚地用尾巴拍了拍她，严肃地直视着朝歌："你俩的脾气比生命还重要吗？"

朝歌下意识地摇摇头。

"你们两在一起，起码能保证认识路，不被饿死，遇到什么突发情况，还能互相照应一下。野外比你的想象更危险，不是可以耍小脾气的地方。"

朝歌咕哝了一声，还有些不服气："可他不愿意啊。"

修竹的眼睛里闪烁着笑意："跟着巫师过去的时候好好观察路线，找到牧野之后，就告诉他：你得乖乖地听我的话，给我抓老鼠，不然就别想回去了。"

这还真是牧野和朝歌斗嘴的风格。云舒扑哧一笑，朝歌也开心地弯起眼睛："好。"她答应着。

这时修竹已经把她们俩送到了边界处，"那就在这里分别咯。"他看向云舒，"下次见面是什么时候？"

云舒思索了一下："三天后，同样的时间和地点？"她接着说，"交换一下最新的信息。"

其实她心里清楚，朝歌被带到那里、找到牧野，两只小猫再走回来……可能要花上一两周甚至更久。但她想见到修竹。

"好。"黑毛公猫探过头来，湿润的鼻尖在云舒的脸颊上蜻蜓点水地一触，接着转身飞奔而去，很快就消失在湖水和树林的光影中。

十、同伴

初夏的蓝天像水一样清澈,小河汩汩地从牧野身旁流过。他的脚下是零星分布着岩石块的陡峭沙地,四处生长着稀疏的青草和纠结的棘刺。小虎斑猫双耳竖立,边走边嗅着空气,时刻不忘搜索四周猎物的踪迹。

肚子里翻涌着饥饿感,牧野烦躁地嘟囔着:"落日山脉居然有如此荒芜的地方。"

自从昨天晚上放走了一只画眉鸟,他已经一天没见到任何小动物了。且不说他的捕猎技巧本来就生疏——就算再高明的猎猫,面对不存在的猎物,依然束手无策啊。

牧野干脆停下脚步观察着四周，忽地捕捉到一抹颜色亮丽的皮毛。不由得眼前一亮，却又迅速醒悟：这不是猎物……这是只猫。而且，还是他再熟悉不过的猫。

到底要不要过去呢……他在原地纠结起来，尽管对她的厌恶依然强烈，但独在异乡与部落猫的重逢，不自觉地有一种亲切感。

牧野盯着芦苇丛边沉睡的朝歌，从小积攒的矛盾让他想赶快离开这里，离她远远的。

但理智在提醒他，她可能会因饥饿死在这荒郊野岭；情感更是让他不自觉地想要其他猫的陪伴……哪怕她是他讨厌的猫，哪怕明知她大概率会成为他的累赘……

牧野心里一番挣扎，在他作出决定前，蜷缩成一团的小母猫先一步睁开了眼睛，他的目光落入那双琥珀般明亮的眼眸中，不由自主地有些恍惚。

"是你？！"朝歌惊叫道。

跟着暮色巫师过来的路程实在太远，她想尽办法记住路线并做记号，睡前还在发愁不知该怎么找到牧野，却没想到……得来全不费工夫。

"在同一个巢穴里住了那么久，还记不住我的名字？"牧野看不惯她一惊一乍的样子，不禁出言调侃，"也只有你这样的头脑了吧。"

"牧野。"朝歌咬牙切齿地念了一遍他的名字，狠狠瞪他一眼，"我告诉你，你要想回去，还得依靠我的脑子。"

"我为什么要回去？"牧野反唇相讥，"我有生存的能力。反倒是你……如果我不帮你，你会饿死吧。"

"你以为我很想跟你一起走吗？"朝歌嘶声叫道，"云舒认识了一只名叫修竹的公猫，他们让我把你带回漾日湖，修竹会照看我们。"

"你带路，我打猎？"牧野补上那个她没说出口的交换条件，朝歌点点头。

他敢保证这件事里面一定还有嘉树的手笔……听起来好像还不错，就是……不知道要忍受眼前的她多少天了。

"行。"他应允下来，"一起走吧。"

河面映出他们俩的倒影，两只小猫的模样都颇为狼狈。朝歌刚经历过长途跋涉，即使休息过，模样依然疲惫。而牧野腹部空瘪，毛发散乱，能看出这些天的生活也并不顺利。

朝歌迈步跟在牧野身后，怀疑地打量着他："你真的能让我们都吃饱吗？"

"这里找不到猎物。"牧野瞪她一眼，"你等着吧。"

朝歌居然没和他对着干。他们又沿河走了一段路，晴朗的天空骤然阴沉下来。

"要下雨了。"空气潮湿，牧野看着低飞的蜻蜓，小声抱怨了一句，"烦死了。"

"你别吵。"朝歌却眼睛一亮，牧野看她露出少见的认真模样。朝歌仔细地倾听着周围的动静，拉着他往疏落的树林里跑去。

"你看。"朝歌没有尾巴，抬起一只爪子指着什么，牧野来不及嘲笑她，顺着那个方向望去，竟看见一只兔子正在咯吱咯吱地啃咬着地上稀疏的草叶。

牧野下意识地伸出舌头在嘴唇边上舔了一圈，心中却很是懊悔。即使在流水声的掩盖下，兔子的进食声仍然有些突兀，而他一味地沉浸在自己的负面情绪中，反倒让她先发现了猎物。

这个大家伙的个头快赶上他们了，牧野甚至怀疑自己是否能抓到它。他示意朝歌安静，老练地从树木间绕了过去。

眼瞧着猎物已经近在眼前，匍匐着的牧野脚掌踩到了地上的碎石，兔子的那对长耳朵突然抖了一下，立马仓皇逃命，牧野一跃而起，紧跟在后。

连日饥一顿饱一顿的生活使牧野没有充足的体力用于追捕，而兔子跑得飞快，眼瞅着他们之间的距离渐渐拉大，牧野正绝望地准备放弃，一个三色相间的身影从前方的树后闪现出来。

那只兔子一个急刹，掉头飞奔，牧野迅速转身堵截，他调动了全身所有力气，四肢蹬地飞扑过去，爪子深深插进猎物的后臀，多出的一根爪尖正好钩住它短短的尾巴，以至于它的后腿踢不到自己。兔子发出痛苦的尖叫，拼命挣扎，却被冲上来的朝歌一起紧紧摁在地上。

"咬它的脖子！"牧野扬起头朝她喊道。一时间，他们仿佛成了一对配合默契的伙伴。

然而朝歌却并没有按他说的做，而是顺着方才下摁的力道，毫不迟疑地把爪子插进了它的胸膛。

"干得漂亮！"牧野拔出爪子，满意地看着它，足够他们俩一整天的口粮了。

朝歌抬眼看向牧野，抽抽胡须："如果我不来，你肯定追不上它。"

"你……"牧野本以为可以好好炫耀一下自己打猎的技术，没想到却还是多亏了她的帮助……他用尾巴指了指地上的猎物，憋屈地把准备好的说辞吞回肚子里，"你先吃吧。"

朝歌那双原本带笑的明眸变冷了，她一言不发地原地坐下，毫不客气地撕咬起兔肉来。牧野迷惑不解地看了她一眼，在另一边蹲伏下来，畅快地咀嚼起来。

两只饥肠辘辘的小猫很快就把猎物全部消灭。方才还开着玩笑的朝歌却并未搭理牧野，沉默地认准了某个方向，快步前行。

她走的路线和牧野记忆中的来路大致相似，于是他紧跟在她身后，但依旧是满心的迷茫。

十一、冰消

垂杨百无聊赖地坐在溪边，部落猫们在营地里来来往往，没有猫会把他这只小盲猫当回事。

一支归来的捕猎队走到他身边——准确地说，走到猎物堆旁边，他嗅到了新鲜的老鼠和松鼠味道。云舒笑意盈盈地打了个招呼："早上好，垂杨。"

"早上好。"垂杨露出开心的笑容——嘉树已经向他透露过，云舒安排了朝歌和牧野回到漾日湖，跟随薄云的儿子修竹生活。他很为这只聪明善良的母猫惋惜，她不该被禁锢在部落的尊卑有别的制度中。

"你搭理他干吗？"这是星光的声音——她是云舒的好朋友，出身尊贵堪比微雨，年轻的部落猫们碍于她的面子，多多少少地会接受云舒。垂杨本以为她是不同的，后来却发现她的友善只在对云舒时才显露出来。

云舒最终也没有反驳。听着她们俩的脚步声渐行渐远，垂杨的心里泛起酸涩滋味，哥哥什么时候回来呢？

牧野和朝歌的离开误打误撞地解除了他们兄弟间的所有误会，嘉树已经把一切都告诉了垂杨，垂杨切实地意识到，哥哥虽然不太理解自己的想法，但对他的爱是十分真切的。

只不过在牧野离开后，嘉树几乎等于是他唯一的朋友……而既然还待在部落内，哥哥依旧要履行自己的职责，因而垂杨平常待在营地内的时光，就显得格外孤独。

他把吃干净的老鼠骨头踢到一边，想起自己曾多么期待成为哥哥的徒弟，跟着其他成年猫一同出猎、巡逻，但又觉得想法十分荒谬。

一群小猫喧闹的声音传入耳中："我是带领部落防御外敌入侵的巫师！"很明显是微雨盛气凌人的声音，垂杨挠挠耳朵。

若他没记错，他们的出生时间相差不过几天，他难以理解她还沉迷于这种幼稚的游戏……

"白羽，扮演入侵部落的狼……"微雨还在一本正经地给小猫们分配角色，"晨曦，你当战斗队队长。"

垂杨蓦然醒悟，晨曦姐弟都已经可以参与幼猫们的游戏了……时间真快，暮色巫师什么时候才会下定决心赶走自己呢？

巫师甚至不用像对牧野和朝歌一样把他带到那么远的地方——据垂杨的观察，他每次消失便是两个昼夜。如果没有嘉树，只要把自己扔到森林里任他自生自灭，已然足够。

"我不当狼！"小猫的尖叫声将垂杨从自己起伏的思绪中拉出来。他感到很好笑，回忆起嘉树第一次跟随战斗队出发去杀狼崽子，回来后心有余悸的复述……他们懂什么是狼吗？

"那……"垂杨本以为微雨会说服小猫，却没料到她沉吟片刻，扭头喊道，"轻尘！你想参加游戏吗？"

晨曦不发一言地站在微雨身边，垂杨也注意到，他和自己最讨厌的那些猫一样，忽略了这只小蓝猫的存在。而他没有像牧野和朝歌等同龄小猫一样，落得了一个比自己的童年还要孤独的状况。

"想啊！"轻尘还不知道微雨的邀请并非出于善意，激动地跑过来，垂杨听着他兴奋的声音，心中有些微微的痛意。

或许这几日自己可以找他……但等他跟嘉树离开之后，一切就会重复出现。不论他将遭受的命运是像云舒还是像自己，小蓝猫的成长必将艰辛。

在微雨的指挥下，小猫们开始了百玩不厌的扮演游戏。垂杨虽然看不见，还是把脑袋转向营地入口的方向，期待着嘉树回来。

通道两边的草叶发出簌簌声，引得垂杨激动地竖起了耳朵，但走进营地的却是轻雾和陪着她的薄冰。垂杨很好奇为什么他们俩会在一起，待两只成年猫走近后，他嗅到了刺鼻的草药味道，心中恍然大悟。

"就放在那儿吧。"轻雾泰然自若地指挥薄冰。她走到猎物堆旁，在里面一顿翻找后，大概是没挑到自己合意的。其他成年猫的声音从远处传来，命令薄冰去打猎。

白毛公猫立刻跑走了。轻雾缓缓地在一边坐下来，垂杨冲养母打了个招呼，问道："您去采药了？"

"帮忙补充一下库存。"轻雾悠闲地舔着自己的爪子，"薄冰是只挺好的小公猫，很勤奋，也很顺从。"

落花凑过来，她的两个孩子已经不需要时刻照料，于是她最近热衷于闲聊。"他会追求云舒吗？"她饶有兴致地问，"他们俩年纪

猫国传奇之风起潮涌

都和我相仿，我的孩子都这么大了。"

"我看有可能。"轻雾赞同地点点头，"他们俩地位相仿，外形也很搭配。"

"那——"垂杨一句"修竹呢"差点脱口而出，猛地想起其他部落猫都不知道修竹活着，更不知道他和云舒之间的关系，而他们正筹划着的事情一旦暴露，很有可能会招来杀身之祸。于是硬生生地把下半句话咽回喉咙里。

"怎么了？"轻雾问道。

垂杨一时不知该怎么编出来一个合理的解释，幸好落花给他解了围："你不觉得嘉树和云舒好像很亲密吗？"她意有所指地说。

那只是因为他们正在合作！垂杨在心里说。

"如果嘉树愿意接受她，那也不错。"轻雾说，"万一薄冰和云舒生下一整窝白毛蓝眼睛的崽崽怎么办？我可不想看着更多的小猫重蹈朝歌的覆辙。"她的声音在颤抖。

落花向她坐得近些。垂杨的心里有些刺痛，但一想到朝歌此时正在千里之外的某个地方，和牧野一边吵嘴一边一同返回部落，又不禁有点想笑。

吵吵嚷嚷的小猫们突然安静下来，痛苦的叫声传进耳中，垂杨下意识地站起身。

"妈妈！"晨曦惊恐地呼唤落花，斑点母猫和轻雾一起跑向他们，垂杨犹豫片刻，也跟了过去。

小猫咪们往旁边四散开来，只剩躺在他们中间的轻尘，小蓝猫发出呻吟声，一条覆盖着灰蓝色毛发的前腿以一个僵硬的角度伸向天空。

"他怎么了？"轻雾问。

大家都不作声，最后还是微雨向前踏了一步。"我们让他当狼，然后假装攻击他。"她直率地说，"结果应该是压到他哪里了，他的腿就变成了这样。"

"你们不该让他当狼，他这么小。"落花虽然不疼爱小儿子，但还是责备了微雨，微雨并未反驳。

轻雾正埋下身子仔细查看轻尘的伤势。"你妈妈回来了吗？"她抬起头问微雨，"我不知道该给他用什么药草。"

"她和爸爸走的时候，说会晚点回来。"微雨焦虑地回答。

"那他怎么办？"落花抽打着尾巴。

"我想……应该不需要上药。"迟疑了半晌，垂杨突然开口说话，"上回嘉树也这样，不出意外的话……只是脱臼了而已。复个位就好了。"

"那谁来帮他复位啊？"微雨迫不及待地反唇相讥，"你？一只瞎猫？"

轻雾连忙打圆场："微雨你别急，垂杨确实也不太方便，等医猫来帮轻尘处理吧。"

"我好痛……"轻尘抽噎着，"医猫什么时候才来……"

垂杨本就对这只小蓝猫有点近似于同病相怜的同情，面对他的痛苦，仿佛自己心里也痛了起来。他在脑海里仔仔细细地想了一遍："脱臼而已，我帮他处理。"他上前一步，果断地说，"我知道方法。"

"你看不到！"落花吼道。

"我没有在开玩笑！"垂杨坚持道。

"你能保证操作不出问题？"轻雾轻声说，"我知道你很担心轻尘，但是要以他的安全为重。"

不就是怕少了一只给你们使唤的猫嘛，垂杨心想，"给我一个机会，就这一次。"

"万一他出了事，责任你能承担吗？"落花叫道，愤怒的气息散发出来，"不要闹了，安分点。"

"让他试一下吧。"令垂杨万万没想到的是，说出这句话的居然是微雨。

"我妈以前说过，虽然他眼睛看不见，但心里却看得比谁都清楚。"微雨口气随意，但说出来的话却令垂杨震撼至极，"我觉得他没问题。"

"医猫真这么说过……"落花张口结舌。

也许微雨从小就被所有猫顺着，口中说出来的话自然有种难以反抗的气势。轻雾耸耸肩，也退了一步："既然这样，那垂杨你就来吧。"

机会真到了眼前，垂杨却不像刚才那么自信了……虽然他能确定自己记得医猫的做法，轻尘的症状也和嘉树十分相似，但是……万一呢？

"你是不敢了吗？"微雨的声音传来，"那我妈妈真是看错你了。"

"你……"她总能轻易地挑起他的好胜心。垂杨在轻尘身旁蹲下来，一只前爪搭在轻尘那只弯曲的前腿上，摸了一遍，方才确定自己十拿九稳——和嘉树的伤几乎一模一样。

"你们帮我按住轻尘。"他想起来那次差点没被嘉树给踢飞的医猫。

微雨没有挪动一下，落花和轻雾迟疑着在两边固定住了小猫。垂杨两只前爪抓住他的腿，使尽全力一掰，轻尘疼得大叫起来，不住扭动，幸好两只成年母猫紧紧摁住了他。垂杨担忧地又摸了一下，发现他的腿已经完全复位，不禁舒了一口气。

"垂杨，你要是弄伤了他，我跟你没完！"落花恶狠狠地说。

"不……妈妈，我好像没事了。"轻尘的叫喊止息了，两只成年母猫退到一边，让他活动一下腿脚，然后他自己站了起来。垂杨能感知到他此时此刻的轻松和欣喜，不禁也欣慰地抖了抖胡须。

"垂杨，谢谢你。"轻尘真诚地说。

"今天……你做得挺好的。"落花刚才叫嚷得最凶，见儿子真被治好了，反倒有点下不来台，"晨曦，玩了半天了，我们回去休息了。"她将女儿叫到身边，领着两只幼猫匆匆走了。

"垂杨，你真的很厉害！"那只叫白羽的白毛小猫突然大声说。

"是啊，我们一开始都没想到。"他的妹妹附和道。

"只是你没想到而已，我早就猜到他一定行的。"

垂杨还没好好感受成为他们关注焦点的感觉，小猫崽们又闹成了一团。他只能循着气味转向另一边，冲微雨的方向点点头，心绪千回百转。

"谢谢你。"

"别谢我。"她的语气依旧是那么傲气，"要谢就谢我妈。"

接着她一扭头，迅速地走远了，垂杨却站在原地不动，在脑海中描绘着她的背影。

十二、雪融

"喂，你理我一下会死吗？"

阴云密布，暴雨如注，牧野的毛发湿漉漉的，披在身上很沉重，脚掌也在泥水地上直打滑，但他依然闷着头不管不顾地往前走。直到听到朝歌的声音，方才回过身。

"干吗一直往前冲啊，如果你淋雨感冒了，我就抛下你走了。"朝歌不满地眨巴着眼睛，琥珀一般的眼眸在阴沉沉的天气里格外闪亮，"去避雨呗。"

牧野淡定地直视着她："我看以我们俩的体质比较，会感冒的是你而不是我。"

"行，那你也别指望我给你带路了。"她气呼呼地冲向树林。

怎么又与她吵起来了。牧野挪动了一下爪子，最终还是拔腿追了上去，边跑边暗自责备自己。

"避雨当然可以。"朝歌跑不出几步路，就被牧野截住了，他挡住她的去路，"但我不叫'喂'。"

"牧野。"朝歌几番尝试绕过他，被雨水兜头淋着，只能放软了声音，"是你先不理我的。"

"你先不和我说话的。"牧野反驳道，他彻底认清了这只母猫颠倒黑白的能力。

"拜托……"朝歌虽然内心对他极度不满，但身处雨里不得不低头，只能把她的郁闷吐出口，"你先嘲笑我的！"

牧野看着她理直气壮的模样，内心更觉得她无可救药。踟蹰了片刻，还是放她躲进树丛里。随即自己也走进去，看着狼狈的她："我什么时候嘲笑你了？"

"尾巴。"朝歌的毛发被淋湿后贴在身上，她正忙于把自己弄干，含混不清地回了一句，听起来有点委屈。

"啊？"牧野这才意识到她可能是误会了，想到她开始置气的时候……他应该是，用尾巴指了一下猎物？

"对不起。"虽然他并不是故意嘲笑，但毕竟也是小时候类似的情况发生过太多，才让她一直记恨在心，"我不是有意的……"

朝歌抬眼瞅他："那你要怎么补偿我？"

"补偿？"牧野愣住了。朝歌乐得笑出声："每天我想吃什么，你就给我抓什么；我累了，就必须休息。才能补偿你对我的伤害。"

"好。"牧野举起尾巴表示认可，不知道为什么，在部落里针锋相对时那种厌恶感已经消失无踪，在这里和她斗嘴反而感到更多的是欢乐。

"你又来了！"朝歌喊道，"补偿时长延长一倍哟。"

"我不说话，就不会出错吧。"

"但是那样会很无聊。"她凝望着外面的瓢泼大雨。

"我们可以休息一会儿，等雨停了再上路。"牧野扯下草茎铺开，把树叶拢在一起，堆成窝的形状，"这里没什么材料，将就一下。"

朝歌在他身边躺下，温暖的气息从她身上传来，雨声掩盖了其他所有杂音，仿若轻雾哄他们睡觉时温柔的声音，牧野很快就被睡意包围了。

当他睁眼时，天已大亮，暴雨也不见踪影，空气闻起来潮湿而清新。朝歌还没睡醒，雪白的腹部随着呼吸上下起伏。

牧野活动了一下身子，感觉自己精力充沛。那不如去给她抓点什么来当早餐吧，他寻思着，一头扎进了稀疏的林地。

牧野没看见猎物的身影，却突然想起朝歌发现那只兔子的方式，于是竖起耳朵，仔细辨别着周围的响动。

他听到了小脚掌快速奔跑的声音！牧野的心跳不由得加速，湿润的沙土在他的爪子下被踩得吧嗒作响，他便滑步前进，直到看见有什么东西在泥泞的草丛间跳跃。

牧野想起了嘉树给自己上的第一堂捕猎课，他娴熟地潜行而去，那只老鼠大约是没见过猫，没有丝毫防备心，直到被牧野的爪子掐住了后颈，才吱吱尖叫起来。

牧野叼着它往他们的临时营地走去，绕过几棵树，他就看到朝歌正围着树丛焦急地打转。

"朝歌？"他迈步上前，试探性地叫了一声，"早啊。"

她听到牧野的声音，猛地扭过头，眸子里一瞬间充满了惊喜，紧接着就变成了怒气："你去打猎怎么不告诉我一声！"她生气地说，"害得我一顿好找。"

"这不是想让你一醒来就能吃上早餐嘛。"牧野本来满以为她会很高兴，没想到她会生气。

"但我会担心。"朝歌目光灼灼地盯着他，"我都不敢出去找你，怕你如果回来了找不到我，但又怕你出事。你替我考虑过吗？"

"我保证下次不会。"牧野本想解释，却发现任何字词在此时都显得十分苍白无力。

朝歌看着他手足无措的样子，突然扑哧一声笑了："先原谅你了，不然我迟早得被你气坏。"

牧野笑了，把老鼠放在她面前："你先吃吧，我再去抓一只。"

"不用了。"朝歌把猎物推到他们中间，"一起吃吧。"

"这里的猎物够多……"牧野解释道。

"一会儿还要赶路呢。"朝歌毫不客气地低头咬了一大口，"快吃。"

"遵命。"牧野笑着咀嚼起来，他突然觉得这样的生活比在部落里更快乐。

十三、心意

不知道牧野和朝歌现在怎么样了。云舒想。

雨云已经散去，夏日的天空又恢复了蓝色，阳光把湖水染成金灿灿的，修竹正坐在她身边，脊背挺得笔直，暖风拂起他们俩的毛发。

修竹语气柔和："去我那里看一看吧。"

云舒看着心心念念的他，有些迟疑："不知道暮色巫师有没有回来……"

"他回来了，也不知道你在外面待了多久呀。"修竹恳求道。

云舒难以抵抗那双期待的绿眼睛："就看一眼，很快就回来。"她认真地说。

修竹开心地咕噜几句，大步向前走去，云舒连忙小跑了几步跟上他："等等我呀。"

黑毛公猫回头看着她："我们在路上花的时间少一点儿，你就能在我的巢穴待得久一点。"他碰了碰她的胡须。

云舒偏头望着他:"你为什么那么执着要我去看啊?"

空气安静了一刹那,只听到头顶上鸟儿的啼鸣。云舒自知问得鲁莽,正想说些什么缓解一下气氛,修竹开口回答了。

"现在那是我的家。"他说,"很快就会成为牧野、朝歌、嘉树和垂杨的家。"

他顿了一下,云舒能听到自己的心跳声:"我希望那也是你的家。"

"你想让我也搬过去?"云舒一时间不知道该如何应答,下意识地还是最先考虑安全问题,"那……我怕暮色巫师会起疑心。"

"毕竟牧野和朝歌活着是个秘密。"她尝试着分析,"嘉树带着垂杨离开,虽然一定会引起巫师的暴怒,但也在情理之中……但我突然失踪,却有点……不合常理。"

修竹点点头,看起来有些沮丧:"要是生活里有你,肯定会有趣很多。"

"说得好像你现在的生活没有我一样。"云舒用口鼻轻触他的脸颊,"我们不是经常能见面吗?"

"一天都不一定能见上一面。"修竹咕哝着,云舒好笑地顶了顶他,"知足吧你。"

修竹往前跨了两步,抬起尾巴示意她,云舒抬眼望去,只见前方一处土坡延伸到河岸边,草地上分布着大块的岩石,适宜作为防御。石隙间生长着茂盛的灌木丛,浅紫色和白色的小花点缀在枝叶间,是和部落营地相似的地方。

"这个地方不错吧!"修竹向她笑道,"我准备和你们一起定居后,费了好长时间才找到这里呢!"

他跑到一丛灌木边，寻到枝头的花儿，咬断茎后叼着它回到云舒面前："你看，和你之前给我的那朵是一样的。"

"你居然还记得！"云舒心中一颤，有种热泪盈眶的感觉。

修竹领着她穿过这个小小的营地——或者用他的话来说，他们的"家"，在一块临水的平坦石台上停下脚步，一旁的灌木丛几乎每根枝条上都开满了花朵，是这里最亮眼的一处："这是留给你的住处。"

云舒真的没想到他会考虑得这么周到，她伸出尾巴撩起水波，视野中尽是盛放的花，紫色的像晚霞，也像她的眼眸；白色的仿佛是雪，也仿佛是她的毛发。

"谢谢你。"她感觉心里柔软得一塌糊涂，却不知该说什么好。

"我第一眼看到这个地方，就想起了你。"修竹的眼里写满了柔情，"你怕暮色巫师怀疑，那我们就慢慢来好了。总之，我会一直等你。"

云舒凝望着他，感觉自己体内有一簇火苗从胸口一路烧到喉咙，她从他脸上的神情看出，他们的感受一模一样。

"原谅我的自私。"他轻声对她说，"即使暮色巫师可能会出兵把我们这些生来不同、抱团取暖的猫群一窝端了，我也想要你留在这儿。"

云舒把头埋在他的颈窝里，任由修竹的气味将她包围，仔细感受着他的体温和心跳。

"我来帮你建窝！"修竹在她的头顶舔了一下，像小猫一样快乐地跳开，仔细地在各处寻寻觅觅，收集起树枝、树叶和青苔来。云舒想过去帮忙，却被他温柔地推开。

"你在部落里已经够累了。"他忙着把叶子拢成一堆，"让我

　猫国传奇之风起潮涌

来吧。”

云舒又转了一圈，挨个看过周边石块和开满花儿的灌木丛，更加心生喜爱。当她回到巢穴时，修竹已经帮她铺好了窝。两只猫蜷伏下来，阳光透过枝条斑斑点点地洒在他们身上。

云舒梦见她和修竹在森林里追捕一只松鼠，猎物在他们面前蹦来蹦去，修竹扑了好几次都没抓住。小松鼠从云舒面前跳过，一条灰色的大尾巴拂过她的鼻尖，感觉痒痒的，云舒扭头避开，却发现痒意一直没有褪去。

她迷迷瞪瞪地睁开眼睛，发现修竹的尾巴正扫过她的脸颊，困意消退，她坐起身来，树叶铺垫随着她的动作沙沙作响。

云舒走出巢穴，呼吸着傍晚凉爽的空气，晚霞染红了天空，修竹跟在她身后，把一只老鼠和一只鸽子递到她面前。

“这是你睡着的时候我出去抓的。”他说，“你回部落的时候也可以带上，让他们知道你没有闲着。”

她有些依依不舍地环视这里，接着带上猎物准备离开，就听到修竹的声音从身后传来：“我不想让你离开。”

云舒回头看着他的绿眼睛：“但我必须得走了。”她蹭了蹭他的口鼻，踩着草地往坡上走去。

“我们还会再见的啦。”她感觉修竹的目光像是黏在了自己的皮毛上，背后灼热感挥之不去，“你准备的巢穴不会空着的。”

“我知道。”修竹温柔地笑了起来，“只是想多看你几眼。”

云舒尽力抑制住留在这里的冲动，头也不回地走进了树林里。

十四、自由

"云舒呢？"垂杨向哥哥跑去，嘉树好像随意地问了一句。

"我不知道啊。"垂杨耸耸肩，"一整天都没见到她，或许她和修竹在一起？"

嘉树若有所思："他们可能互通心迹了。"

"你怎么就能确定他们喜欢彼此？"垂杨跟在哥哥身后往不引人注目的营地角落走去，感兴趣地问。

"等你长大一点，你就明白了。"嘉树淡淡地说，"云舒每次提到他，眼睛都亮晶晶的。"

垂杨似懂非懂地点点头，嘉树笑了："你的情绪感知能力本来就比普通猫更强，等你什么时候和他们俩待在一起，你也会感觉到的。"哥哥话锋一转，"我想我们该走了。"

"现在？"垂杨瞠目结舌，"这么快？"

"嘘，小点声……"嘉树确认了一下没有别的猫注意到他们，附在垂杨耳边低语道，"很抱歉没提前告诉你。"

垂杨能从嘉树身上嗅到难过、不舍和对自由的渴望、对新生活的期待……这些情绪和他自己的情绪交织在一起，让他一时间感到有些眩晕："趁着暮色巫师不在的时候离开，应该是我们最好的机会了。"

"我明白。"垂杨说，"只是……有点突然。"

哥哥的尾巴温柔地拂过他的侧腹："你现在状态怎么样？"嘉树询问道。

"我吃过东西了，也不困。"垂杨告诉他，"如果你觉得这是个好时机，那我们就走吧。"

"跟我来。"嘉树站起身，迈开步子。

垂杨最后一次运用他的所有感官感知营地里的一切——包括风掠过树叶的声音、溪水冲刷石头的声音、新鲜猎物堆醇厚的气味，那些高地位的猫身上的高傲与富足、年轻猫的意气与快乐、老年猫锐利的目光、猫妈妈慈爱的温情、幼猫那份他从未体验过的无忧无虑……

再会了，部落！他心里叨念着。从此以后他看不见的只是眼睛，而他的心灵是自由的。

"垂杨？"嘉树压低声音叫他，"跟紧我！"

垂杨应了一声，连忙小跑几步，地面已经不像营地里那样平坦，嘉树推着他穿过巢穴后的一丛长草，蹭下了一缕毛发。

"嘶。"垂杨忍不住轻呼，身后嘉树灵巧地钻出来，抱歉地喵了一声。

落日山脉该有多大啊！草丛和树荫构成的营地屏障，仿佛把整个世界隔在了外面。闻所未闻的气味和声音充斥着垂杨的感官，他惊奇地张大嘴巴。

"每只小猫第一次走出营地，都觉得森林无限宽广。"嘉树轻笑道，"习以为常之后，你会发现不过如此。"

"我只觉得这里无限封闭。"垂杨咕哝一声，不安地转了个圈，他感到自己被四面八方不同植物的味道包围着。

"来，走这边。"嘉树指引着他，垂杨尾随其后，发现脚下是碎石小路，两边被草和树包裹着。

小径突然出现了倾斜的坡度，垂杨差点没站稳，幸亏嘉树及时扶住了他。他们放慢了前行速度，垂杨随意地问了一句："修竹的巢穴是什么样的呀？"

"不知道，我还没去过。"嘉树咕哝道，"我只知道在湖边，有水、石头和树丛，我想和营地挺像的吧，可能会更空旷一些。"

垂杨尝试着在脑海里描绘了一下那幅画面："听起来很不错呢！是不是没有很多大树？"

"我想是的。"嘉树答道，"你不喜欢树林吗？大树给我们带来了猎物。"

垂杨踩到了一片地上的叶子，脚下又是一个打滑，这回他自己站稳了。"我喜欢开阔、一望无际的地方。"他充满憧憬地说，"我不止一次梦到自己在草原上打猎，梦里我能看得见漫无边际的野花和流向天边的大河。"

"山上也有很多花啊，还有小溪和湖泊。"垂杨发现哥哥并不像自己一样对草原那么向往，他反倒可以在嘉树身上嗅到隐约的担忧……难道草原上有什么他不知道的危险吗？

但嘉树并没有把危险告诉他，反而一个劲儿讲着山林："等你再长大一个月，我就带你去山上打猎。"他保证道，"你会发现森林其实也非常广阔，还有很多有趣之处，晚上我们可以出去听知了唱歌，把会发光的萤火虫带回巢穴，入秋之后可以捡松果……"

"知道啦。"垂杨打断哥哥滔滔不绝的话，小声抱怨道，"牧野也就比我大半个月，为什么要等那么久？"

垂杨对捕猎其实并不像牧野那样感兴趣，他很难从纷繁杂乱的气味中辨别出猎物来。但他想和哥哥多多相处，而并不希望到新家后依然像从前一样，嘉树天天出猎，而把他独自丢在家里。

"如果要等牧野足够大，他早就被巫师扔掉了。"嘉树舔了一下他的耳朵，"迫不得已嘛，但我完全可以抚养你啊。"

丛林被他们抛在了背后。垂杨跟着嘉树冲到坡底，他想体会自由奔跑的感觉，但又必须绷紧了神经警惕着可能会突然撞到的树木和石头，不禁有些丧气。

要是真的在大草原上，可该有多好啊。他情不自禁地想。

又换了一条小路，垂杨从来没走过这么远，四肢的肌肉泛起一阵阵酸痛，嘉树也很贴心地放慢了速度。

一股浓浓的属于猫的气味忽地钻进了垂杨的鼻孔，让他吓了一跳，随即又从中辨别出来好几只部落猫的味道。

"到边界了吗？"他问嘉树。

"你鼻子很灵啊。"哥哥的语气中有几分褒奖的意味，"还有几步路呢。"

他们跨过边界线后，沿湖又走了一段路，垂杨已经累得受不了了，嘉树刚说出口："休息一会儿吧。"他便颓然瘫倒在地。

"你的体力不行啊。"嘉树悠闲地在垂杨旁边坐下来。

"你现在就记不得我的年纪了吗？"垂杨撇了撇嘴，"而且我还看不见，要多花好多力气去探索。"

"我知道。"嘉树用尾巴拍了拍他，"不逗你了，饿不饿？"

恰好垂杨的肚子就很不争气地发出了"咕噜"一声，嘉树笑着纵身而去。接着垂杨听到一阵杂乱的脚步声响起，隐约还有牙齿咬合的声音，不久嘉树就跑回他身边，嘴里已经叼着一只老鼠。

"哇！"垂杨发自内心地钦佩哥哥的捕猎技术。嘉树把猎物扔过来："你先吃吧。"他话音未落，再次转身冲进树林，"我再去抓一只。"

垂杨不和哥哥客气，毫不客气地咬了几口鼠肉，急忙填充着自己的肚子。吞咽间，他突然嗅到有些特别的味道。

垂杨咽下嘴里的食物，讶异地凑到猎物的尸体边，仔细检查一番后，他掰开了老鼠的上下颚，里面掉出来一点叶片的残渣。深深吸了口气，气味证明他的判断没错。

"怎么了？"嘉树又带着猎物回到这里，看到弟弟没有在进食，不免有些惊异。

."我发现这只老鼠吃了薄荷叶。"垂杨一边和哥哥一同大快朵颐，一边告诉他，"我想……我记得薄荷可以治风热，所以你待会儿可以带我去你抓到它的地方看看吗？"

"当然可以。"嘉树一口答应道，"你不仅会接骨，连这都知道？"

"那不是接骨。"垂杨纠正道，他当着几只小猫的面帮轻尘磨正脱臼的关节，还收到了由微雨所转述的医猫的肯定，小猫们便把他的做法传得神乎其神，实际上是医猫天天都在做的，"我偶然一次听到的，说不定会有用呢。"

"确实。"嘉树赞同地点点头，"毕竟我们现在没有医猫了。"

于是在他们把猎物一扫而光之后，嘉树带着垂杨停在了一丛和他们一般高的植物前，清凉而浓烈的香气充盈着垂杨的鼻腔，他的爪子碰到宽大叶片锯齿状的边，兴奋地叫了起来："我没认错，就是薄荷！"

"我们可以带一点回去。"嘉树提议道，"像医猫一样储存草药，正如你说，不知道什么时候就派上用场了。"

垂杨踮起脚，掐下好几片粗糙的薄荷叶，嘉树则不知道从哪里找来一片足够把它们包起来的叶子，打包好之后叼在口中。

"这会是我们给修竹的一个惊喜。"嘉树尽管嘴里叼着药草包，却还是从齿缝里挤出声音来，"有了垂杨，我们就再也不用担心生病了！"

十五、返程

鉴于来路是下坡路，归程几乎比来时多花了一倍的时间。但牧野和朝歌都能意识到，脚掌下的山地已没有之前那样贫瘠，放眼望去尽是翠绿的草地，灌木丛枝繁叶茂，猎物也渐渐多了起来。

"要到瀑布了！"朝歌隔着老远就听见了水声，她回忆了一遍来时的路，然后兴奋地得出了这个结论。

牧野瞄了饱餐后精力充沛、蹦蹦跳跳的小母猫一眼："如果你从石头上摔下去了怎么办？你会游泳吗？"

"你才会从石头上摔下去！"朝歌不爽地向他扑过来，牧野想起嘉树教过他的防身术，敏捷地侧身闪到一边。三花母猫没抓住他，尾巴的缺失更使得她难以保持平衡，一个趔趄后摔倒在地。

"没有瀑布和石头，你在平地都能摔倒。"牧野不顾朝歌气势汹汹的样子，向她抛去一个得意的眼神。

朝歌跳起来，抖了抖毛发上沾的灰土。"也不知道是谁，"她回嘴道，"一口一个说着能抓到够两只猫吃的猎物，最终还不是吃了我抓来的老鼠。"

牧野本想趁火打劫，再取笑她几句，却被戳中了软肋——尾巴确实会让自己的平衡优于朝歌，但在上午的捕猎中，他的尾巴碰到树叶所发出的声音吓走了猎物，反倒是刚刚学会蹲伏姿势的朝歌成功地抓到了老鼠。

棕色虎斑猫冷哼一声，无话反驳。

朝歌看见路边一只翩翩起舞的蝴蝶，立即伸爪扑了过去，受惊的蝴蝶拍打着翅膀飞走了，但她依然发出愉快的咕噜声。

"为什么在部落的时候，我会那么讨厌你？"朝歌半是自言自语，半是询问的口气。

"难道你现在不讨厌我吗？"牧野抖动着胡须。

"现在不……"朝歌的嘴比脑子更快，出口一半又被她恼羞成怒地咽了回去，"认清了你的真面目，不会在你身上浪费感情了。"

牧野饶有兴趣地看着她："那你的感情用在谁身上才不叫浪费？"

"轻雾啊。"朝歌理直气壮地说了母亲的名字，"我妈妈超级善良！"

"这倒是。"想起自己的养母，牧野认同地点了点头，"你想她吗？"

"当然想啊。"朝歌的声音有些低落，"我这几天都会梦到她……"

牧野一愣，自己的父母从未在他的生命中有一席之地，便也没想到平时大大咧咧的朝歌其实情感如此细腻。他靠近她一点，笨拙地想要安慰她，却被朝歌侧身避开："这是我的选择。"她的琥珀色眼眸里流露出灿烂的笑意，"你这样我有点不适应，还是打打闹闹比较适合我们。"

"喊，好心当成驴肝肺。"牧野看出她发自内心的快乐，便把适才的怜惜收了回去，冲她撇撇嘴，"谁想和你打打闹闹啊？好像我和你一样，永远长不大似的！"

他话音未落，就兴奋地尖叫一声，往前跑去。

朝歌心里暗笑，顺着他的目光望去，前方不远处的山坡好像被截断了，连忙快步跟上，两只小猫停在一处断崖前。一大堆碎石重叠到他们脚下，河水流到此处方显汹涌，从山脊往下倾泻，带出雪白的浪花，汇成崖底水雾弥漫的深潭。

他们若想原路返回，只能顺着碎石堆爬下去。牧野来的时候尚且算得上顺利，但此刻既没有了暮色巫师引路，且往下走比往上爬又是困难了太多，岩石湿滑又陡峭，若是跌进水潭还有保命的可能，摔在石头上一定是粉身碎骨。

"朝歌？"他试探性地问了一句，"你觉得怎么样？"

朝歌看着低处，陷入了一阵眩晕中，牧野的声音将她从中拉出，回转头看见他关切的目光，她支吾了一句："我……可以吧。"

"我看有点危险，不然我们先不下去。"牧野慎重地考虑了一下，然后建议道。

朝歌愣了愣，脑海中浮现出云舒那双绚丽的紫色眼眸。"我宁愿冒这个险。"她反对道，"你忘了夜里的狼嚎和那头被豹子杀死的野猪吗？我们在这里才是最不安全的。"

牧野想起了那具硕大的尸体，以及那些浓烈刺鼻的野兽气味。"你说得对。"他承认道，"那我们走吧，一定要小心。"

朝歌点点头，不等牧野安排，便敏捷地跳到岩石堆的顶端："你看，这不难！"

"让我先走！"他低吼道，"我的平衡比你好，而且我比你重，可以接住你。"

"但我可就拉不住你了。"朝歌语气不忿，但还是顺从地侧过身给他让了个位置，牧野落在她刚才的位置上，往下瞥了一眼，找好下一个落脚点后纵身而下。

雾气使得路径不那么清楚，溅在石头上的水滴更是让走路保持平衡格外困难，牧野本能地抓紧湿漉漉的石头，朝歌跳到他身旁时便打了个滑，他连忙用肩膀稳住她。

"我说什么来着！"他冲她吼道，"小心点！"

"我知道了。"朝歌认真地答道，顺着牧野跳下去的路径一级一级往下跳。

牧野的毛发很快便被淋了个透湿，纠结成一缕一缕的，使他的身躯笨重起来。而朝歌的步伐却轻盈许多，很快便超越了牧野。

"你别急！"三花猫毫不迟疑地往下跳，牧野着急地提高声音，"看清楚了！"

他最担心的事情还是发生了。朝歌太急于求成，却没有站稳，踉跄了一下，眼瞧着就要滑进瀑布里，当她只有前爪抓住岩石时，牧野迅速地落在那块石头上，倾身叼住朝歌的颈背，把她拉回原处。

"我说什么来着！"朝歌的皮毛也湿透了，满脸惊恐还没有散去，牧野也惊魂未定，不禁冲她发起了火，"你非要掉进去才甘心吗？"

"对不起。"朝歌琥珀色的双眼睁得圆溜溜的，显得十分诚恳，"不会再有下次了。"

牧野瞪了她一眼，欣慰地发现她不再把他的话当耳旁风了。他们互相帮衬着，安全地爬过了大半路程，几次脚滑但都有惊无险。眼看着水边的青草地离他们越来越近，牧野却突然一个趔趄，朝歌没拉住他，眼睁睁地看着虎斑猫滑到石头末端，摔了下去。

朝歌的心跳到了喉咙口，他不是最谨慎、最会保证自己安全的吗？她紧张地探身望去，生怕看到她想象中的恐怖场景，眼角甚至已经溢出了泪花。

但她看到完好无损的棕色虎斑公猫站在距离她几米高的地上，笑眯眯的绿眼睛如同他脚底的草坪："跳下来吧。"

"你是故意的！"朝歌纵身落在他身旁，恨恨地抓了一把他肩上的毛发，"你考虑过我的感受吗？"

牧野"嘶"了一声，已无法闪避她的爪子。绷紧许久的肌肉放松下来，使他无力地瘫倒在地："那你蹦蹦跳跳的时候，想过我的感受吗？"

"我说了我再也不会了。"朝歌说，"而且我可没骗你。"

他们有一搭没一搭地斗着嘴，很快就在温暖的阳光下闭上了眼睛。

十六、天道

夏日的夜晚比白昼凉爽，蝉鸣声声，夜空中的明月慷慨地将如水的月光洒向大地，云舒的白毛仿佛融入了月光之中，在黑暗的营地里格外显眼。

暮色巫师带着牧野离开了，又神不知鬼不觉地带走了朝歌。这般紧凑的安排大概是因为两只小猫只相差几天出生，怕他们时间长了会长得更为强健，但却给了牧野和朝歌找到彼此的机会。云舒舔理着自己胸口的毛。

她曾和修竹聊到，沉暮部落的这项制度可算得上是漏洞百出。或许是为了防止幼崽们的父母心软，巫师自己会将"有问题"的小猫带到很远的地方，必须要等他们长到足够大，有体力走上那么远的路，而这些小猫也已经有了抓到猎物的能力。

暮色巫师的离开对云舒来说像是个假期，虽然地位高的年长猫们也会轮流给她分配任务，但总归没有巫师那么严厉。

"云舒！"就在她倍感无聊之时，听到星光唤她，"你要不要过来看我们训练？"

当初排挤牧野、朝歌的那群小猫都已经到了可以开始接受训练的年纪，星光被临走前的暮色巫师任命为他们的导师之一。

云舒有些踌躇，但她此时正无聊，便走到溪边他们用于训练的那片沙地边。三只与云舒年纪相仿的年轻猫站在他们面前：暮色巫师的长子——继承了父亲橙毛的朝阳，淡金色母猫星光，浅灰色公猫流水，他们唯一的相同点是黄色的眼睛。他们面前的十来只小猫不安分地躁动着。

云舒看见其中有两只蓝眼睛的小猫，不禁暗自叹气。再过不久，他们就要分道扬镳了。黄眼睛的小猫们会接受很长时间的训练，其中包括部落悠久的历史和复杂的战斗技巧；绿眼睛的小猫们会跟随导师去山里练习捕猎，同时也要参加出猎；蓝眼睛的小猫们学习最基本的捕猎技巧后，就要开始跟随云舒他们干活了。

"安静一下！孩子们！"朝阳开口连唤了好几声，却都没能让小猫们安静下来，眼里流露出些许窘迫。

云舒饶有兴趣地眯起眼睛，她没有和这位地位尊贵的未来巫师打过交道，这时才发现他似乎并不像他的父亲那么严厉冷酷。

"安静！"星光大声吼道，却是显得比朝阳更加具有威慑力，小猫们乖乖住了嘴。

"今天要上的第一课，是关于部落的秩序。"流水慢吞吞地开口，云舒厌烦听这种陈词滥调，干脆眼不见心不烦地看向另一边。落花的两个孩子正在空地上玩耍。

"接住咯！"晨曦大喊一声，把一只小老鼠高高抛到空中，她的弟弟敏捷地跳起来，不偏不倚地把它叼在口中，接着又以迅雷不及掩耳之势甩起头扔回去，晨曦把爪子高高伸过头顶，却没能抓住它。

"大笨蛋！"轻尘取笑道，在一旁观看的云舒不禁感叹，他的身手让她想起了幼年的修竹——他若是没这双蓝眼睛和这身灰蓝毛会更好。

落花本来在巢穴旁和别的母猫聊天，听到儿子的声音，高声斥责道："轻尘，你要学会尊重你的猎物！"

刚才还得意扬扬的小蓝猫一时间显得有些丧气，晨曦趁机冲过去争夺那只小老鼠，姐弟俩扭打在一起。

如果没接住的不是晨曦而是他，落花怕是就不会这么说了。云舒心里愤愤不平着，又听见流水的声音："所以，你们的眼睛颜色决定了你们承担的职责，这是森林和山脉的神祇做出的安排，我们所做的不过是顺应天道。"

不是这样的！云舒在心里激烈地反驳着，眼睛的颜色什么都不代表，一只猫是擅长捕猎还是适合打仗和眼睛的颜色根本没有关系，再说每只猫都不喜欢做清扫的活儿！

"砰"的一声，一团毛球撞上了云舒的侧腹。

"嘿，你在干什么？"轻尘追了过来，在云舒身前滑步停下，看着姐姐爬起来，两只小猫的眼神里含着尴尬和歉意。

"没事儿。"云舒冲他们笑笑。晨曦的一身金色虎斑皮毛让她想起了小时候的星光。两只小猫都有着软软的毛发，胖乎乎的身子和圆圆的眼睛，让云舒的心里不自觉地喜欢起来。

她和修竹也能有一窝这么可爱的宝宝吗……无论是黑毛、白毛，抑或是蓝毛和虎斑毛，眼睛是紫色、蓝色还是绿色，都没有关系。他们会趴在她的怀里吃奶，在草地上玩耍，自己会教他们打猎和整理窝铺，修竹能教他们在丛林里生存的所有技巧……云舒满心都是对未来的憧憬。

"云舒？"晨曦的叫声把她拉回现实，想到自己已经开始幻想和修竹组建家庭，云舒忍不住闭上眼睛……绝对不能让他知道！

"你没事儿吧？"轻尘冲她眨眨眼睛。

云舒摇了摇脑袋，试图甩掉脑海里修竹的身影："我走神了，你们刚刚说什么来着？"

"我们刚刚问你，朝歌去哪里了？"轻尘小声说，"以前她都陪我们玩的，这几天我到处都找不到她。"

他回头看了落花一眼，猫妈妈没注意到他们，于是慎重地补充道："妈妈不喜欢她，所以我不敢问……但我喜欢和她玩。"

"还有牧野！"晨曦加了一句，不安地摆动着尾巴，"他比朝歌更早不见了，他们是去参加不同的训练了吗？去哪里了？"她翘起尾巴指向训练场，"为什么不和他们在一起？"

云舒愣住了，一时间不知道是否该把真相告知两只天真无邪的小猫。

"孩子们，是这样……"她面对着两双闪烁着期待神情的眼睛，想要编出一个合情合理的理由，幸好一声划破夜空的长啸挽救了她。

营地里每一只猫都朝着那个方向抬眼望去，在营地的通道处，巫师居处所在的榕树树根上，一只琥珀色眼睛的橙毛大公猫，被几只年长猫围绕着，赫然便是离开十余日的领导者。

"暮色巫师回来了！"

十七、弥补

"抓到你了！"朝歌扑过去，像是把什么东西按在爪下，一只漂亮的橙黑斑纹蝴蝶扑着翅膀飞向蓝天。她松开爪子，看着空无一物的地面，显得有些沮丧。

旁观她抓蝴蝶的牧野终于憋不住了，捧腹大笑。

"你笑什么！"朝歌生气地在他的耳朵上拍了一爪，"我抓不到蝴蝶，但我抓得到你啊！"

"我可不敢笑。"牧野立马收回笑容，正襟危坐，"我相信你抓得到松鼠，能不能去抓一只来给我们做午饭？"

朝歌迈步走到草地中，大片盛放的橙红色与白色的野花与她的毛色格外相称。"我想这里是抓不到松鼠的。"她睨视了牧野一眼，"老鼠和兔子倒是应该找得到。"

牧野恍然大悟，有松果的地方才有松鼠，这里没有松柏，尽是花草，怎么会有松鼠呢？他恨不得打开来自己的脑袋看看，里面都装了些什么？而朝歌在嘲笑他。

"唉，我都快搞不清了。"她一本正经地说，"究竟谁才是那只上过捕猎课的小猫？"

"你等着瞧！"牧野回击道，"我就不信你能一直不带错路。"

朝歌吐了吐舌头："你还想吃午饭吗？"她说，"附近的所有猎物都会被你的声音吓得躲回窝里的。"

"我倒是很好奇，它们为什么没有被某只猫抓蝴蝶的动静吓走。"牧野笑道，"而且抓了一上午一只都没抓到，还耽误了我们赶路的时间。"

朝歌翻了个白眼，迅捷地冲出去，惊动了花丛掩盖下正忙于进食的一只兔子，牧野这才发现猎物的存在，一边懊恼又让朝歌抢了先机，一边从反方向飞蹿出去，正好堵在了它的洞口，猎物眼见不妙，跑向另一个方向，却正好把自己送到了朝歌爪下。

朝歌把它按在地上，牧野利落地咬断了它的喉咙。他在领地里跟随嘉树学习狩猎的时候很少见到兔子——大约是森林的原因，但在旷野的环境里，兔子却是很常见的猎物。它个头比鼠类大，可以让两只小猫填饱肚子，而牧野和朝歌已经磨合出了一套捕捉它的方法。

"我真是想不明白。"饱餐一顿后，他们惬意地继续上路，朝歌愉快地说，"暮色巫师为什么会觉得我们喂不饱自己。"

"你得承认，在他扔下我们的那个地方，连他自己都抓不到猎物。"牧野说，"不是每只小猫都有像我们俩一样的目的和能力。"

朝歌认同地点点头。在景色秀丽的草地中，他们俩似乎都失去了针锋相对的兴致。周围的花丛已越来越少，取而代之的是熟悉的树丛，枝繁叶茂的树冠遮住了头顶的蓝天，潺潺的溪水声隐约可闻。

"你看，那是什么？"朝歌突然抬起爪子，牧野顺着她指的方向望去，一棵大树低矮的树枝上悬挂着一个金灿灿的网状物体。

牧野揉了揉眼睛："是蜂巢！你不记得了吗？小时候有一次医猫带回来好多蜂蜜，给每只幼崽都尝了一口。"

"我不记得了。"朝歌抖抖耳朵，"蜂蜜是什么味道的？甜的吗？"

"很甜，很好吃。"牧野一出口，就眼睁睁地看到朝歌冲着蜂窝跑了过去。

"蜜蜂会蜇你！"他绝望地大喊一声，但为时已晚，一大群嗡嗡叫着的蜜蜂从蜂巢中飞出，直奔朝歌而来。

"快跑！"牧野尖叫一声，朝歌拔腿就跑，牧野紧跟在她身后，不顾一切地狂奔起来。蜜蜂声近在咫尺，朝歌一低头扎进了一蕨丛中，牧野跟着她冲进去，尖硬的植物刮擦着他的脊背和皮毛。

冲出蕨丛后，他们向森林深处跑去，而矮树和藤蔓确实也阻碍了蜂群的飞行。这时，耳边传来水声。

朝歌冲上一块覆盖着青苔的岩石，毫不犹豫地跃入水池中。一股山泉从山石间淌下，在此间汇成了一个足够他们俩藏身的水池。

两只猫入水激起一大片水花，蜂群四散飞开，牧野的脚掌踏到了池底的石头，他闭上眼睛仰起头，只把鼻尖露出水面。

牧野感觉自己足足在水池里从夏天泡到了冬天，他感觉周身越来越冷，牙齿已经开始打战，但还是坚持了一会儿，才小心翼翼地睁开眼睛看向上空。

蜂群已经无影无踪了，甚至朝歌也不在水池里，牧野浮上水面，看见三花猫懒洋洋地趴在一块石头上，享受着从树叶间照进来的阳光，本就短而不沾水的毛发已经干了大半，正专心致志地研究着一块黄色的东西。

"你睡醒了？"朝歌听到牧野划水的声音，方才转头看过来。

牧野上了岸，急促地喘着气，愤愤地瞪着她："你为什么不告诉我蜜蜂已经走了？"

"你刚才的样子太好玩了。"朝歌模仿着他的样子，紧紧闭着眼睛仰起头，"我想多欣赏一会儿。"

"你忘了刚才是谁去撩蜜蜂的吗？"牧野吼道，"你能不能注意一下言行举止，别那么冲动！"

"我知道里面有蜜蜂？"朝歌满脸无辜，"但既然你们都吃过蜂巢蜜，我没吃过，这不是很不公平吗？"她用爪子抓起那块蜂巢，伸向牧野，"真的很好吃！还剩好多，来尝尝吧？"

牧野看到那一小块蜂巢，怒气立马就消了，又无奈又好笑地望着她："我不用了，你吃吧。"

"你不吃，我可自己吃了。"朝歌又低下头去舔，尝到甜味，满足地眯起眼。

牧野看着她，突然感觉心里泛起淡淡的酸涩。

他们俩的童年，可都没有蜂蜜啊。

十八、念想

连下几天暴雨后出了个晴天，垂杨连忙把他之前收集的药材全部从巢穴里搬出来，在湖边的石头上摊开来晒。

盛夏的阳光灼烤着他的皮毛，耳边响着鸟叫和虫鸣，湖水漫过他的脚掌，垂杨心情很好地把潮湿的叶片展开。

"我最担心的事情也解决了！"修竹蹲在另一块石头上，把他和嘉树带过来的猎物照着部落的做法堆起来，"谁会想到垂杨居然有医药方面的天赋呢？"

垂杨嗅了嗅，分辨出了老鼠、田鼠和喜鹊的味道："你们抓这么多，三只猫吃不完，不浪费吗？"他问道。

"你还在长身体，得放开来吃。"嘉树的声音从另一侧传来，"我弟弟就是聪明！"后面一句话充满了自豪之情，显然是对着修竹说的。

"我在今年开春的时候就得过感冒。"黑毛公猫有些怅然地回忆着，"不会用药，迷迷糊糊地躺在巢穴里，浑身都没有力气，那时候可难过了，以为自己好不容易撑过了冬天，却要死在春天。"修竹低声笑了笑，但垂杨和嘉树都没有笑，垂杨感到有些悲哀。

"都是往事了，这不也熬过来了嘛。"修竹意识到气氛的不对劲，"而且我们现在有了垂杨，什么病都不怕了。"

"那倒不是。"垂杨连忙摇摇头，"我只是因为待在营地里无聊，有时候会去看医猫治疗，并不代表我什么都会。"

嘉树把尾巴放在他的肩上，修竹迟疑一下，开口说："我刚刚去见了云舒，她跟我说到……部落里现在有一只小蓝猫？"

"对！"垂杨想起临走前曾帮轻尘疗过伤，"应该没有几只小猫会跟他玩，感觉好像以前的我。"

"是的，那是你我曾经的经历，所以格外感同身受。"修竹说，"云舒还说，暮色巫师已经回来了。"

"哦？"嘉树盘起尾巴，"那是不是说明，牧野和朝歌已经在来的路上了？"

"有可能，但前提是他们俩顺利地会合了。"修竹提醒他，"巫师的身体状态……好像不如以往强健了。"

"那也正常。"嘉树说，"暮色巫师毕竟不年轻了吧。"

"那是他活该！"垂杨在部落里谨言慎行已久，此时身边都是可以信赖的猫，内心的怨言脱口而出，"如果他不想着把牧野和朝歌扔走，他也不会因为走得太远而身体变得虚弱！"

修竹赞同地点点头："是的，不能因为牧野、朝歌和我都活下来了，就否认暮色巫师想要我们死。"他周身的气息变得冰冷起来，"他死不足惜！"

他话锋一转，又绕回到轻尘身上。

"云舒很心疼那只小蓝猫。"他说，"他未来幸运的话，也就是和她一样每天干各种活儿，如果不幸运的话……"

"云舒是怎么想的？"嘉树问。

修竹笑笑："云舒希望可以把他带到我们这里来。"

"那你觉得呢？"嘉树问道。

"应该从长计议。"修竹有理有据地分析道，"如果我们能确定暮色巫师打算丢掉他，那或许可以考虑去找到他。如果贸然把他带出来，惊动了暮色巫师，肯定是得不偿失的。无论如何这是我们的家，我要为这里的猫负责。"

垂杨能感受到哥哥对修竹的佩服，嘉树的话里带着期待："你和云舒现在已经在一起了吗？"

垂杨偷偷笑起来，修竹的脸上泛出快乐的神情："我想是的。"他说。

"恭喜呀！"垂杨笑道。

"你俩的孩子会成为在这个新家出生的第一窝幼崽。"嘉树接着说，"垂杨终于不是最小的啦！"

垂杨摩拳擦掌："我很想知道接生是什么感觉。"

"现在讨论孩子的事还为时尚早。"修竹话题一转，"即使医猫的问题解决了，我们要划定捕猎范围，设立岗哨。以及，怎么能保证云舒顺利地来到这里？如果被部落发现了，甚至他们要来进犯，我们该怎么应对？"

嘉树沉吟片刻，接着两只年轻公猫凑在一起，紧锣密鼓地讨论起来。垂杨则没什么兴趣，继续整理起了他的草药。

如果他还在部落里，恐怕连碰一碰这些娇贵的叶子的机会都没有吧！

垂杨心中一动，那句"我妈以前说过，虽然他眼睛看不见，但心里却看得比谁都清楚"在耳边回响。

十九、回家

"我们回来啦！"牧野抬起头，扫视着山间绵延的丛林，朝歌站在他身旁，不用刻意辨认，他们也能感受到部落边界——那是故乡的气味。

部落真的是他们的故乡吗……牧野的心有些抽痛，他刻意忽视了这种痛意，扭头望着朝歌："我们要往哪里走？"

朝歌有些犹疑："我没来过这里啊。"她眨巴着那双琥珀色眼睛，"我想我们应该先去营地，然后我就知道往漾日湖怎么走了。"

"我们不能去营地啊！"牧野觉得她可能一回到部落就会变得不太聪明，"你是认真的吗？"

"对不起，我只是在思考。"朝歌甩甩尾巴，然后踏上一条深入森林的小路，"应该是走这边。"

他们在黎明前的灌木中穿行，两侧是高耸的树木，向上攀升的小径虽然崎岖，但没有荆棘和藤蔓缠绕，牧野和朝歌的动作都很轻巧。

牧野意识到这趟旅程让他们成长了许多。"感谢落日山脉的神灵。"他低声呢喃道，"让我们活了下来……顺利地回到了这里。"

"你说什么？"朝歌疑惑地回头看过来。

牧野抽抽耳朵："感觉很神奇……我本来以为自己一定会死在野外，没想到真的走了回来。"

"那可不一定！"一个陌生而又熟悉的声音响起，牧野还没看清楚来者，就已经被一个沉重的物体压倒在地。

坐在他身上的是一只浅灰毛色的大公猫，浓密油亮的毛发下肌肉突显，橘黄色的眼睛昭示着他的地位，对比之下牧野不堪一击。

"流水！"他惊声叫道。

"你已经被巫师赶出去了，再出现在部落，就是入侵者！"流水大吼，"我有权利让你知道部落的边界神圣不可侵犯。"

灰毛公猫伸出爪子，还颇为认真地舔了舔爪尖，牧野有种窒息般的错觉，余光发现朝歌从树丛中探出了头。

先别暴露自己。他眨眨眼，示意她藏好。他知道，流水接受过战斗训练，他们俩一起上可能都打不过他。

流水的爪子已经逼近了他的喉咙，牧野绷紧了自己的肌肉，时刻准备着在朝歌跳出来的时刻，出其不意地一招压制住对手。

就在这千钧一发之际，另一个熟悉的声音喊道："流水！你在干什么？"

接着一个虎斑身影从树后出现。天边亮起淡金色的曙光，来者有与之十分相似的金黄色毛发和眼睛。但牧野却不敢肯定，星光是否会愿意帮他……毕竟他们从前都觉得她只有在面对好友云舒时才不那么重视阶级之分，而如果星光帮流水，那么他和朝歌里应外合反攻的可能性，也就彻底消失了。

"是牧野。"流水稍微从他身上抬起了一点，牧野这才有喘口气的空间，"他现在来就是入侵。"

星光顿了顿，流水并没有再继续动作。星光，求你了！看在云舒的分儿上！牧野在心里呐喊着。

金色的目光带着审视的意味落在牧野身上，他回看向星光，努力摆出一副单纯无辜的模样，星光抽抽胡须。

"我觉得算了吧。"她说，牧野拼命掩饰着内心的惊喜，"他这么小，在野外到现在还没死不过是幸运，也活不了几天了，你我何必落井下石。"

"可是他侵犯了我们的领地。"流水按着牧野的爪子也放松了一些，但听起来还是有些不甘心。

星光的声音凉凉的，仿佛当牧野不存在一般："巫师的处理方式是让他们在野外自生自灭，我们照做就好了。"

听到"巫师"二字，流水哪怕再不甘心也只得服从。"我想你说得对。"他说，把牧野放开时在他耳边嘶声道，"这次是你运气好，别让我再逮到你！"瞪着的眼睛带着怒意，如火般炙热。

"走吧，流水。"两只部落猫的身影很快消失在了树林里，朝歌这才从树丛里爬出来，惊魂未定地吐了吐舌头："刚才真是吓死我了！"

"没事儿，都结束了。"牧野随口安慰了她一句，他一点都不想让朝歌知道，被流水按在地上时他究竟有多么惊恐，"我们走吧。"

"对不起……"朝歌有些歉疚地轻声说，"我没注意到我们已经跨入部落的边界内……如果我再谨慎一点，我们就不会被他们抓到了。"

"不怪你，毕竟我也没发现。"牧野说，随后用尾巴指了指星光和流水离开的反方向，"我想我们可以从这边离开，再沿着边界往西边走。"

他撞上朝歌的目光，急忙收回尾巴改用爪子，惹得她笑了起来："没关系的，走吧。"

牧野时刻绷紧着神经注意着边界线的位置，他们总算没再出差错，也幸运地没有遇到其他巡逻猫。正午之时，闪烁着阳光的湖面出现在他们眼前。

朝歌眼睛一亮，快步冲上前，即使他们俩都不渴，依旧在湖边蹲下来，舔食着清凉的湖水。

"这简直像一场梦境。"朝歌低声说，"我们总算是到了。"

牧野遥遥望去，目光扫过湖对面的林子，仿佛能捕捉到新家的位置。

"在看什么呢？"朝歌贴近他。

"我们的家。"他询问道，"你知道在哪里吧？"

"我想我知道。"她发现了他目光中的不信任，咕噜一声，"体谅一下我的方向感吧，就像我体谅你的捕猎技术一样。"

"我想，短期内我们大概是用不上朝歌的方向感和牧野的捕猎技术了。"一个带着笑意的声音传来。

两只猫正穿过树林向他们走来，一黑一白的毛色看上去无比般配，他们的尾巴交缠在一起，白毛母猫紫罗兰一般的笑眼昭示着她的特殊之处。

"云舒！"牧野和朝歌同时惊喜地开口。

"你们这么快就到了！"云舒眼睛一亮，打量着两只小猫，"都长高了，也都瘦了，这些日子过得不好吧？"

"其实还不错！"朝歌笑着说，"至少没饿着。"

那还不是多亏了教她打猎的他。牧野白了她一眼："每次都是有惊无险。"他告诉云舒。

"那就好。"云舒热情洋溢，"现在让修竹带你们回家，那里可比部落营地漂亮多了！"

"好呀好呀！"朝歌小鸡啄米似的点着头。

修竹用尾巴搂住云舒，白毛母猫和他碰碰胡须。依依不舍地告别了云舒，牧野和朝歌跟在修竹身后，第一次有了"回家"的概念。

二十、追随

"嘉树，你带朝歌去捕猎如何？"垂杨躺在湖岸边的石头上，让凉爽的秋风吹起毛发，听着修竹安排今天的日程，"牧野跟我走，我想教你几个战斗动作——毕竟不在部落里，大家都应该有自卫能力。"

"你为什么会战斗动作？"朝歌打着哈欠，好奇地问。

"你们回来的路上没遇到过野猫吗？"牧野和朝歌想必在同时摇头，修竹轻咳一声，"那你们真是幸运，我见过他们对付狐狸、猞猁，甚至金钱豹。我还有几回和野狗、野猫狭路相逢……虽然没有一次打赢了的。"垂杨忍不住跟着大家笑了起来，"但都是血的教训，我想我的动作还是顶用的。"

"确实。"嘉树说，"我在部落里学过一点儿，有机会我们俩可以切磋一下。"

"我之前一直以为你是捕猎猫呢！"修竹更改了计划，"不如这样，我们今天就带着牧野和朝歌去找个场地，正好我们配合做示范，还可以把我们的技巧整合之后再教给他们。"

嘉树并没有第一时间答应他，而是朝垂杨的方向走过来，垂杨一个鲤鱼打挺坐起来，"垂杨，你觉得怎么样？"嘉树永远不会忘记询问他的意见，"家里不太适合训练……你想和我们一起过去吗？"

垂杨想象着猫儿们在岩石和灌木间跳跃打架的样子，不禁有点想笑："没关系。"他向嘉树摇摇头，"正好我想出去散散心，顺便找点浆果，快入冬了，我怕你们着凉。"

"你自己在外面活动，安全吗？"修竹不放心地问。

他迟疑了一下："我会去部落边界附近，应该没有危险。"

"可……"嘉树还想说什么，被修竹打断了："垂杨不是小奶猫了，你应该给他长大的机会。"

"是啊。"牧野附和道，"嘉树，你忘了当时你教我，瞒着垂杨，他有多么生气吗？"朝歌也"嗯"了一声，表示赞同。

"好吧，既然你们都这么说。"嘉树妥协了，"但你要小心谨慎，注意部落的巡逻猫。"

"好。"垂杨答应道，"其实你这么关心我，我还是很开心的。"他敏锐地感觉到了哥哥的失落，于是补上一句安抚话。

"你是我的弟弟，我不关心你关心谁？"嘉树坦言，然后转身，"我们走吧！"

听着他们的脚步声逐渐远去，垂杨跳上石头，快步离开，沿着森林斜坡，走下陡峭的湖岸，脚掌在铺满落叶的地上直打滑。

夏天转瞬即逝，转眼间秋天也过了大半，垂杨待在这个"家"也有小半年了……不仅找到了适合自己的医猫身份，而且体会到了真切的自由与快乐。

地势逐渐变得平坦起来，树木也越来越稠密。垂杨利用胡须和直觉探索着前进。

嘉树也曾带他出去打过猎，但几次尝试后，垂杨便发觉这对他来说太过艰难。在纷繁嘈杂的丛林中辨认出猎物的踪迹尚且在他的能力范围之内，但是追捕时他没有眼睛辅助，就势必要放弃对周围环境的感知。在一次垂杨一头撞到树上后，嘉树彻底打消了兄弟俩一起打猎的念头。

但草药就完全是两回事儿了。在植物中识别出药草的气味对他灵敏的鼻子来说，不过是小菜一碟。

"其实我也在打猎啊。"垂杨在树丛中穿梭，寻找着自己的目标，自言自语道，"不过我的猎物是药材。"

"药材也需要抓吗？"一个声音清脆地响起，"它又不会跑。"

垂杨一惊，把集中在植物上的注意力收回来，把感知力投射到四周，这才发现附近有一只小猫。

"你是部落猫吗？"他先入为主地认定这只小猫一定在接受巡逻训练，竖起全身毛发，提高了声调，"陪你来的成年猫呢？"

"你不认识我了吗，垂杨？"小猫毫不犹豫地叫出了他的名字，"你可是帮我治过脱臼呢。"

"轻尘。"垂杨吸了口气，勉强把他的味道和脑海里那只还带着奶香味的小蓝猫对应在一起，"你不要忘了我看不见你。"

云舒曾带来过这只小猫后来的情况。暮色巫师最终还是决定让他留在部落里，虽然多少会受到部落猫们的排挤，但是他成长得很好，健康而聪明。不承想会再次碰面。

"我以为视力对你影响不大。"小猫拖长声调，声音无辜而顽皮，"不过，我跟了你半天，你也没发现我。"

"你还没回答我的问题。"垂杨不想跟他计较，"和你在一起的成年猫呢？"

"没有成年猫。"轻尘承认道，"就我自己。"

"为什么自己跑出来？"垂杨弹了弹尾巴，"这是边界以外，你难道没开始训练了吗？"

"你说的话听起来和部落里那些老猫可真像。"轻尘反击道，"那你为什么自己跑出来，在领地外面从夏天待到了秋天？"

"我走了，你早点回去，外面不安全。"垂杨迈开脚步，不想和他多说。如果太晚回去，嘉树估计又得唠叨了。

"喂——嘿！垂杨，别走啊！"身后的轻尘蹦起来，紧跟在他身后，"部落里太无聊了，没有猫愿意理我，他们只会给我分派各种活计。我见过云舒来这里，特意溜出来好几回了，就是想看能不能找到你们！"

"你想干什么？"垂杨不耐烦地问，"沉暮部落再无聊，你也是部落猫，而我们已经和那里毫无瓜葛了。”

"你'们'！"轻尘抓住了话里的重点，兴奋地问，"不只你自己！朝歌、牧野和嘉树，你们都住在一起对不对？"

垂杨猛然一惊，暗自叹服于他的聪慧，却害怕这只小猫回部落之后乱说，让巫师觉得受到了挑战，麻烦可就大了。他紧紧闭上嘴，一声不吭地快步往前走。

"垂杨！"轻尘一路小跑，还喋喋不休，"不许走！要不然我就回部落去找巫师说，你们都住在湖边，让他来赶走你们！"

"赶走"……说得好听，恐怕暮色巫师恨不得将他们赶尽杀绝。垂杨脸色一沉："你到底想怎么样？"

"朝歌、牧野还活着，和你与嘉树在一起对不对？"轻尘重复一遍，又叫道，"我闻到过你们的味道！你不承认？！"

这个问题有什么意义？垂杨笑了笑："对。"

"我也要过来。"轻尘急切地说。

"别开玩笑！"垂杨诧异地竖起耳朵，"就算你真想抛下部落里你的爸妈、姐姐和朋友过来，我们也养不起多出的一张嘴。再说如果暮色巫师起了疑心——"他把尾巴卷到身前，做了一个抹脖子的动作，"我们都得完蛋。"

轻尘一本正经地解释道："我之前就假装'不小心'和我姐提起过，如果部落还关心我的'生死存亡'，晨曦会告诉他们我离家出走了，不会怀疑到你们头上的。"

垂杨没想到眼前这只小猫居然不只是心血来潮，轻尘趁热打铁："我已经不小啦，每天都出来打猎。我还求着微雨让她教了我几手，如果要打猎我也可以帮忙。不会让你们养我的！"

"微雨会教你？"那只黄眼睛灰猫高傲的形象重现在脑中，垂杨心中微动，却抽抽胡须，表示怀疑。

"她可好啦！"轻尘不服气地说，"你不要转移话题！你的所有理由全部不成立，我是可以和你们一块儿生活的！"

垂杨无奈又好笑："你想得还挺多，为什么这么想来？"

"部落里有干不完的活儿。我爸妈根本就不爱我，我姐也没机会和我相处，我想找朝歌和牧野玩，他俩是我的朋友。"轻尘可怜巴巴地说，"好不好嘛！求求你了。"

垂杨惊觉自己几乎已经被他说服了，他回过身去，面对着蓝毛小猫，正色道："跟我走，我带你过去。"

"好耶！"轻尘兴奋地跳起来，落到地上之后又在原地追着自己的尾巴打起转来，开心的气息散布到空气中。

"轻尘！"垂杨提高声音叫道，"如果你看起来还像是奶猫一样，我就要重新考虑你的那番说辞了。"

轻尘立刻停了下来，乖乖地立正站好："我一定会表现得很成熟的。"他保证道。

"你跟我说没用。"垂杨转身往回走，告诉他，"想必你也看得出来，真正做主的是嘉树和修竹。我只能决定现在把你带过去，而怎么说服他们让你住下来，就是你的问题了。"

轻尘跟着垂杨走出树林，爬上湖岸："修竹，那是谁？云舒的那一位吗？"

垂杨抽抽耳朵："这你都知道？"他还以为全部落没谁知道云舒和修竹已经结成伴侣了呢。

"大家都以为云舒和薄冰在恋爱，但我觉得云舒才看不上他呢！"轻尘不屑一顾地说，"我看啊，她更感兴趣的是往湖边跑。"他狡黠地笑笑，"为什么她不搬过来？"

垂杨撇了撇嘴："如果想搬就能搬，我刚才跟你说的都是废话连篇啊？"

　　轻尘"嗯"了一声："说的也是。"又得意扬扬地说，"我可什么都想到了，是不是很厉害？"

　　垂杨不以为然："你想到了有什么用啊？你能不能过来不照样还是未知数。"

　　"我这不是已经说服了你吗？一定也能说服嘉树和修竹的。"轻尘吐了吐舌头，"对了，朝歌……和牧野，现在怎么样？"

　　"能怎么样？和你一样长大了呗，我也看不见。"垂杨不以为然，"待会儿你就见到了。"

　　垂杨拐了个弯，脚下的土地更加柔软湿润，湖上的清风扑面而来，他纵身一跃，轻巧地落在一块石头上："就是这里啦。"

　　接着，嘉树、牧野和朝歌的声音同时震惊地响起："轻尘？！"

二十一、相遇

　　"喂，我们明明不熟吧。"

　　干燥而冰冷的空气像树枝抽打在身上，朝歌烦躁地大步穿过树林，试图摆脱这个甩不掉的跟班。

　　轻尘满脸哀怨，紧紧跟在她身后，他那身灰得发蓝的毛，被漫山遍野的红叶衬托得格外显眼："小时候你天天带我玩的！"

　　朝歌挠了挠耳朵："你都说了是小时候啊，谁记得啊？"

牧野想起来小时候和她对着干的自己，再看看屡屡受挫的轻尘，忍俊不禁地追上他俩："我埋一下猎物，你们走这么快干什么？"

轻尘一脸无辜地转向他："朝歌走得快，我只是跟着她。"

"你发出的动静像一头狮子一样，整个落日山脉的老鼠都得被你吓回洞里！"朝歌瞪着他，"牧野你看看，他是嫌家里的猎物太多了吗？"

牧野一想到家里平常高高隆起的猎物小山，此时此刻那里竟空空如也，又看到天边已经闪耀着乳白色的曙光，而他们仨在外面溜达到了日出，只有他抓到一只麻雀，顿时感到发急，连忙帮腔道："是啊，我们还是分开来打猎吧！"

"你们联手欺负我是吧！"轻尘愤怒地冲他们喊，猛地转过身，飞快地跑走了。

"他怎么回事？"朝歌怔了一下，看向牧野，琥珀色的眸子里盛满了疑惑。

"我不知道啊。"牧野耸耸肩。

其实他隐约能够捕捉到一点儿事情的眉目，轻尘来这里之后，频频对朝歌示好，偏偏她又不吃他那一套……牧野说不清心中的滋味。

"你们公猫的想法不都差不多吗？"朝歌怀疑地问。

"怎么可能！"牧野哭笑不得，"就像你的想法和云舒的想法，能一样吗？"

朝歌点点头，随即一旋身："不聊了，不然晚上我们都没饭吃。"她朝湖边的开阔地带跑去，仿佛一阵微风掠过。

牧野无奈地望着她的背影，不禁失笑。朝歌擅长追逐，自己还是更喜欢潜伏的感觉，他瞧着眼前的蕨丛，一甩尾巴，钻了进去。

牧野蹑手蹑脚地在丛林中搜索着，过了一会儿，仿佛丛林之灵也要助他一臂之力，刮来的秋风带起地上的落叶，同时也带来了一丝微弱的气息。

他透过枝叶交错的缝隙向前方窥探，不出所料地看见了一个灰棕色的小身影，正从一簇草丛中走出来。

牧野眼睛一亮，小心翼翼地往前踏上两步。那只老鼠没发现他，自顾自地耸动着小鼻子寻找食物。

他估摸着已经走到了可以扑出去的距离，刚准备绷紧肌肉起跳，脚下一滑，踩上了一根小树枝，发出"啪"的一声。

那只老鼠惊慌地竖起耳朵，准备逃之夭夭，刚跑出几步路，被果断地冲出去的牧野截断了去路。

牧野一掌几乎把猎物拍飞，还不放心地在它的喉咙上补上一口。

掩盖猎物，防止被其他食肉动物偷走，是嘉树曾教给他们的技巧。他说在部落里时把猎物带回营地，是不得不遵守的规矩，而现在大家每次打猎都带猎物回家，则是出于真心想要和大家共同分享。

总算是抓到了猎物，牧野安心多了，他走进一片细高的树木中，顿时眼帘里充满了铺天盖地的金红色。

耳中听见了脚步声，他蓦地一惊，发现一只年纪和他相仿的母猫正朝他的方向疾奔而来，身前是一只仓皇逃窜的田鼠——她一身金棕色皮毛在秋日里与落叶浑然一体，他竟没有在第一时间发现她。

眼看着他们已经跑到了自己面前，田鼠发出一声惊恐而绝望的尖叫，牧野抬起爪子，轻而易举地将它杀死。

虎斑母猫猛地收住脚步，惊讶地瞪大双眼。牧野叼起猎物，扔到她脚下，抬头对上那双苍绿色的眼眸，也惊得叫出了声，和她唤自己名字的声音几乎重合在一起。

"晨曦！"

"牧野？"

"是我……"牧野的目光扫过她颈背上的棕色虎斑纹，和回忆里那只幼小的浅金色奶猫重合在一起，"你都长这么大了？"

"当然，我本来也不比你小多少。"晨曦优雅地翘起尾巴，马上又目露疑惑，"你怎么还活着？又为什么会出现在这里？"

她自知失言，轻咳一声，眼睛却是眨也不眨地紧盯着牧野。

"这个故事说起来很长。"牧野冲她笑笑，"简单来说，就是我从很远的地方回到这里，现在在湖那头定居。"

晨曦似懂非懂地点点头，牧野提醒她："你已经在部落领地之外了，以后小心点。"

晨曦大惊失色，环顾着四周，满脸懊丧的神情。牧野抖动着胡须："那我先走了？"

"不要！"虎斑母猫下意识地想迈步追上他，见牧野站在原地根本没动，不禁露出了气恼的神色。

"不过，我现在确实应该把猎物带回去了。"牧野眨眨眼，"你还有什么想跟我说的吗？"

晨曦犹豫了片刻："我弟弟……轻尘是不是跟你在一起？"看到牧野正欲张口回答，她又补了一句，"我猜朝歌、嘉树和垂杨也在。"

"是的，你和轻尘真是聪明得如出一辙。"牧野想起垂杨说遇到轻尘时的情况，终于体会到了他当时的感受，"你不许回去在部落说。"他警告道。

晨曦说："我只是想确认……轻尘现在还好吗？"

"他很好。"牧野告诉她，又突然笑出了声，"就是你弟弟可没告诉我们……他还有个这么关心他的姐姐。"

绿眼睛里流露出疑惑和不悦，她一身金毛竖立起来，"没良心的小白眼狼！"晨曦愤愤地说，"等我下次逮到他，看我不揍他。"

牧野打趣地咕噜着："他怕是只记得朝歌姐姐，不记得你这个亲姐姐了。"

"我已经习惯了。"晨曦翻了个白眼，"你俩'失踪'的时候，我们还小嘛，不明白真相……"牧野此刻已经能很坦然地面对这件事，毕竟他和朝歌没有任何过错，但晨曦还是把尾巴放在了他的肩膀上表示安慰，"全部落最着急的就是轻尘了。他之前还找我装腔作势地说什么离家出走，我看就是想去找朝歌！我还仁至义尽地帮他骗了巫师和爸妈。"

牧野想到早上跑走的蓝猫："轻尘小时候应该挺孤单的吧，朝歌以前经常陪他玩，对他来说是很温暖的回忆了，何况她还是只漂亮的母猫。"

晨曦被逗笑了："但我还以为，你们俩的关系不太好呢。"

"我们小时候是死对头。"牧野耸耸肩，"后来我们同行了很长时间，不得不化敌为友——但相处确实也不太融洽。"他告诉她，"垂杨说我们一天不吵上两句嘴就不高兴。"

晨曦爽朗地大笑起来。阳光从树叶间星星点点地漏在地面，又折射到她绿得深沉的眼里，宛若湖光潋滟。

但这样单纯的快乐持续了不过几秒，晨曦惊异地仰头去看越来越高的太阳："对不起……我大概得回去了。"她有些不舍地看了牧野一眼，接着匆匆消失在了山林中。

牧野愣着站在原地，肩上仿佛还残留着她尾巴的触感。刚准备离开，又发现晨曦并未带走他帮她抓住的那只田鼠，那只猎物此时孤零零地躺在他脚边。

下次见到再帮她抓一只好了。牧野心说。深色虎斑猫叼起田鼠，转身离去。

二十二、孩子

云舒钻进树根缠绕的入口，便看见好几只猫挤在大榕树下，医猫叼着草药，忙不迭地往树洞里走。

"星光，这是怎么回事？"云舒看见星光正在长满青苔的石头上吃东西，连忙快步走过去。

星光咽下嘴里的食物，金色的眼睛里蒙着一层淡淡的忧色："巫师生病了，医猫说他过几天就会好起来的，你今天去哪儿了？"

"执行日常任务。"云舒若无其事地回答。

溪边的猎物小丘已经所剩无多——想必是暮色巫师一回来就病倒，部落猫们没了主心骨，当然也乱了阵脚，更没有猫会主动出猎了。她挑了一只黑鸟，在离星光不远处坐下来，不紧不慢地咬着。

没有暮色巫师发号施令，营地里反而显现出一派祥和的气氛。小猫们在玩耍；微雨和另外几只刚开始接受训练的小猫正在练习打斗动作，在沙地里滚成一团；薄冰身旁围绕着好几只平常和云舒一起干活的年轻猫，他们正惬意地享受猎物和阳光。

听到他们都在喊她，云舒叼起半只没吃完的黑鸟，走到他们旁边。

"我太幸运了！"薄冰骄傲地挺起胸膛，"暮色巫师允许我去探望他！"

一双双蓝眼睛里充满了艳羡的神情。云舒暗自觉得他们真是不可理喻，如果生病的是他们这些地位低的猫，暮色巫师很可能只会担心没有猫帮他们收拾巢穴了。

"我在进去之前，听到医猫说……"薄冰神秘兮兮地说，"老巫师年纪大了，由于为部落过度操劳累坏了身子，现在天气变冷了……可能很难撑过去。"

听到担忧的声音响成一片，薄冰停顿了一下，又接着说："但是呢，巫师说他会抓紧时间训练朝阳接班，即使他死去了，但部落依旧有英明的统治者。"

"巫师真是深明大义啊！"不知道是谁发出一声感叹，众猫纷纷附和着。

云舒保持着沉默，听到薄冰的叙述，心中微动。她倒并不太关心暮色巫师的健康……毕竟巫师是存心想要修竹、牧野和朝歌他们死，但他现在被病魔缠绕……她趁机搬到修竹那里，是不是他们也不会在意？

想到这个可能性，云舒的心难以抑制地跳得越来越快。部落没有什么她可留恋的了……除了某只猫。

云舒在纠结着要怎么跟星光作出一个合理的解释，脚掌已拖着她不由自主地向星光走去。

"刚才忘了问你了。"星光一看到她过来，就丢下嘴里没嚼完的骨头，站起身："孩子是谁的？"

"什么孩子？"云舒大吃一惊，"你别拿这种事情开玩笑！"

"我没开玩笑啊。"星光困惑地说，金黄色的眼眸看起来很严肃，还带着一丝抱怨——大概是不满于云舒没有首先告诉她，"你现在看起来和落花当时一模一样。"

云舒略一恍惚，心中明白了，没来由地兴奋起来。这是她和修竹的孩子！她许久前看到晨曦和轻尘时的想象，现在终于实现了！

但她没法和星光解释，自从发现修竹到现在，自己究竟瞒了好朋友多少事儿啊。云舒带着心中的歉意想蒙混过去："我最近吃得比较多……长胖了吧？"

"你糊弄谁呢？"星光毫不客气地说，"你本来吃得就够少了，何况现在天气越来越冷。而且我已经找医猫确认过了，你怀孕了。"她冲云舒叫道，"快告诉我，谁是孩子的爸爸，为什么我都不知道？"

明亮的金色目光逼视着自己，云舒纠结了片刻，灵机一动。

"是这样的。"她对好友摆摆尾巴，引着星光来到一处其他猫注意不到的角落，在茂盛的蕨丛旁坐下来。

云舒斟酌着开口，故意做出一种她不敢直说的样子："我怕自己……生下一窝蓝眼睛的小猫，重蹈我自己的覆辙。"

"可这是自然神祇分配给我们的命运啊，不同的瞳色注定了不同的前程。"星光晃着尾巴，和云舒严肃的紫色目光相对。

"你又不是不知道大家都说我'不祥'的时候，我听着有多难过。"星光低下头，云舒继续说，"即使宝宝的眼睛不是紫色，我也不认为蓝眼睛就注定他们地位低下。我想带着孩子们离开部落，让

猫国传奇之风起潮涌

他们自由地生长。"

"原来是这样啊，那你何必遮遮掩掩地不跟我说。"星光笑起来，"云舒啊，你还不相信我吗？以为我会去禀报暮色巫师，然后把你关起来？"她拍拍胸脯，"你放心走，我会给你打掩护的。"

云舒心里涌过一阵暖流，同时又被更深的愧疚淹没了："好。"

"但冬天很快就要来了，拖着大肚子打猎一定很不方便。"星光焦急地说，"生完宝宝呢，又要养活好几张嗷嗷待哺的小嘴。"她眨眼间已经开始替云舒做起打算，"不然这样，你在边界外找个巢穴，我每天多跑几趟，给你带点猎物。"

云舒更加内疚了："不用了。"她轻声告诉星光，"孩子爸爸会跟我在一起的。"

"原来如此。"星光终于放松下来，露出笑意，"敢情是趁着巫师在病中，你们一个个都离家出走啊。"

好友本是无心的打趣之言，却戳到了云舒所隐瞒的那个秘密，她咕噜着，却没有接话。

幸好星光也没有继续揪着这个话题不放，她甚至忘了继续追问孩子的爸爸到底是谁："那你们什么时候走啊？"

云舒遥望树洞前簇拥着的众猫，修竹绿莹莹的双眼在脑海中闪现，她果断地做出了决定，难舍地转头望着星光："择日不如撞日。"

二十三、光明

"开始!"朝歌喊了一声,往后跳了一步,几乎就在她落在草地上的同时,牧野和轻尘就在石头上扭打在一起。

垂杨对于看不见他们使出了什么招式颇为遗憾,他可以听见两只公猫的吼叫,爪垫拍打和撞击石头的声音,能感受到他们此时此刻的兴奋和勇猛。

他们的情绪很快就被更浓烈的快乐淹没了。"垂杨!"一阵窸窸窣窣的声音传来,修竹从他和云舒的巢穴里探出头来,"你来看看她今天的情况。"

垂杨感觉到,云舒和新生命的到来使这只沉稳理智的公猫也变得忙乱起来。他从嘉树身旁站起来,寒凉的空气冻得他鼻子发麻。

他在巢穴入口处的石头上蹲下来,云舒走出来时带出巢内温暖的空气,与外面形成了鲜明的对比。

"早上好。"垂杨打了个招呼,把一只前爪放在她日渐隆起的腹部。

其实从医猫的角度来说,他并不清楚她的胎动是否属于"正常"的范畴。但是……就像他能感知到其他猫的情绪一样,他似乎也能感受到云舒肚子里小猫们的情况。

垂杨闭上眼睛,让自己全身心投入到感知中……,还未完全成型的小猫都躺在其中,他可以听见他们微弱但有力的心跳声。

"垂杨,怎么样?"云舒担心的声音。

"他们都很健康。"垂杨咕噜着点点头,"小宝宝们简直是冬天

猫国传奇之风起潮涌

里最温暖的事物。"

修竹发出呼噜声，高兴地磨蹭着妻子，云舒欲张口说些什么，却被朝歌的叫声打断了："结束，你们俩给我停下来！"

"这一局是牧野赢！"嘉树高声宣布道，垂杨想象着两只公猫是怎么不情不愿地放开对方，磨磨蹭蹭地爬起来的，忍不住笑出了声。

"这不公平！"轻尘抱怨道，"牧野比我高大！"

"个头大小能让你取得优势，但并不对胜负起到决定性的作用。"修竹插话道，"经验和技巧比你想象的更有用。"

轻尘仿佛又充满了活力，兴奋地朝嘉树冲过去。"嘉树你再教我几招吧！"他央求道，"或者陪我练一会儿。"

"你还打不过我呢，我就已经不配陪你练了？"牧野喊。

"好吧，就让牧野陪你练吧。"嘉树迅速地闪开，朝垂杨走过来，"我答应我弟陪他一起出去的。"

"我什么时候要你和我一起出去了？"牧野和轻尘在身后再度打成一团，垂杨跟着嘉树往湖岸上走去，小声咕哝道，"外面这么冷，怕是找不到猎物。"

"不打猎，就散散心呗。"嘉树在他耳朵中间舔了一下，"月亮很漂亮。"

"真希望我能看到啊。"垂杨仰起头，但眼前依然是那片他从出生看到现在的黑暗。

"你用心看，比我们用眼睛看得更清楚。"嘉树说，"你能看到云舒肚子里的宝宝，对不对？"

垂杨彻底惊呆了："你怎么知道的？"

"你能读懂他们，我能读懂你。"嘉树笑了起来，"我可不信你光靠远远地看就能学到这些。"

垂杨这下简直对哥哥佩服得五体投地。他跟在嘉树身后走进结霜的蕨丛和树林，听到哥哥的声音："这让我想起了在部落里打猎的时光。"

"你想部落吗？"垂杨提心吊胆地问。

"也许……有一点点？"嘉树甩了甩尾巴，"但我非常满足于现在的生活。"他轻快地说。

"那就好。"垂杨舒了口气，"我小时候……被大家排挤，被你关在巢穴里——"想起那个不会沟通又自以为是的嘉树，兄弟俩同时笑起来，"我完全想不到，会有现在这样自由愉快的生活。"

"我有一种预感。"嘉树身上的气息像湖水一样温和而凝重，"我们这个家的故事，还远远没有这么简单。"

"那我倒是很期待。"垂杨饶有兴趣地说，"这里好是好，就是有些无聊，唯一的消遣就是看牧野和轻尘打架。"

"你看得到吗？"嘉树及时地补了一刀。

"你刚才还说我用心看得更清楚呢！"垂杨憋着笑故作天真，使劲地抽动着鼻子，他们忍不住一起大笑起来。

"明天修竹会杀了我们的。"垂杨好不容易才停下来，对嘉树说，"我俩把漾日湖周围的猎物全部吓跑了。"

他突然愣住了，话音落去后依然张大着嘴，用鼻子嗅了嗅，然后笃定地转了个身："出来吧。"

自从上次被轻尘抓了个措手不及后，垂杨在外面定然会留个心眼，以嗅觉和听觉注意四周的风吹草动。刚才吸鼻子的时候已经隐约察觉到了猫的气味……现在更是无可置疑。

枝叶发出一阵沙沙声，垂杨听到身边的嘉树惊讶的叫声：

"是你？"

"垂杨，嘉树。"对面的母猫自然地喊出了他俩的名字，"我是晨曦。"

那不就是轻尘的姐姐嘛……垂杨刚从记忆深处挖出她的印象，嘉树已经毫不客气地开口了："这儿离部落已经很远了，你不知道吗？"

"我已经离开部落了。"年轻母猫的声音镇定自若，"我是来找你们的。"

"你有什么目的？"嘉树警惕地说，"我们俩已经不在部落里了，什么忙也帮不上你。"

"这个忙你肯定帮得上。"晨曦认真地说，"看来我还没说明白，我是来投奔你们的。"

这个家越来越大了，先是轻尘，又是云舒——云舒是迟早要来的——现在是晨曦？垂杨想起了嘉树刚才那句"远远没有这么简单"，不禁心绪如潮。

晨曦心平气和地说："我不想被部落那些陈年的规矩束缚着了。我弟弟到这儿来了，牧野也在你们这儿，我相信这个'家'比部落更温暖和光明。"

垂杨心中明白哥哥已经被说动了，但嘉树的话依然有所防备："我们怎么相信你不是部落的卧底呢？"垂杨强忍着笑，晨曦却答得泰然自若："暮色巫师病得可重了，我想他根本就不知道你们，现在更无心派卧底来，就算他真派了，也不会派我这样一只小猫。"她自信地说，"如果墨守成规的部落是漫长的黑夜，那你们就是撕裂夜幕的晨光，而我就是你们的一员——晨曦。"

嘉树无奈地笑了："来吧，我们欢迎你。"

二十四、访客

云舒辗转反侧了很久，大概是由于连日的休息，她并无睡意，感受着肚子里宝宝们的活动，心上涌起一股满足的感觉。

修竹躺在她身边熟睡着，腹部随着呼吸均匀地起伏。云舒轻手轻脚地溜出了巢穴，站在石头上感受着早晨的寒冷。

漾日湖尚未结冰，没有涟漪的湖面显得格外静谧，黎明的天空洋溢着温柔的粉红色，结霜的草地被云舒踩得噼啪作响，堆放猎物的石头上摆着几只瘦弱的老鼠。云舒犹豫了一下，她并不饿，于是径直爬上湖岸，向干枯的芦苇丛走去。

修竹几天前问过她，有没有想过给宝宝们起什么名字。云舒脑子里这几天一直想着这件事。

垂杨说可能会有三到四只小猫，修竹的想法是以风霜雨雪命名——代表着他们儿时的冬雪，再重逢时的春风，相爱时的夏雨，和拥有孩子时的秋霜。

修竹在云舒心里从始至终都是近乎全能的存在，就连他给宝宝们起的名字都那么好听，但云舒出于私心，想以日月星光命名——纪念那只给了她那么多温暖的淡金色母猫。

如果只有三个宝宝，该选哪几个名字呢？云舒干脆在原地坐下来，沉浸在自己的思绪中，猛然看到前方闪现出来一个身影。

这只年轻母猫身材苗条，一身赤褐色的长毛上长着细碎的深色斑纹，眼眸呈现出一种奇异的暗红色，有一种近乎妖冶的美感。云舒估摸着她应该不比自己年长多少，但那对红眸却显得异常深邃，盛着满满的智慧。

她的眸色和毛色构成了一种和谐的美丽，在她面前，云舒自己浅紫色的眼瞳和轻尘灰得发蓝的毛色，仿佛都变得普通和平常起来。

云舒环顾四周，见陌生母猫没有别的同伴，母猫也不是那么强壮，料定她对自己应当构不成威胁，方才开口问道："你是谁？为什么在这里？"

"我叫樱花语。"她回答道，"从山那边遥远的森林来到这里，寻找沉暮部落。你是部落猫吗？"

云舒的心情刹那间就变得一言难尽起来……她自己不久前才从部落逃出来，居然还有猫在寻找部落！

"我叫云舒，出生在部落。"她犹豫了一下，告诉樱花语，"但我现在不生活在部落。"

樱花语点点头："那你能告诉我该怎么走吗？这里离沉暮部落远吗？"

"你听我说……"云舒斟酌着，"部落猫恐怕不会很欢迎你。"

"为什么？"樱花语面露疑惑。

"我是主动离开部落的。"云舒解释道，"因为我眼睛的颜色……特别的事物会令部落猫害怕，而不同的东西对他们来说意味着不祥。"

樱花语的目光仿佛头一次认真地落在了云舒身上，她注视着云舒的眼睛，点了点头。

这只母猫的眼神让云舒感到放松和信任，她轻咳一声："我们的家离这里不远，住在那儿的猫都出生在部落，有被部落抛弃的多爪猫和无尾猫，也有不满于陈规而主动离开的猫。如果你愿意，你可以在我们那儿住几天，顺便讲讲你的故事。"

千里迢迢来到这里只为了寻找沉暮部落……云舒感到十分好奇。

"谢谢你，我很愿意。"樱花语的红眸中露出笑意。

"那你跟我回去吧？"云舒探询地看了她一眼，樱花语点点头，于是云舒带着她沿原路返回，绕过稀疏的树木，还没下到斜坡底部，就先一步听到了嘉树的声音："修竹，你先别急。"

"她可能只是出去散散步。"晨曦附和道。

垂杨说："适当的运动对宝宝们有好处。"

"万一她摔倒了呢？"修竹着急地问。

樱花语笑着看向云舒："他们都很关心你。"

云舒有些害羞："那是我孩子的爸爸。"她告诉樱花语，"他有时候没那么理智。"

"你还是赶快过去吧。"樱花语笑道，"别等他冲上来了。"

云舒咕噜一声，快走了两步，冲修竹叫道："我回来了。"

修竹噌的一下冲到她面前，仔细地把云舒全身各处打量了一遍，确认她毫发无损之后，才舒了口气。

"你看，我们都说她不会有事的啦。"朝歌在他身后喊道。

"我确实就是去散个步。"云舒对修竹解释道。

修竹磨蹭着她的口鼻："你想过我会有多担心吗？一觉醒来你就不见了。"

"我下次一定不这样了。"云舒保证道。修竹张嘴还想说些什么，牧野突然发出一声尖叫："你是谁？！"

云舒这才想起来被她带过来的樱花语，无奈地抽了抽鼻子，转身想开口解释。可是已经晚了，她的朋友们全部竖起毛发，伸出爪子，口中发出嘶嘶的叫声。

反倒那只年轻母猫显得异常镇定，暗红色眼眸显得波澜不惊。

"她没有恶意！"云舒不得不提高声音，"是我把她带回来的！"

"我叫樱花语，是来寻找沉暮部落的。"樱花语优雅地迈步走到他们面前，"云舒已经把你们的情况告诉我了，我会给各位讲一下我的故事吧，如果大家愿意给我一个安身之处，自当不胜感激。"

修竹闻言面色一沉："万一她是只坏猫呢？云舒，防备之心不可无。"

"我知道啦！"云舒乖巧地应道，而几只年纪较小的猫已经迫不及待地跑上前。

"你的眼睛为什么是这种颜色？"轻尘好奇地问。

"看起来和你的毛发好搭配！"朝歌绕着樱花语转了一圈，感叹道。

嘉树正忙着给垂杨描述樱花语的外貌："她很瘦……红褐色被毛带着花纹……额头上也有，胸腹部是白色的，尾巴很长，上面有环状斑纹……"

牧野问："你从哪里来？"

"你为什么要找沉暮部落？"晨曦眨眨眼。

云舒有些提心吊胆，担心他们的热情给樱花语带来不适，但那只年轻母猫依然带着笑意，等他们说完之后，一甩尾巴，在原地盘腿坐下："这个故事很长，你们听我慢慢道来。"

"在雪山脚下遥远的森林中，有两只公猫，分别叫雷焰和风殇，他们建立了一个猫群……"

二十五、归宿

灰蒙蒙的云层笼罩在落日山脉上空，放眼可及的山头尽是一片银装素裹，唯有针叶林依然苍翠挺拔，像是……晨曦眼睛的颜色。

牧野生气地晃晃脑袋，把注意力集中到现实里。

嘉树、晨曦和轻尘正踏上草地，他们的身后还跟着几只猎猫，每只猫的嘴里都或多或少叼着猎物。朝歌坐在一旁，正激动地讲述着他们离开部落半年来发生的故事，轻雾含着笑，用慈爱的眼神注视着她。

云舒的巢穴门口，樱花语正在教垂杨如何观测胎动。这只被陷害赶出猫群的漂亮母猫，原来是一名医术高超而睿智的医猫，她教会了垂杨更多的医理，教他如何判断预言，使用火种，也为垂杨阐释了他的天赋。松柏——修竹的亲生父亲，望着儿子和云舒，满脸难以掩饰的幸福。

牧野抽抽耳朵，甚至在晨曦和轻尘来了之后，他都觉得这个家是空旷的，而至今却不习惯这里如此拥挤的样子。

暮色巫师的死给了所有猫一个措手不及。根据轻雾的描述，仿佛部落的顶梁柱塌了下来，碰巧那几天的天气恶劣到了极点，暴风雪连绵不断，猎猫打来的猎物根本喂不饱部落，更别提还要作为葬礼上的祭祀品。新巫师尚且年轻，还不太会管理部落。本就迷信的部落猫们开始传言，这是一场难以避免的灾难。

云舒、轻尘和晨曦的离开，给部落猫们带了个头。出于各种原因——无论对"灾难"的恐惧，对温暖的向往，还是单纯想要填饱肚子或者寻找孩子，越来越多的部落猫来到了这里。

嘉树在距牧野不远处吃着猎物，两只公猫对上目光，各自都露出一抹笑意——在当年嘉树教牧野打猎的时候，哪里能想到今天事态会发展成这样呢？

牧野开口想感叹生活的奇妙，却被草地中间突然爆发的争执吸引了。

"轻尘！"朝歌站在石头上，背上的毛发高高竖起，"你真的很无聊！"

牧野往他们的方向望过去，轻尘脚掌边的雪地上躺着一条还在蠕动的虫子，想必就是这次争吵的罪魁祸首了。

"我只是逗逗你嘛。"轻尘不服气地说，"牧野和你还不是天天吵，你怎么不对他发火？"

牧野没有想到战火会突然引到自己身上，他看见垂杨刻意朝自己的方向转过来，那双浅蓝色的盲眼里含着笑意。

"朝歌，算了吧……"轻雾用尾巴拍拍女儿，"他毕竟比你小……"

轻尘很不领情地大声反驳："我不小了！"轻雾的脸色顿时沉了下来。

这时在场的所有猫都安静了下来，唯二能够惊扰这冰封大地的，好像只有朝歌和轻尘了。

"我和牧野天天吵的时候，你还没出生呢！那时候我们都小，不懂事！"朝歌冲轻尘吼道，牧野看见她琥珀色的眼里居然泛出了泪花，不禁心中一惊，"既然你都说自己不小了，那就麻烦你懂点事，如果真那么讨厌我，就别来烦我！"

轻尘的蓝眼睛里顿时闪现出一抹复杂的神色。牧野的心跳到了喉咙口，但他却看到云舒、修竹和嘉树他们丝毫不紧张，甚至还在互相交换着带笑的眼神，他困惑地眨了眨眼睛。

轻尘接下来的话让牧野的心拎了起来："我不讨厌你，我只是太喜欢你了！"蓝毛公猫一步步向朝歌靠近，"对不起……"他声音很低，但大家都能听清楚，"我只是想吸引你的注意，离你更近一点。你每次都不高兴，我还以为你讨厌我，我不知道……你以为我讨厌你，对不起。"

牧野捕捉到了朝歌眼神中的震惊……或者，不如说是惊喜？

他还没反应过来，朝歌就快乐地咕噜起来："不用说对不起。"她直视着轻尘，一字一句地说，"我以为你讨厌我，但我也喜欢你。"

他们靠近了对方，轻尘跃上朝歌所站的岩石，三花母猫伸出舌头轻舔他的脸颊。围观的猫儿们发出打趣的叫声，轻雾和落花交换着欣慰的眼神，牧野瞠目结舌。

"你想和我一起去打猎吗？"轻尘柔声问朝歌。

"你不是刚刚才回来吗？"朝歌不解地反问他。

轻尘无奈地笑了，抽抽耳朵："我的意思是，我们去森林里聊聊天。"

牧野望着他们一同爬上湖岸，背影隐没在树林中，心里百感交集。

轻尘终于表达出了他对朝歌的感情，而朝歌竟然也对他有好感……牧野在猫群中一眼便捕捉到了晨曦金黄色的皮毛，心情莫名地有些低落，朝歌都清楚了轻尘的情感……她什么时候才能明白他的情感呢？

垂杨适时出现在了牧野身边，打断了他的心情："他们俩终于在一起了。"

牧野斜他一眼："你早就知道了？谁看得出来朝歌也对轻尘有意思啊！"

"轻尘不搞恶作剧，和朝歌好好相处的时候，她身上的激动隔着一个山头都能闻得到。"垂杨的语气轻飘飘的。

牧野不想理会这个身怀超能力的家伙，垂杨给他们几个讲过如何感受其他猫的情绪，但除了他自己，没有猫能领会到这其中的玄妙。

"你这么闲吗？"他粗暴地问。

"樱花语想出去活动一下，我们也不能一天到晚缠着云舒不放吧。"垂杨口气随意，"你刚在这儿伤春悲秋什么呢？"

"我没——"牧野说到一半才想起来他的神奇力量，于是硬生生吞了回去，"现在是冬天。"

"我好心好意，你还不领情。"垂杨故作惆怅地叹了口气，然后意味深长地对他说，"不要太怀疑自己，不要藏着掖着，像轻尘一样大方地表达你的心意就好了。"

"你的意思是？"牧野惊讶地看着他，但他隐隐约约地仿佛知道了什么。

"就是你想的意思。"垂杨一本正经地点点头，"有眼睛的猫都看得出来的那些事。"

话音未落，这只灰白相间的公猫转身便走。留下欲言又止的牧野凝视着他的背影半响。

但刚才垂杨扔下的那颗种子，已经在牧野心里生根发芽，长成一棵枝繁叶茂的大树。

眼看着猫儿们都在埋头做着自己的事情，没有猫在注意他，牧野深吸一口气，扬声叫道："晨曦！"

金色虎斑母猫听到他的声音，匆匆跑到牧野身旁，开口时呼出一团团白雾："怎么了？"

"我有些话想跟你说。"牧野看着她，就很难压制住加速的心跳，他艰难地做了个深呼吸，尾巴指向轻尘和朝歌走去的方向，"我们走。"

他们踏入白雪覆盖的树林中，天空中的云层不知道什么时候散开了，苍白的阳光跳跃在枝丫间，闪耀的冰晶映着脚下的雪地，虽然脚掌被冻得发麻，但牧野有种置身于星空中的美好感觉。

"牧野，你还好吗？"晨曦轻声开口叫道。牧野这才发现自己已经停下脚步，而他心仪的母猫此刻正向自己投来关切的眼神，"你想说什么？"

牧野深情地望着那双令他心旌摇荡的深绿色眼睛，能听到自己的心跳声："其实……"

"我对你的感觉——"他鼓起勇气飞快地说，"和轻尘对朝歌是一样的。"

"你懂我的意思吗？"他追问道，身边的晨曦一时间显得有些懵然，然后露出惊异的神情。

"你有拒绝我的权利……"牧野此刻恨死了垂杨，但他没有回头路可走，只能放柔声音对虎斑母猫说，"我只是告诉你。"

"我为什么要拒绝你？"晨曦看起来刚从震惊中回过神来，看着牧野，笑眯了双眼反问道。

牧野激动地睁大眼睛，是他想的那个意思吗？

"我不会拒绝你。"晨曦耐心地重复了一遍，"因为我对你，和朝歌对轻尘也是一样的。"

二十六、新生

冬天的阳光洒在漾日湖上，给湖畔的猫儿们带来久别重逢的暖意，惊喜的叫声划破了冰冷而寂静的空气。

云舒的肚子已经很大了，她这半天来都有一种奇异的不安，正躺在铺着苔藓的岩石上晒太阳。此时被叫声惊着了，怔愣地看着那只向自己冲过来的年轻母猫，淡金的毛色像是凝固的日光。

"你要干什么？"修竹本来懒洋洋地趴在她身边，看见飞奔而来的星光，立即跳起身挡在被惊呆了的云舒面前。她这才找回了丢失的神智，站起身，轻轻推开修竹："她是我的好朋友，星光，你还记得吗？"

黑毛公猫满怀疑虑地抖了抖皮毛："她怀孕了，你小心点。"他警告风风火火的星光，方才让到一旁，给两只母猫留出空间。

流水跟在星光身后，走到他们面前，冲修竹和云舒友好地摆了摆尾巴，但修竹没有搭理他，云舒此刻的全部心思则都放在星光身上，不被搭理的灰毛公猫尴尬地后退一步，转向走来的嘉树。

"你没告诉我真相！"星光望着云舒，激动地嚷道，"我要是早知道你在这里，就不会那么担心了！"

"对不起……"折磨云舒许久的负疚感此刻一股脑儿涌上心头，她低下头，不敢直视好友。

"部落里的猫莫名其妙地越变越少，我前几天才知道这里的存在。"星光喋喋不休地说，"你知道我第一个念头是什么吗——'这里肯定很适合云舒养胎，要是能把她接到这里来，我就不用成天挂念着她了！'我现在才知道，原来你就在这儿，我从来没想到你会骗我……"

"我……"云舒注视着脚掌下的石头，自责和内疚让她什么都说不出来，此时，腹内一阵搅动般的疼痛。

这不对劲……腹部疼得发抖，她要生产了！"叫樱花语来！"她嘶声叫道。

星光惊讶地张大了嘴巴。"我告诉过你小心点的！"修竹吼道，随即喊着樱花语的名字，向她巢穴的方向冲了过去。

痛感使云舒的意识不太清醒，但她看见越来越多的猫围到了她身边。带着草药的樱花语和垂杨在一侧，满脸忧色的修竹和没挪过窝的星光在另一侧，牧野、朝歌他们也聚拢过来。

云舒瘫软在石头上，一波又一波的痛觉袭击着她。

"按这个频率用力。"樱花语的声音很轻柔，她把几片叶子放在她唇边，那双暗红色的眸子让云舒镇定下来，她吃力地将草药咽下。

云舒照她说的用力着。"他们要出来了吗？"她听见晨曦轻声问。

"很快了。"樱花语温声说，她示意垂杨把爪子放在云舒腹部，"你看，她的身体正在把小猫往外推。"

修竹温柔地舔着她的额头和脸颊："我真希望自己也能生孩子。"云舒看到他眼眸中的真诚，不禁放松了一些。一阵疼痛随之袭来，她难耐地嘶鸣一声，吓得垂杨连忙把爪子挪开。

"不是你的问题……"云舒强撑着对他说，"我刚才……没做好准备……"

樱花语示意围观的猫群散开："第一只要来了。"她观察着云

猫国传奇之风起潮涌

舒，宣布道，"垂杨，等它完全出来之后，把它身上的黏液舔干净，这样它才能呼吸。"

"好。"垂杨应了一声。

随着一阵强烈疼痛的结束，云舒感到有什么东西落在了身下的草垫上。

垂杨把它叼到了一边，舌头摩擦毛发的声音传进云舒耳中，"它怎么样？"云舒激动地问。

"是只强壮的小公猫。"云舒想撑起身子去看他，却因为疼痛又砰的一声躺到地上，接着，第二只小猫咪降临了。

"这是小母猫。"樱花语把她放在修竹面前，黑毛公猫模仿着垂杨的动作，俯身过去舔着女儿，云舒不由自主地感到一阵欣然。

"还有一只。"樱花语抚摸着云舒的侧腹，"垂杨，你看得很准。"

垂杨把他照顾的那只小公猫放回到云舒的肚子上。温暖而湿润的触觉传来，幸福感几乎盖过了最后的疼痛。

最后一只小猫滑落在草垫上："是个弟弟！"樱花语欣喜的声音传来，云舒终于彻底解脱，剧烈地喘息起来。

适才被樱花语赶走的猫儿们又聚集过来，修竹湿润的舌尖再次落在云舒的额头上："我们有孩子了。"他低声说。

"是的，我们俩的孩子。"云舒把刚才经历的疼痛抛到了九霄云外，凝望着他的眼睛，她露出疲惫而快乐的神情。

"好了，你们还会有很多和他们相处的机会。"樱花语无奈地对朝歌、晨曦和轻尘说——他们各自爱不释手地霸占了一只猫崽，"现在先让孩子们的爸妈看看他们好吗？"

"你们很快也会有自己的孩子的。"垂杨促狭地补充了一句。

朝歌和晨曦羞涩地退到一旁，垂杨把小猫们放在云舒怀里，他们自发地开始吮吸奶水。樱花语用尾巴指给他们看："这是最大的，这是第二大的。"

小母猫和云舒一样一身雪白，两只小公猫的胸口、腹部和四肢都是白色的，大哥的被毛是偏黄的虎斑纹，小弟的脊背和脸上有不规则的银黑色花纹。他们都还眯缝着双眼，半湿不干的毛发贴在身上，口鼻处和四只小爪子都是粉嫩的，看起来像是三只小老鼠。

"你们想好名字了吗？"垂杨问道。

云舒和修竹对视一眼，他们早就商量好了："小虎斑猫就叫金乌吧。"云舒说，"是太阳的别称，希望他未来能像太阳一样，明亮而温暖。"

"她叫凌霜。"修竹注视着那只小母猫，眼神温柔得几乎要滴出水来，"取傲雪凌霜之意，也纪念我和云舒在秋霜的时候有了她。"

"那他呢？"星光用尾巴指向那只最小的黑白色公猫。

云舒深情地望向自己的好友："星河。"她决定道。

星光的眼里露出惊喜的神情，随即被沮丧取而代之："对不起……"她呢喃着，向云舒靠过来。

"本来就是我骗你在先的。"云舒摇摇头。

"我不该冲你发脾气。"星光低声说，"我只是觉得你不信任我……我以为你不在意我了，云舒，但我现在明白了。"

云舒眨眨眼："我们在去年的冬天就约定了，要永远是最好的朋友。"

草地那端忽地响起喧闹声，"这是怎么了？"修竹站起身，云舒和星光也一同朝那个方向看去。

"樱花语，你是认真的吗？"两位医猫正站在另一块石头上，其他猫向他们周围靠过来，垂杨焦急地挪动着脚掌，"你为什么要去那种地方呢？”

"因为小时候的执念。"樱花语面色平静如水，声音却坚定得不容置疑。

"去哪里？"轻尘问道，"部落吗？"

牧野疑惑地问："为什么你还想去那儿呢？"

医猫的暗红色眸子一闪，注意到云舒他们也正看着她，大声说，"正式通知大家，我现在要动身出发去沉暮部落了。"

"为什么？"这些自沉暮部落而来的猫儿们疑问声响成一片。

"我很小的时候就听过部落的传说，自那时已经对那里产生了向往。"樱花语的声音传遍草地，"之前有一次偶然和暮色巫师——朝阳——相遇，我们发现彼此就是对方梦中的模样。"

猫儿们发出惊叹的声音，云舒和星光带着笑意对视一眼，她真是没有想到樱花语居然能和年轻的新巫师擦出火花！

"现在云舒的生产也顺利结束了，应朝阳的邀请，我要去沉暮部落了。之后会尽力帮他解决部落现在存在的问题。"樱花语说，"这些天我很开心，麻烦各位了。"

"不麻烦！"垂杨叫道，他那双失明的蓝眼睛里洋溢着真挚的感情，"你是我能拥有的最好的老师。"他说，"我还有很多可以向你学习的。"

樱花语摆摆尾巴："最后一课——接生，我刚才也已经教给你了，其他的就需要你自己去尝试和积累了。"她低笑一声，"你比我更有天赋，你会照顾好大家的。"

猫儿们一个接一个上前和她告别，最后樱花语跳下石头，来到云舒身旁，和她碰碰胡须。

"我会很想你的。"云舒低声对她说。

红瞳里闪现出一抹神秘莫测的笑意:"我们以后还会常常见面的。"樱花语抛下这句话,便旋身离开了。云舒不解地看向星光和修竹,发现他们也和她同样困惑。

樱花语在众猫的目送下准备离开,垂杨突然叫住了她:"你可以帮我问一只猫……"他犹豫着对她说,"愿不愿意到这儿来吗?"

樱花语并不回头:"她叫什么?"

垂杨的声音很小,但每只猫都清清楚楚地听到了。

"微雨。"

尾声

"熟悉的记忆。"云舒深吸一口温暖的空气,从牙缝中挤出一句感叹。

冬天终于结束了,脚下蜿蜒的小路有些许潮湿,灌木和蕨丛的叶子滴着水珠,树木绽放出绿意,开春的阳光给落日山脉的万物镀上了一层光圈。

樱花语昨天派猫给他们送来一个口信,说她有些重要的事情要讲,请家里所有猫务必到场。而这支数量可观的队伍现在正走在回部落的路上,三只小猫走了一小段路就开始喊累,星光帮着云舒和修竹叼着他们。

"妈妈以前来过这里吗?"凌霜吱吱叫道。

"这离家里好远啊!"星光口中的星河附和道。

猫国传奇之风起潮涌

"是啊……"星光咬字不清，"我们以前去漾日湖巡逻，就是走的这条路。"

云舒哧哧地笑了起来："我第一次知道修竹还活着，就是在一次巡逻中。"

"妈妈你以前难道不知道爸爸活着吗？"被修竹叼着的金乌天真地问。

"你听过这个故事。"修竹声音严肃，"别讲话了，妈妈很累，要聊天就下来自己走。"

三只幼猫乖乖地闭上了嘴巴。他们又走过一片丛林，营地的屏障——那棵"独木成林"的大榕树终于呈现在眼前。

猫儿们钻进藏匿在遮天蔽日的榕树树冠下的营地，溪中的冰块还没融去，发出叮叮咚咚的声音，溪边的石头依然覆满了青苔，分布在榕树根须中的灌木和蕨丛是天然的巢穴。

尽管修竹找到的家对云舒来说宛如仙境，但她也不得不承认部落营地比湖边的家更暖和与安全。

家里的猫儿们毕竟都在部落长大，有许多割舍不掉的感情，终于重返营地，一时间大家都兴奋起来。

星光放下星河，去到流水身边，共同感叹着营地由冬入春的变化。唯有修竹对此地毫无美好的回忆，只坐在粗大的树根旁逗着孩子们玩。

"部落的子民们！"一声长啸，云舒仰头望去，看到一只毛发呈橙红色的年轻公猫身手矫健地爬到一根粗枝上，樱花语跟在他身后，一对暗红色眼眸熠熠生辉。

云舒打量着数月未见的新巫师，他彻底褪去了从前的稚气，散发出一种沉稳和威严的气场——与樱花语一样。

"我们想请大家决定，是否愿意回到部落。"樱花语俯视着在榕树下凑拢的猫儿们，"请各位听完朝阳的话，再做出抉择。"

上次和樱花语告别时她丢下的那句"以后还会常常见面的"再次在云舒脑中响起，她总算是明白了这位医猫的意图，从喉咙里发出一阵感慨声。

"我想先和大家说一句'对不起'。"朝阳饱含真诚地说，"很多猫被瞳色所禁锢，有的猫不能去担当自己喜欢的职责，有的猫要被迫承担更多，有的猫因为一些不同，从小被嘲笑、排挤，甚至……"云舒眼眶一热，看见他亮黄色的目光依次投向了牧野、朝歌和身边的修竹，"被驱逐出部落。而这些都是我的父亲，和我的祖辈们造成的，因此，我向大家道歉。"

他屈起前腿，做出一个道歉的姿势。原本的部落猫们都点着头，而从家里过来的猫们仿佛还不习惯巫师的"纡尊降贵"，小声地议论纷纷。

"暮色巫师，这不怪你！"轻尘从群猫中高声道。

牧野附和道："甚至也不怪你的父亲。"

"是的。"朝歌站起来，严肃地点点头，"造成这一切的，是部落的所谓'传统'。"

晨曦赞同地说："不是你们制定这些规矩的。"

"谢谢你们。"朝阳冲他们晃晃尾巴，"也谢谢命运让我遇到了我的伴侣——樱花语。"他与身旁的母猫情真意切地对视一眼，"是她告诉我这些'传统'是迷信，是对部落猫们的不公正。她让我知道现在是时候打破它们了，还帮助我说服了我们部落猫。"

云舒终于明白了，为什么在朝阳"道歉"的时候，那些以往最讲所谓规矩的顽固派们，黄眼睛里都是平静甚至赞许的神色。她吃

猫国传奇之风起潮涌

惊地看向樱花语，连他们都能说服，她可真是神了！

"所以，我们邀请大家重新回到部落。"樱花语接着说，"这里已不是那个朝阳为之道歉的地方，而是一个崭新的、自由的、像家一样的沉暮部落。"她捕捉到云舒的目光，两只母猫会心一笑，"请问各位愿不愿意回来？"

猫儿们一开始都被这个说法惊住了，但随着大家渐渐反应过来，快乐的情绪在猫群中荡漾开来。

"愿意！"轻尘抢先叫道。

"我们愿意！"牧野和朝歌随即接上。

云舒心想，童年的部落回忆是那样不堪，而今，想必一个温暖的大家庭对这些年轻猫还是十分有吸引力的。朝阳的下一句话更是让她吃惊。

"我太年轻幼稚，自知无法胜任管理者一职。"朝阳目光灼灼地看着云舒所在的方向，注视着修竹，"我们想请修竹统领新的沉暮部落。"

云舒震惊地瞪大眼睛，她根本没有想过回到部落！

但是朝阳都这么说了……众猫的眼神纷纷投来，云舒忐忑不安地看向丈夫，如果他接受了，她也只能跟着他回来了。可是即使部落变得跟以往截然不同，但只有那个鲜花盛开的家对她来说才是最幸福的！

修竹站起身时看了云舒一眼，她明了他的想法和自己完全一样，方才舒了口气。

"我很感激你。"修竹语气平淡，"可是我和我妻子并不想回到部落，湖畔的小家才是我们心中的归宿。改革是朝阳和樱花语完成的，而不是我，我相信，在你们治理下的新部落会非常好。"

"朝阳！"这回却是嘉树向着天空喊出了新巫师的名字。

"樱花语！"朝歌和晨曦不甘示弱。

"朝阳！樱花语！"猫儿们呐喊起来，两位年轻巫师的名字响彻云霄，在山林之间回荡，将所有飞禽走兽都惊得躲回巢穴。等喊声终于停下，樱花语再次开口了。

"还有最后一件事……"她向大家点头致意，目光扫过猫群，停在自己的徒弟身上，"既然我要做出管理部落的尝试，那么，请允许我提议，垂杨，请你担当医猫一职。"

那只盲猫从容不迫地从猫群中站起身，失明的碧蓝双眼仿佛能看到眼前的一切："很抱歉，你告诉我改革计划的那天晚上，我没来得及讲清楚。"垂杨声音平缓，"我会照顾大家到你正式建立新部落为止。跟着嘉树离开部落时，我已经尝到了冒险的甜头，与之相比，一年到头泡在草药里的生活有些单调。"他似乎能看见樱花语诧异的表情，坦然地笑了笑，"与其被束缚在森林里，我更想去追寻蓝天、一望无际的田野。"

樱花语还没开口，嘉树却"腾"的一下站起身："但你的眼睛……"

垂杨向哥哥安抚地晃了晃尾巴，柔声问道："微雨呢，你愿意充当我的眼睛吗？"

即使早有预料，但看多了他们幼时针锋相对的云舒还是十分震惊。"看来出身和教育真的不代表一切……"她对修竹喃喃道，"爱使他们最终走到了一起。"

灰毛母猫注视着垂杨，那对黄眼睛里早已不见幼时的骄横，而是无比清澈："我愿意。"

老医猫从来都没有说过"他的心看得比谁都清楚"，但依然坚信这件事的，自始至终都是她。

云舒注意到了嘉树的沮丧，但灰褐色虎斑猫并没有阻拦满怀着喜悦之情的垂杨，两只灰猫在营地里转了一圈，挨个和每只猫告别。

云舒转向修竹："亲爱的，我们是不是也该带着孩子们回家了？"

"对。"他的目光扫过玩耍的三只幼猫，最后停驻在云舒眼里，"回我们的家。"

所有曾困扰他们的陈规旧俗已经不复存在，取而代之的是一个自由、平等、公正的新部落，它沉入暮色，度过漫长的黑夜，终于迎来了东升的朝阳。

至于那个属于他们的小家……它会一直沉浸在熹微的晨光中。

花开花落，云卷云舒，他们将永远地幸福下去。